我与书

——被书改变贫穷命运的往事

颜春连 著

群众出版社
·北京·

图书在版编目（CIP）数据

我与书：被书改变贫穷命运的往事/颜春连著. 一北京：群众出版社，2016.7
ISBN 978-7-5014-5558-4
Ⅰ.①我… Ⅱ.①颜… Ⅲ.①回忆录—中国—当代 Ⅳ.①I251

中国版本图书馆CIP数据核字（2016）第179871号

我与书——被书改变贫穷命运的往事

颜春连　著

出版发行：群众出版社
地　　址：北京市西城区木樨地南里
邮政编码：100038
经　　销：新华书店
印　　刷：北京普瑞德印刷厂

版　　次：2016年8月第1版
印　　次：2016年8月第1次
印　　张：8.375
开　　本：880毫米×1230毫米 1/32
字　　数：186千字

书　　号：ISBN 978-7-5014-5558-4
定　　价：35.00元

网　　址：www.qzcbs.com
电子邮箱：qzcbs@sohu.com

营销中心电话：010-83903254
读者服务部电话（门市）：010-83903257
警官读者俱乐部电话（网购、邮购）：010-83903253
公安综合分社电话：010-83901870

本社图书出现印装质量问题，由本社负责退换在二〇一五年国庆节和母亲百岁诞辰之际，谨以此书献给伟大的祖国和平凡的母亲。

热爱书籍，尊重知识，不仅能改变命运，获得丰富的物质回报，而最重要的是能得到比物质更丰厚的精神财富，成为一个真正的自尊、自强、自立、自信的人，在思索、奋斗和愉悦中度过有意义的人生。

自题

我与书
—— 被书改变贫穷命运的往事

全家福

前排左起：姐夫、母亲、姐姐

后排左起：作者、爱人、大妹妹、小妹妹、小妹夫

» 前 言

今年我已七十有二，早已过了古稀之年。七十二年来，虽然生活过得十分平静，没有什么惊涛骇浪，宛如一湾湖水，平淡无奇，不过，在这七十余年平淡无奇的生活和工作中，也会泛起一些涟漪。回忆所走过的平淡旅程，我感到没有虚度和欣慰的事主要有三件：一是在工作上还算有所建树；二是在读书和写作上有些小成就；三是在生活上我完成了父母的心愿，为自己取得了一个好住所，同时对儿孙也有所交代。

工作自不必说，占据了我大部分时间，是我为国家、为军队服务的场所，也是我谋生的手段。但我在回忆录中不是写工作，也不是写建房、买房的事，而是要写我上学读书、业余看书和退休后写书的那些事。当然，在最后顺便也要谈到藏书的事。一言以蔽之，就是回忆我与书结缘的事。因为，是书给了我一切。

我国自古就有“书中自有黄金屋”“书中自有颜如玉”的说法。当然，这是在过去“万般皆下品，唯有读书高”“学而优则仕”的思想指导下产生的。如果抛弃这些陈腐观念，单从一个人对知识的追求来看，我深深地感觉到书中确确实实有无穷无尽的宝藏，是人们一生取之不尽、用之不竭的精神食粮。通过书，我们才能获得无穷的力量、获得自信。也只有通过书，我们的素养、气质、道德、信仰等才能得到升华，变成一个有深厚文化底蕴，气质高雅、理想崇高、道德高尚，对人民、对社会有所贡献的人。回忆所走过的旅程，我之所以在生活和工作中有些小建树，就在于酷爱读书。跟随着时代前进的脚步，善于从书本中汲取丰富的营养，并能与实际工作、生活相结合，很好地解决问题，而不是死读书。当然，在这儿我并非要谈读书的心得与方法，而只是想谈谈读书、看书、写书的经历，仅此而已。

谈到读书，应该说我是很幸运的。我们全村颜姓人中，我是第一个从小学读到大学的人。从家谱中得知，尽管我们这族颜姓的人是颜真卿第二个儿子的后裔，但追溯到我家，祖祖辈辈世代为农，读书是遥远的事情。那么，到我这儿为什么能成为村里第一个上大学的人呢？这首先要感谢我的父母，感谢那个时代，感谢共产党领导的新社会。其次自然也包括我个人的努力。

在这儿我还要感谢两个人：一是我的姐姐，二是我的小学老师邓里芬。他们在我要失学的关键时刻，及时地助我一臂之力，把我从失学的边缘拉了回来，使我能够继续念书。

在这儿讲的看书，主要讲我利用业余时间看书的事，以示与在校读书的区别。利用业余时间看书对我影响较大的主要有三个时期。

一是上中学的五年。在这期间，我广泛地阅读了大量的中外文学名著。通过广泛阅读课外书籍，进一步提高了我看书的兴趣。应该说这五年是我涉猎文学著作最多、最广的时期。这对于提高我的语言文字水平、写作功底和形象思维能力自然有很大的作用。

二是我参军后。自1962年开始，我阅读了大量的哲学书籍，尤其是马克思、恩格斯和毛泽东的哲学著作。在学校看的是中外名著等文学作品，而《矛盾论》和《实践论》为我打开了另一片天地。后来，我在这两篇哲学论文的引导下，购买了艾思奇老师的辩证唯物主义通俗读本。再后来，还买了一套当时苏联所编的辩证唯物主义和历史唯物主义教科书和一套政治经济学教科书。通过这个时期的看书，我的最大收获是视野开阔了，看问题、分析问题的能力和水平得到了空前提高，人也变得善辩了。尤其是分析研究、综合归纳水平提高得很快。且通过这种学习，我的逻辑思维能力和演讲水平在单位也得到了广泛的赞誉。

三是自20世纪80年代初，我为了写书，每次都有针对性地阅读大量有关书籍。尤其是退休后，广泛涉猎了我国中医药的有关知识，重点是饮食养生与补益食品。这一时期由于我带着任务去读，经过较长时间的潜心研究和实践，2000~2011年，我出版了科普养生类图书十四本。应该说取得了阅读、出版的双丰收。

尽管不同时期，我看书的侧重点不同，但正是这种不同，对于增长读书兴趣、丰富知识与阅历、提高形象思维和逻辑思维能力，以及分析研究水平、综合归纳能力等诸多方面的提升，都产生了积极而深远的影响，使我受益终身。

从读书到写书是一个质的飞跃。读书是我一生的爱好，写书是我年轻时的梦想与追求。在几经挫折与失败后，我仍然坚忍不拔，终于在五十多岁时把它变为现实。尤其是在我退休后，因有大量的时间，又无其他牵挂，能在知识的海洋里畅游，广泛涉猎各种书籍，受益匪浅。因此，我也出版了不同种类的书籍：纪实文学类四本，法律公证类工具书一套，饮食科普养生类三个系列共计十四本。每当看到过去的梦想变为现实，落实在出版书籍上的时候，喜悦的心情是不言而喻的。我也免不了从心底由衷地感谢我们伟大的祖国，感谢我们的好社会，感谢我们这个自豪的时代，感谢我们伟大的党。否则，我只能像我的祖辈一样，一生与土地打交道，与贫穷相伴，绝不可能与读书和写书为伍。

藏书是伴随着我读书、写书的经历而展开的，是读书、写书时的副产品。到目前为止有各类藏书近千册。不多，也没什么值得一谈的珍品，所有藏书普通得不能再普通了。所以，也没有什么更多值得要写的，仅在最后一章作简要的回忆，也算是我与书结缘的一个组成部分。

作　者

二〇一五年十月一日

目 录

» 第一章 难忘的小学

一九四三年古历三月十四日（应是一九四二年古历三月十四日，但户口本上写的是一九四四年，故我在上初中时写了一九四三年古历三月十四日，取中，一直沿用至今），我出生在湖南省茶陵县城关镇郊区农林村黄泥沟的一个贫苦菜农家庭。黄泥沟位于茶陵县城东北部，隔着护城河与古老的城墙相望。我出生时，护城河已被勤劳的先辈改造成肥沃的良田。

茶陵县是一个古老的县城，在汉高祖五年（公元前202年）置县。它位于湖南省东南边陲。因地居“茶山之阴”，炎帝神农氏崩葬于境内而得名。我出生时，该县人口近二十万人（目前已超过六十万人）。茶陵是一个环境十分美丽的县城，境内群山环抱，丘谷纵横，森林茂密，郁郁葱葱，环境优美，气候宜人。尤其是发源于境内（现为炎陵县境内）的洣江，她带着井冈山的俊秀，炎帝陵的神韵，穿过重峦叠翠，集四乡溪流，从三面绕过县城，蜿蜒西北缓缓流出茶陵，经攸县、衡东注入湘江，给茶陵增添了无限娇媚的姿色，古老的县城犹如镶嵌在这锦绣山水间的一颗闪闪发光的明珠。茶陵更是一个人杰地灵的好地方。境内多样的地貌类型，温和湿润的气候，丰富的光、水、热和多样的生物，以及各种矿藏资源，为工农业发展提供了天然的大好条件。

茶陵三宝——姜、蒜、白芷，自古就响彻三湘大地。这样一块风水宝地很早以前就被人们誉为“可以生长，可以避世”的福地。在这样一块沃土上，自然造就了一代又一代的非凡之人。茶陵人民历来就非常勤劳勇敢，坚忍不拔，有一股不达目的誓不罢休的“牛”劲。因而，自古以来就被广泛誉为“湘东牛”。明《茶陵州志》记载：“境内农勤于耕，士勤于学。”耕读传家理念深入各家各户，铭记于人们心坎。在这山清水秀之地，学风尤为盛行，文人墨客更是辈出。宋、元、明、清兴建书院之数位列湖南前茅。科举考试录取者，也位列附近州县之首。历代考中进士的有一百二十一人，状元与榜眼各两人。其中，明、清两代赫赫有名的“茶陵四大学士”——刘三吾、李东阳、张治、彭维新就是杰出代表。明初，以李东阳为领袖的文学流派“茶陵诗派”，结束了台阁体的统治，开辟了“真诗复生”的局面。被明末有名的文学家钱谦益、程孟阳等赞誉为“论诗则推茶陵”。近代的谭延闿也出自茶陵，是清末民初赫赫有名的人物。清末时，他是湖南立宪派的首脑人物，后参加国民革命，官至“国民政府”主席，并担任过“国民政府”首任行政院院长。在中国共产党领导的新民主主义革命时期，也涌现了以谭思聪、谭震林（攸县人，十三岁到茶陵当学徒，从茶陵上井冈山走上革命，因而他自认为茶陵是他的第二故乡，每次省亲必到茶陵）、谭余保、颜金生等为代表的一批革命精英。新中国成立后被授予将军军衔的就有二十五位。因此，生长在这人杰地灵、学风盛行、“农勤于耕，士勤于学”大环境中的茶陵人，对于耕读传家的理念是孜孜不倦的。

我出生于茶陵，但从我记事以后翻阅家谱时才得知我们这支颜姓人是颜真卿第二个儿子的后裔。北宋乾德年间由江西省永新县迁入茶陵。我们家世代为农，读书为官对于我们家来说那是遥远的事。但到我父亲这一代，不知是因为没有文化吃尽了苦头，还是受茶陵深厚文化底蕴的影响，或许两者兼而有之，尽管家里一贫如洗，但自我出生以后，父母就萌生了要让我上学的愿望。后来，我问过母亲，她说："直接影响是我外婆家的所作所为。"

母亲的外婆是地主家的小姐，但她为了爱情，自愿嫁给了一个长工。为此，家庭与她断绝关系，将她赶出了家门。他们结婚后，通过辛勤劳动，买了两三亩田地。当他们生下儿子后就精心培养，并送他上学堂读书，一直读到大学。为了供儿子上学，他们又把所有的田地都卖了。后来，儿子学成后，使家里发生了根本性的变化。

这事对我父母影响很大，我一出生他们就立志要让我读书，望子成龙，以结束贫困的生活。为此，他们后来在看到我书读得还不错时，便信誓旦旦地对我说："就是要饭也要供你上学。"

母亲

我与书

——被书改变贫穷命运的往事

我家有四姊妹，就我一个男孩，从小被看得很重。我五岁时生活还不能自理，又瘦又小，但父母硬是把我送进了学堂。在学校我读书识字没有什么问题，但是上厕所一类的事就成了大问题。尤其是大便，每次都要一个比我大两岁的堂哥操劳，很不方便。为此，老师跑到家里对我父母说："你家伢子太小，还是过两年等他长大点儿再上学吧。"父母也只好接受了这一现实，我上了不到一个半月后就不上了。这次上学也似乎让父母看到了希望，因而更坚定了让我读书的信心和决心。

茶陵是一九四九年八月解放的。新中国成立后不到半年，即一九五〇年春，父母又把我送进了农林小学。当时农林小学学生不多，几十个人，共两个班，由两个老师管理，混合编班，两个老师各门功课都教。上课时，这个年级讲课，其他年级就做作业或温习功课。课程和学习对我来说问题不大。我最大的优势是记忆力好，思维活跃，但比较调皮。老师对我的印象很好，那时还时兴体罚和用竹尺打手掌，但我从来没有被罚过或被打过，真是幸运得很。

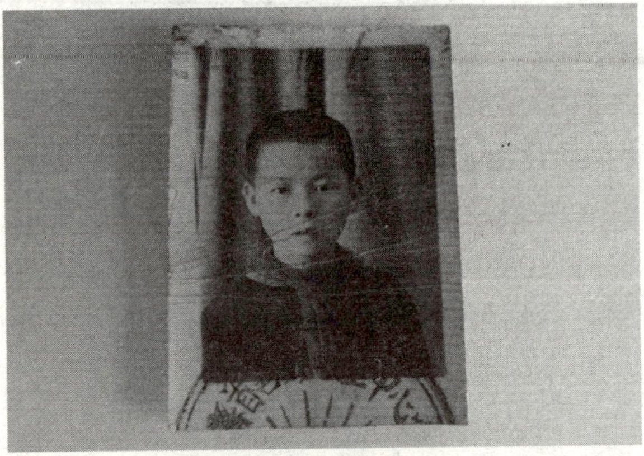

小学时期的作者

因刚解放，我们除了学习外，也有一些其他活动，如宣传、扭秧歌、打霸王鞭和腰鼓，吸引老百姓参加各种大会，为他们表演。又如农忙时，老师带我们去稻田里捡稻子。当土地改革开展后，我们小学当时正巧设在一个地主家的房子里。那个地主跟着国民党跑了，家里只有他老婆和一个女儿。他女儿正好是我的同年级同学，但老师也组织我们斗她妈妈，大都是讲她如何给教学造成困难之类的事情，让我们揭发。

当时我无论是学习还是参加课外活动，都很活跃。因此，我被选为班长。再加上我每次期末考试总是第一名，老师和同学们都喜欢我。尤其是父母，每当我取得好成绩时，他们总是眉开眼笑。只要我父亲有空，到哪儿去都要带着我。记得有一次，他带我去堂姐家做客，恰巧碰上同年级的一个女同学的父亲。这个同学年年都考第二名。我父亲一见到她父亲就开玩笑说："你女儿每年都考第二，我伢子每年都考第一，说不定以后我们还是亲家呢。"他忙说："那是，那是。"

在农林小学对我最好的老师是班主任，他叫邓里芬，一个男老师取了一个女人的名字。他为人诚恳，以身作则，为人师表。他的学识也很广，以他的学识水平和教学能力，在我们农林小学当老师真是有些屈才。当时，他对我的评价比较高，每次见到我父母都会说一些"你家伢子聪明好学，会读书，将来一定有出息"之类的话，说得我父母心里乐滋滋的。这位恩师对我的影响也特别大，后来我能把书念下来，没有在父亲过世后辍学，也是与他的影响分不开的。

一九五三年春，因农林小学只有三个年级，那年我要读四年级了，因而就转到民主完小。民主完小是基督教会创办的一所学校，在茶陵县是一所很老又很有名气的小学，在国民党统治时期改名叫正本小学。

我进入民主完小后，学校的教学比原来在农林小学正规了许多。各课都有专职教师，不仅没有混合编班，而且我所在的班学生特别多，全年级有六十多名学生，坐在一个宽敞明亮的大教室里。更有意思的是我小姑妈的女儿，比我大两岁多的表姐，与我分到同一个班学习。正是在这儿，我知道了还有少年先锋队这个儿童组织。由于各方面的表现都不错，我就被选为学习委员。在学期的中期，我就加入了少年先锋队。当时，我是班上第三个加入少年先锋队的队员，原来两名少先队员是我的入队介绍人。当我戴上鲜艳的红领巾与表姐一起到小姑父家吃饭时，小姑父吃惊地问："你这个小调皮怎么入队了？你表姐为什么没有入？"我回答说："我也不知道。"

那学期期末考试我考了第二名。虽然是第二名，但对我来说也是很重要的。因为从一九五三年开始，全国的学校都统一改为秋季招生，我们原来是春季招生的。因此，四年级一期正好是个关口，要么进五年级一期，要么再复读四年级一期。结果学校规定，前两名保送读五年级一期，三至六名参加考试，考试合格者上五年级一期，不合格者就再复读四年级一期。我幸运地被保送进了五年级一期。我表姐是第六名，她也考上了，与我又一起进高小念书。读高小时我们有四个班，每班有五十人，表姐这次没有和我编在同一个班读书。

说来我是很幸运的。我进高小后，第一天就意外地发现我们班的班主任竟是邓里芬老师。他从农林小学调到民主完小教高小了。这使我大喜过望，邓老师也很高兴，并鼓励我要好好学习，将来成为一个有用的人才。

我上高小时新中国成立不久，因而同年级的同学又多又杂，尤其是年龄相差悬殊。像我十岁左右是比较小的，有的过去没念过书，等到新中国成立后生活好些才念书，年龄比我大好几岁，十四五岁念高小也不奇怪。我记得当时有一个山西的女同学和我在一个班，她已经二十四岁了，并且还是两个孩子的妈妈。她的丈夫是南下干部，在我们县的一个区里当区长，她上学是为了能尽快参加工作。我们班还有一个男同学，年龄也不小，他是一个从印尼回来的华侨子弟。在这种学生年龄大小不一，学习目的各有不同的环境中学习，我的成绩依然靠前。尤其是在五年级时，我无忧无虑，就是一门心思学习，家务事父母很少让我干。

读高小时给我印象最深的还是邓老师对我无微不至的关怀。那年盛夏上课时，我突发疟疾，开始发高烧，大汗不止、头痛、口干舌燥、全身无力。这下可急坏了邓老师，他立即把我抱进了他的卧室，并到学校医务室拿来药给我服下，让我好好休息。中午时又为我端来热腾腾的面条，并亲自喂我吃下。到下午，我又全身发冷，他就把所有的棉被子都盖在我身上，就这样折腾了一整天。到放学时，他又背着我把我送回家。我家离学校有一里多地，并要翻过一个老城墙。老师不怕这种急性传染病的传染，对我关怀备至，像对待自己的儿女一样，使我深受感动，一辈子也难以忘怀。

从我出生到上小学五年级那段时间，父母的爱、老师的精心培养和关怀，放学后和小伙伴在洣江河畔沙洲上玩耍、在池塘和洣江中戏水打闹的情景，以及无忧无虑的快乐日子，给我的金色童年留下了美好的记忆。

» 第二章 我要读书

天有不测风云，人有旦夕祸福。无忧无虑的金色童年，在我十一岁时就早早地结束了。原因是我父亲因为盖房操劳过度，耗尽了体力和精力，并得了食管癌。

我父亲是村里颇有名气的业余厨师，能炒一手好菜。因此，村里办红白喜事都请他去帮忙。一九五三年冬，我的一个堂伯家为女儿招赘，入赘那天请我父亲去帮忙。我父亲在炒菜过程中，当鸡胗子快炒好时，便拿出一小块儿尝尝咸淡。谁知，这鸡胗子吞到咽喉处时却再也咽不下去了。开始，他也没在意，认为吞不下，过一会儿就会吞下去。谁知，就这么一小块鸡胗子，竟在他喉咙处停了三天，搞得他什么都吃不下。三天后，鸡胗子虽然下去了，但从此他吃东西就困难了。吃饭时，稍微硬一点儿的东西就吞咽困难，有时食物在咽喉处会阻塞好几天。找土郎中看后，告诉是噎食症，实际上就是现在的食管癌，过去农村称它为噎食症。这种病在当时的医疗条件下是很可怕的，是没办法治疗的。即便有办法治疗，家里也没钱。就这样，父亲从能吃一点很软的饭到喝稀饭，从喝稀饭到只能喝汤。开始，他还能坚持劳动，后来什么也干不了了，在家待着，形体消瘦，十分可怜。

自从父亲得病后，我原来的好日子也结束了。我除了上学外，回到家里还要干家务。一大早就要起来拾粪积肥或者打毛草，放学回家后要打猪草、放牛。由于我当时年龄还小，我过去没干过这些活儿，自然刚开始干时感到十分不习惯。每当我打猪草、拾柴火、拾粪等弄得多了，背不动时，就叫姐姐帮忙弄回家去。

一九五四年冬天，我父亲的病越来越重，连蒸熟的红薯和豆腐之类的软食也吃不了，只能喝汤。另外，他喜欢喝酒，每天喝点汤和糯米酒，人一天天瘦下去，毫无精神，用一床棉被盖着，坐在火灶旁熬着。一个一米七几高的人，到后来竟只有六十多斤重，皮包着骨头。到那年腊月，他知道自己快不行了，就向我妈妈、姐姐和我交代后事。当时，在他心中只有两件大事：一是盖房欠下的债务。他千叮咛万嘱咐，一定要还。他说："我还不清，伢子你一定要还清，千万不能不还，家里再穷也要想办法还债。父债子还，天经地义，穷要穷得有志气，千万别让人家戳脊梁骨。"二是我上学的问题。他说："原来我和你妈妈商量过，一直供你读书，并下决心就是要饭，也要让你念下去。可老天无眼，它不让我实现这个愿望。我现在就是要饭也无力去要。我死后，家里还有六口人吃饭，光靠你妈妈和你姐姐两个女人劳动，能不能维持这个家还很难说。读书对我们家是可望而不可即的事。你也不要怪父母，是老天爷害我们，不让你读书，让我得上这样的绝症，这么早离开你们，留下一个烂摊子让你们去收拾。"我默默地听着，不时地点着头。

那年腊月二十九日（当年无三十日）凌晨三时，我父亲就去世了。去世前，他用深情的眼神看着我们，依依不舍，嘴里还喃喃地说："你再也念不成书了，你长大后一定要把账替我还清。"

因为那天是除夕，父亲去世的当天就被草草地安葬了。一是因为当地有认为过年把棺材停放在家里不好的习俗；二是因为我们也停不起。就算当天不安葬，等到过年后再安葬，也一样只能草草地安葬，不会有什么作为。与其那样，还不如早点儿让他入土为安。当时母亲对我们讲，等以后有条件了，再为他补办。后来，我奶奶去世时，母亲真的请和尚为他念经超度。

这年春节，全家自然都沉浸在悲恸之中，毫无心思过年。过了春节，从悲伤情绪中刚缓过一点儿劲来，妈妈要我办的第一件事就是拿出笔、墨、纸来，遵照父亲的遗嘱，让我一笔一笔地记下所欠的债务。这些债务大致是欠的以下几个方面的钱：一是盖房时的工钱，主要是泥瓦匠和木匠的工钱。二是互助会的钱。父亲为了盖房子，搞了一个互助会，今年是你家标会，明年是他家标会，每年的钱固定，这样所有的人都标了会后，钱也就还清了，互不相欠。三是从亲戚朋友家借的。我记下后，算了算总共三百七十多元。这在当时经济不发达的解放初期，真是一个天文数字的大债务。不要说三百多元，就是三十多元，也是一个很大的数目。据我妈妈讲，盖房子总共花了八百多元，也就是负债率在百分之五十。

接下来，就是研究我还上不上学的问题。开始讲不上学，因为家里欠那么多账，光六个人的吃饭问题就够呛。而且，再向亲朋好友借钱，也开不了那个口。再说，我父亲一去世，亲戚朋友来往都快没了。他们躲都来不及，谁还会借钱给我们？尤其让我们伤心的是我那个在株洲工作的未来姐夫。他遵从父母之命，在他未来的丈人去世后，也没有回来看一下，更谈不上寄点钱回来。最让人生气的是他和他的家人正在策划如何和我们家解除婚约。这种困难情况，我自然一清二楚，但我还是不甘心地坚持要念书。

我向母亲说："我现在已读完六年级上学期了，再读一期就小学毕业，好歹你让我读完高小。"母亲说："这事我也清楚，但你的学费从哪儿找？家里值钱的早就卖光了。"我说："两三元钱，你就想想办法吧。"母亲说："这伢子，不要说两三元钱，就是两三毛钱家里都拿不出来，你叫我怎么想办法？如果我能想到办法，我也不会和你讲这个问题了。"我姐姐非常认同我坚持读完高小的想法，说："让我来想想办法。"母亲说："你能想出什么办法？"姐姐说："家中地里长的蔬菜到弟弟开学时能卖点钱。如果还不够的话，我再找我要好的姐妹借点儿凑足，让弟弟上完高小，好歹也能毕业。高小毕业生说不定将来找工作也好找些。"妈妈见姐姐这么说，也就没再说什么，最后只是重申一下："就按你姐姐说的办，读完高小，别再要求继续上学了。不是妈妈不让你上学，家里的情况你也看到了，实在是没有钱上学。"我说："我知道，我就想念完高小。高小毕业了，我就在家好好和你们一起劳动，等长大了我再去找工作。"因为，当时一个高小毕业生也算是个文化人，有了高小文凭，找工作也是很有利的。

当快要开学时，姐姐把地里的蔬菜卖了，又借了几毛钱，凑足了我的学费。就这样，我又走进了学堂，继续读书。这个学期说是读书，实际上有三分之一的时间在帮助妈妈劳动。这时干的活也重了，如挑水、浇菜、翻地、锄草、栽菜、挑煤、插秧、收稻子、捡棉花等。上学经常缺课，班主任也知道我家的情况。当我缺课后，他能让我补上的，尽量抽时间给我补上，他不能补的就全靠我自己的努力。还不错，尽管这个学期我三天打鱼，两天晒网，但毕业考试后的成绩居然排在全年级中等水平，这是我和家里人都万万没想到的。

高小毕业了，接着是考初中。这时，我的情绪很低落。原因是我从内心深处想参加考试，想继续念书。但我也知道家里太穷，母亲负担太重。虽然有姐姐帮忙，但当时一家六口要吃饭，不要说对于一个女人来讲负担沉重，就是对一个男人来讲也不轻。如果我不上学，就可以减轻母亲的负担。因此，我当时思想斗争也很激烈。

一九五五年上半年，正是农村由互助组向初级农业社转型的时期，土地还是私有的，能买卖。但我不能也不敢让母亲把土地卖了让我上学。当时母亲打算让我毕业后在家里待上两三年，干干农活，等到十四五岁时，就让我跟着村里的一个堂叔去学开汽车。

对于考中学这件事，我确实有些不甘心。尤其是后来我知道这次能考上初中的人比较多，四五个人里才能考取一个，而且附近的攸县、礼陵、安仁等地都有不少考生往茶陵考，我更想试一试，看看自己能不能考取。于是，我试探着对母亲说："我想参加初中考试，你看行不行？"母亲说："行什么呀？就是你考上了，也没钱上学，这些你又不是不知道。"我说："我知道，我就想试一试。几个县的考生都来考，好几个人中才录取一个，我就想试一试，看我行不行。"母亲也感到很为难："唉，你这伢子软磨硬泡。不是母亲不让你学习，是家里实在没办法。"我哀求道："妈妈，你就让我试试吧。"母亲看到如此情景，流着泪对我说："好吧，你去试。唉，有什么用，无论是考上了，还是考不上，都不能上学，你这是何苦呢？”

在征得母亲同意后，我报考了小升初。当时在茶陵只有三个中学，一中、二中和三中。我报考的志愿是茶陵一中。我们民主完小是城关镇及附近几个乡的考点。考试那天人很多，占了几个教室。因为光我们学校就两百多人，加上附近其他乡镇的考生，一共有四五百人。

考完后，我也没把此事放在心上。因为我当时就是抱着试试看的心态去参加考试的，考没考上对我而言都无所谓，反正我是读不起。于是，我天天干家务活，也不急。可是，老天爷真会捉弄人。出录取通知那天，我和母亲挑煤回来，在离家还有一里多的洣江河畔遇见我一个同学，他是专门去学校看录取通知榜的，一见我就说：“你还在这儿挑煤呀，今天是出榜的日子，同学们都去看榜了。我看到你被茶陵一中录取了。”

我听后又喜又忧，在问了他的情况后，就挑着煤闷不作声地和母亲一起往回赶。但思想又斗争开了。我想读书，但这次怎么和母亲讲呀？这次讲也没用，母亲有言在先。再说，母亲也挺艰难，我真不好开这个口呀。下决心不去上学？下不了，我内心很想读书。下决心去上学？这没用，现实是很残酷的。就这样，我左右为难，几天一直很沉闷，情绪也很低落，光干活不说话。母亲自然知道我的心事。

过了几天，我和母亲都知道我表姐没考取中学。为此，我小姑父不但狠狠地揍了她一顿，还用搓衣板让她在祖宗牌位前跪了一个上午。后来，母亲又不知从哪儿得知，上中学就是走读也要十三元多学费。于是她对我说：“这么一大笔钱，你要了我的命我也拿不出来。你还是死了那条心，在家好好帮我干活吧，等过几年你长大了，去学门手艺，跟你堂叔去学开汽车。有手艺混碗饭吃没有问题，还能挣些钱，还了你爸爸盖房子欠下的债。”我当时并没有吭声，只是默默地点头。这时我又能说什么呢？我的情绪十分消沉，感到读书对我来说已是遥不可及的事。

谁知正当我绝望时，一天，我的恩师邓里芬老师急匆匆地赶到了我家，对我妈妈说：“听说你准备放弃让儿子继续上中学的名额？”母亲叹了一口气，无可奈何地说：“我有什么办法呢？一家这么多人要吃、要穿，要是能把肚子填满就谢天谢地了。”邓老师接着说：“走读是要十二三元钱，但这只是第一学期开学时要那么多。等他上中学后，像你们这种情况，孩子能拿到助学金，以后就用不着拿这些了。搞好了，他每学期都能拿到十元的助学金。你们家每学期只要拿两三元钱，和上小学的钱差不多。再说他那么小，也帮不了你多少忙。”

“帮是帮不了大忙，但千斤帮四两也好些，家里实在太困难了。”

“我的意见是继续让他读书。我是看着他上学读到现在的，如果你不让他继续读书，实在是太可惜了。”

“你再让我考虑一下，看能不能想出办法来。”妈妈这时思想有些松动。

最后，邓老师说：“如果实在没办法，你再来找我。我们一起设法解决孩子上学的问题。”

母亲只好答应说：“好吧，我尽量想办法。”

当邓老师走后，姐姐对妈妈说：“菊姑婶婶想用二十五块大洋买我家的一亩二分五厘田，我看为了弟弟上学卖了也行。”

“不行。”母亲急忙否定了，“那是我们家的命根子，一年收二十几担红薯，五六担稻子，如果卖了一家老小非饿死不行。有这田在，好赖加上蔬菜和其他能吃的作物，就能保证一家勉强过日子。如果卖了，为了他上学，今后一家人就要饿肚子，那日子还怎么过，这是万万不行的。”

姐姐说：“那怎么办呀？”

母亲说：“其实也是没办法可想，只能从家里的农作物来想办法了。你把地里的蔬菜能卖的都卖了，家里还有一些豆子、花生之类的东西原来想留着给你们过年吃的，算了，把这些通通卖掉，看能卖多少钱。”

就这样，母亲和姐姐商量着，把家里只要能卖钱的都卖了，但还是不够。这时，母亲为难地对姐姐说：“把家里值钱的几乎卖光了，还是凑不够这十几元钱的学费。”姐姐说：“那怎么办？”母亲说：“办法倒还有一个，不知你同不同意？”姐姐说：“我有什么不同意的，只要能让弟弟读书，我什么都同意。”

“那好。我考虑了半天，咱家再能拿出来换几个钱的，只有为你准备的嫁妆。唉，说是嫁妆，其实就是可以打两床被子的棉花。如果把棉花卖了，能换些钱，也许能凑够你弟弟的学费。”

“行，卖了，我不要嫁妆。”

“可是婆家会更瞧不起你的。”

“不管那些，先让弟弟上学再说。”

“如果你不怕，我就这么办。不过，你放心，我现在把你的嫁妆卖了，等你有了孩子，我会补上的，给你每个孩子都送两床棉被。”母亲有些愧疚地对姐姐说。

后来，我妈妈也真按她当时的许诺，在我姐姐的每个孩子结婚时，除了送其他礼品外，给四个小孩每人都做了两床棉被。

就这样，在邓老师家访后，母亲和姐姐为我凑够了上中学的费用，让我继续读书。

是呀，我是可以继续读书了，克服重重困难，冲破了我上学的艰难险阻，向着自己的理想又前进了一步，去求学、去追梦、去到知识的海洋中畅游。可是，母亲为此不仅承受着巨大的经济压力，而且付出了惨痛的精神代价。村里的风言风语，一起向母亲迎面扑来："连饭都吃不饱，还摆什么谱儿，让伢子去上学"，"上什么学，如果真有钱，就还了盖房子时所欠下的钱，那不比什么都好"……

母亲和姐姐的举动，深深地印在我的脑海里，将来我一定会好好报答她们。同时，在我的脑海里还深深地有恩师的印记。我从心底里感激他们。

可让我没想到的是，我的恩师在那个特殊的年代里过早地离开了我们。一九六七年，当我从部队第一次被批准回家探亲时，我兴冲冲地去找他。但我的同学告诉我，邓老师后来调到中学教书。"文化大革命"初期，因为他出身不好，以及一些莫须有的罪名，被炒了"鱿鱼"。他受不了当时造反派惨无人道的折磨，竟跳井自杀了。我一听后，顿时如五雷轰顶，热泪直流。我想，这么一个好人，这么一个对学生、对国家负责的好老师，竟在能为国家、为教育事业尽力的壮年时期，就早早地结束了生命，真是那个特殊时代的悲哀。

» 第三章 艰辛的中学

一、母校茶陵一中

我考进的茶陵一中坐落在洣江河畔，北靠山丘，南临洣江，是一块风水宝地。其环境不仅幽静，而且十分优美，房屋错落有致，教室宽敞明亮。该校教资力量雄厚，教学质量很高，在湖南名列前茅，在三湘大地也是为数不多的老校、名校。

一九五五年秋，当我进入该校时，正好是学校建校五十周年之际。后来得知，茶陵一中的前身是“湖南官立南路师范学堂”。一九〇五年六月十日，在清朝末期废科举、办新学大潮的推动下，南路师范学堂在衡州府中学堂应运而生，旨在仕进者有“进学之阶”，从业者有“谋生之智”。七年后，又依次更名为省立第三师范学校、省立第三初级中学、省立二中。后因战乱几经迁址，于一九四一年二月，湖南省教育厅择茶陵原洣江书院为省立二中永久校址。洣江书院始建于明代弘治十七年，其规模宏大，位列茶陵众多书院之首，影响也最为深远，在湘楚大地上是榜上有名的。以这样一座有悠久历史的书院为永久校址，自然是相得益彰的。一九五二年，该校改名为茶陵一中，一直沿袭至今。

从上可看出，茶陵一中是我国尤其是湖南近现代最早的基础教育学校之一。早在一九〇七年，首任校长曾熙手书“南学津梁”，以培养人才为己任，把该校看作文明的渡口，知识和人才的桥梁，不断宣扬文化教育与革命对于一个国家、民族、地区发展的意义。从省立三师发展到省立二中，无数教育骨干、仁人志士、铁血男儿、青年才俊曾聚集于此，踔厉风发、激昂青云；一代代该校学子在“湘楚民族精神”的激励下，在这里开启了青春和革命之旅。因此，该校也被誉为湖南省的革命摇篮和湖南省的“北大”。新中国成立后，这种精神仍然以其独特的文化穿透力，在深邃的时空里散发着迷人的魅力，影响着一代又一代的茶陵一中人。

我有幸走进这样一所有着悠久而又光辉历史的名校读书，当时的喜悦之情是难以用语言表达的。心中只有一个心愿：好好念书，追随前辈的足迹，将来做一个对祖国有用的人，为祖国贡献自己的一切。

二、艰苦读中学

茶陵一中是改名后才开始招收初中生的，原省立二中只有高中部。我进校时仍然是以高中为主，全校近一千人，初中只有五个班，不到二百五十人。其中，初中二年级两个班，我们一年级三个班，每个班五十人。当时没有初中三年级，一九五二年改名为茶陵一中时才招收初中生，而一九五三年又没招初中生，到一九五四年才再次招收初中生。

我们初中一年级分别为初九、初十和初十一三个班，我被分在初九班。我们的班主任姓马，同时也是我们的语文老师。马老师是湘潭人，很瘦，个子也不高。据说他在新中国成立前就是一名地下党员，新中国成立后来茶陵一中当了一名语文教员。类似他这种新中国成立前就是地下党员的，茶陵一中还有好几个，如学校的党支部书记陈觉山副校长。

初九班是一个很好的集体，学生是以茶陵和攸县为主，另外还有相当一部分学生是礼陵和安仁人。尽管来自几个县，但大家相处得很融洽。我们班最大的特点是十分活跃，尤其是文艺活动，在学校是很有名气的。记得我们看了黄梅戏电影《天仙配》后，当时正好是第一个五年计划大生产之际，我们班自编自演了一个七仙女为了搞生产而下凡的舞蹈，受到广泛的好评，还参加了县和湘潭地区的文艺汇演并拿了奖。其中，有一段唱词是：“天宫岁月我不爱，我们愿去下凡尘。不是下去游山水，也不是下去配男君，为的是下去搞生产。”

中学时期的作者

在初中毕业后，我又考上了茶陵一中，所在的高六十九班同样是一个文艺很活跃的集体。为配合当时的形势，自编自演过歌剧。如反映当时知识青年上山下乡的歌剧，也获得了广泛的赞誉。其中有一段唱词是："马福来，今年二十一岁，初中毕业没考上，农村工作，实在不安心，去找春梅有事情。"

我在茶陵一中上初中、高中时都是走读生。在茶陵城关的学生大部分为走读生，只不过我在县郊，路程比在县城的要远一些，大概三华里多一点。走读生的学费是十三元多，我上学到期中评助学金时，被评为走读生甲等，每学期十元。一直到我参军都是这样。

学校当时安排的学习时间是：早上起床洗漱完毕后，上四十五分钟早自习。然后吃早餐，休息一会儿就上课。上午四节课，每节课四十五分钟，休息十五分钟再上下节课。中午午休，起床后两点又开始上课。下午也是四节课，但真正上的课只有两节，后面两节课是体育锻炼，各班自己组织。学校只在夏天统一组织去洣江游泳，一般每星期两到三次，共九十分钟。后来搞勤工俭学，也是利用这两节课的时间，将体育活动改为劳动生产。晚上再上九十分钟的自习，一般是九点半以后要睡觉。

按学校规定，我们所有的走读生不管远近都要在学校睡觉。因为，学校为了保证教学质量，走读生也要参加早晚自习课，不能缺席。为此，像我这样路程稍远的走读生就要带饭到学校，要不然就赶不上早自习，在城里住的同学就回家吃早餐。这对我的学习来讲自然是大有益处的。因为，我一到家就要参加劳动，没时间复习功课，另外，学校用电灯，比家里点煤油灯看书有益于保护视力。

下午放学后，我回家帮助母亲劳动或做些家务，晚餐后，再带着第二天的早饭去学校。我带的早饭大部分是红薯，差不多大半年都是如此。红薯吃完了，就带一些大米拌的蔬菜饭，自然米少菜多。到学校后把早饭放在伙房，第二天早上会有人帮我放在火上蒸一下。上完早自习后，我和寄宿生一样去吃早饭，只不过我是自己带的。由于是前一天带到学校，再加上饭少，因此在夏天很容易变馊，吃起来酸酸的。吃这样的饭也无所谓要下饭菜。如果有，就是夏天周日劳动完后，利用午休时间到池塘中摸点儿田螺、小鱼或者挖点藕带上。有这种菜下饭，我自然很高兴。但由于放的油很少，所以做出来腥味挺大，尤其是田螺。为了在少油的情况下能做得稍微好吃些，母亲通常先把田螺炒干、把小鱼晒干再做成菜，这样既能好吃一些，又便于储存。吃这样的饭因米少菜多，最大的问题是吃久了、吃多了，肚子里冒酸水，吐出的颜色青青的，并带着许多泡沫。由于缺盐少油、营养缺乏，我上中学时又瘦又矮。记得我刚上中学时，只有一米二七高，四十几斤重。在班里上课坐在最前面，上体育课或集合站队时是最后一个。一九五七年学校组织支农，到乡下山里去种油茶，因为我人小，竟没让我去，全班只有两个人没去。

我上学时用的纸、笔与墨水都很差，买的便宜货。如墨水一般是买墨粉，两分钱一包。买回后放进墨水瓶里，再用温开水冲开。有时墨粉没有冲开，或者虽然冲开，但写的过程中一旦停笔就会干，只有把笔放进清水里泡一泡才能接着写字。这自然就影响了做笔记的速度，同时对笔尖也没什么好处，容易损坏。后来，我找到一种办法，就是隔一段时间磨磨笔尖两边，这样就好使点儿，笔的使用寿命也延长了不少。

读五年中学，我没有买过一本辅导书，也没买过任何课外书籍，除了学校发的书本，还是学校发的书本。对于那些有钱买辅导书和课外书籍的同学，我十分羡慕，有时上自习课也设法向他们借辅导书来看上一会儿。看课外书籍好办，因为我们学校有个较大的图书馆，好几个房子里的书架上都放满了书，还有专门的图书管理员。当时管理图书的老师姓龙，叫龙淑贞，是我们政治老师的爱人。她是一个十分漂亮的女老师，一米六左右的个子，白皙的皮肤，大大的眼睛，五官端正，搭配比例十分协调。她工作认真细致，人也很和蔼。我每次去借书时，她都会先和颜悦色地问我要借什么书。当我告诉她书名和标签号后，她都能迅速地给把书找来登记好。然后，告诉我还书的时间，并一再叮嘱要爱护图书，不要损坏，不要折叠等，工作十分到位。如果图书被人借走，她会告诉我过一段时间再来借，或让我留下姓名和班级，当书还回来时，她会告诉我，书已还到图书馆，可以去借了。

在五年的中学时光里，我记得做过一次新衣服，还是夏装。当时学校要开运动会，我是学校的体操运动员，母亲那次下了很大决心，为我买了二丈七尺的白细布，给我做了两套服装，均是长灯笼裤、短上衣。人穿上新衣服自然很精神，母亲一听人家夸我精神自然也很高兴。穿着它也给我参加运动会增添了信心和力量。除了这次，我记不起什么时候再穿过新衣服。平常穿的都是改的大人的衣服，后来稍大一点，就是姐姐把姐夫淘汰的衣服改改给我再穿。衣服也很单薄，夏天好对付，但冬天就很难受了。南方的冬天非常阴冷。因为空气中含的水分多，被寒风一吹，浑身像一下冷到心窝里去了一样。尤其是回家吃饭的路上，有时要顶着呼呼的北风，那种难受的感觉时至今日也难以忘怀。

在中学学习中，我的学习成绩由于多方面的原因，大概就是中等。一般七八十分，九十分以上的不多，六十至七十分也不多。最差的是语文，尤其是初中。因为，我们上初中正好赶上

《汉语拼音方案》公布之时，初中要求教拼音，不像现在一上学就教。茶陵方言与拼音的标准音差别很大，我对它掌握不好。发音不准，方言很重，自然拼出音来就错误百出。我最好的是数理化，尤其是数学。因为从小就跟着姐姐卖菜，心算能力很强。我的记忆力也不错，所以其他功课也行。音乐、美术课一般，体育稍好些。别看我个头小、人瘦，但我的身体协调性、灵活性、柔韧性较好。因而一上中学，就被体育课老师相中，让我参加了学校少年组的体操队。体操队没有专职教员，是体育教师兼职，全靠自己练习。体育老师是从部队转业回来的，他做单双杠还能来几下，但吊环、跳马等都不在行。因此体操队搞了一两个学期后，就解散了。另外，我的游泳、跑步也不错，尤其是游泳。因生活在洣江河畔，七八岁就能过江。记得有一次洣江对岸炸鱼，我在沙洲那儿打柴火，一听到炸药响了，就和伙伴们扔下柴火，脱了衣服游到对岸，捡了好几斤鱼，兴冲冲地拿回家。哪知，不但没有得到母亲的表扬，反而遭了一顿打。原因是我母亲在我很小的时候给我算过命，说我两件事不能做：一是游泳，二是爬树。那时母亲还不知道我学会了游泳，游泳是父亲教的。她一直认为我不会游泳，当我把鱼拿回家来，她才知道我不但会游泳，而且还敢过河。这下把她急坏了，从来没打过我的母亲，这次也不手软了，就怕我出问题。可怜天下父母心。其实，我母亲担心的两件事我都在行。我爬树也很在手，胆子也大。因为，我们村子里各种果树特别多，儿时淘气，所以很快就学会了爬树。在人家收获果子之后，爬上去收摘那些遗留的果子。上中学后，随着长大和知识的增长，有时也感到好笑。为什么母亲会相信那算命人的鬼话？水火无情，当然要让小孩子避免；爬树危险也很大，谁都知道。母亲竟相信这种鬼话，让我白白挨了一顿打。

我们课间休息的十五分钟，大多都是踢毽子，尤其是冬天踢得更欢。原因是冬天茶陵天气阴冷，寒风刺骨，再加上穿的衣服单薄，因而踢毽子成了最好的运动和取暖方式。

一九五八年初中毕业后，我考上了本校高中。当送姐夫的母亲去株洲带外孙时，姐姐让我考601厂的技工学校，以便早日参加工作，解决家庭困难。我告诉姐姐，我已考取了高中，还想继续上学，将来再考大学。姐姐听后，也同意了我的想法。就这样，我又能在求学的道路上继续前行。

在上中学期间，对我印象最深、影响最大的一次教育是：听当时中共中央政治局委员、国务院副总理谭震林的演讲。一九五七年下学期，谭震林副总理回家乡省亲，在湖南省第一副省长谭余保的陪同下，来到茶陵。谭震林是攸县人，但他十三岁时就到茶陵县城徐文园书店当学徒，他是从茶陵参加革命走上井冈山的。因此，他把茶陵看作他的第二故乡。到茶陵后的一天晚上，他接见了茶陵县城三个中学的全体教职员工和学生，并发表了十分精彩的演讲，演讲的题目是《谈理想》。他勉励我们要努力学习，树立远大的革命理想，培养高尚的革命情操和良好的道德品质，学好本领，将来为建设和保卫祖国做出自己的贡献。他在谈理想时说："你们应敢想敢干，勇于创造，要有伸出手就能抓到一切的理想。"他的精彩演讲，很快就把大家的情绪调动起来了，不时博得阵阵掌声和喝彩。演讲结束后的很长一段时间内，同学们还经常谈论他的演讲内容。这次演讲给我留下了不可磨灭的印象，并对以后的学习、工作产生了深远的影响。

三、辛苦并快乐的课余生活

除上课外，我的课余生活大致是干三件事：一是利用走读回家吃饭的时间，在路上一边走一边看课外书籍，主要是文学作品，大部分是中外名著。那时候我看过的文学作品都是从学校图书馆借的。二是周日和寒暑假的劳动生产。除了种蔬菜的农活外，主要是挑煤砍柴，解决家里的全部燃料。三是在夏天利用周日和暑假在家劳动时的午休时间，去摸鱼、田螺和蚌，秋天去挖藕，换回钱补贴家用，同时也能改善生活。

我从农村走进茶陵一中这样的名校，自然就像掉进了知识的海洋。当时，我除了尽力学好每门功课外，就是到学校图书馆借书看。记得我第一次走进学校图书馆，看到那么多图书时惊呆了。那么多书，分门别类、整整齐齐地摆放在书架上，比我原来在书店看到的书多多了。好几个大房间，书架上摆满了各种各样的图书，并做好了标签，房子的墙壁都看不见，通通被书遮挡了。而且，还有专职管理图书的老师。

我在茶陵一中的五年时间里，不断地从学校图书馆借书。开始主要是借中国古典名著，如《三国演义》《水浒传》《西游记》《封神演义》《说岳全传》《聊斋志异》等，以及武侠、历史小说。后来看一些现代文学作品，如《家》《春》《秋》《子夜》《茶馆》《骆驼祥子》《太阳照在桑干河上》《新儿女英雄传》《苦菜花》《林海雪原》《红日》《野火春风斗古城》等。再后来，我上高中了，才看外国名著，如《安徒生童话》《格列佛游记》《福尔摩斯侦探记》《钢铁是怎样炼成的》《母亲》

《静静的顿河》等。

这五年，我看文学作品已达到如醉如痴的程度，有时完全被故事情节所吸引，喜怒哀乐也被人物的遭遇所左右。往往借到一本书后，总是爱不释手，恨不得一口气就把它读完。但是事情又恰巧相反，因为我没有更多课余时间来看课外书籍。到学校要上课，回家要劳动，我自己能支配的时间寥寥无几。因为我是走读生，中午和下午都要回家吃饭，在路上走的时间里才能看书，除此之外是根本没有一点时间的。

五年的中学课外阅读，我就是利用这一点点时间，如饥似渴地阅读文学作品。不管春夏秋冬，只要在上学和回家的路上，都能看到我看书的身影。我一边走路一边看书，从不离手。有时看得入了迷，到家连吃饭也不离开书。夏天打着赤脚踩在马路滚烫的石子上，顶着似火的骄阳一边走一边看，一进屋后两眼短时间内什么也看不清。冬天穿着单薄的衣裳，冒着寒风一边走一边看，一进屋就要把手放到嘴边哈着气取暖，冻得红肿麻木是常事。

就这样，通过大量的课外阅读，进一步地提高了我的阅读兴趣，也培养了广泛涉猎书籍的良好习惯，一直保持至今。有意思的是，我把看过的中外名著经常讲给同学们听，尤其是在学校组织下乡支农或参加劳动生产期间，更是给同学们讲故事的大好时机。记得一九五九年，我们在火田乡插秧时，我给他们讲《说岳全传》。大家一边劳动，一边听我讲。自然，同学们也是很乐意的，因为插秧是个很辛苦的活。大家听着故事，既活跃了气氛，又减轻了劳动时的疲劳感。

这五年的中学时光，应该说是我人生中涉猎文学作品最多、最广、最集中的一个时期，也是我人生中集中阅读书籍的三个时期中，最早、最先收获较大的时期。无疑这一时期的广泛阅读，对我开阔眼界，吸收知识，培养阅读兴趣，提高语言文字功底，提高形象思维和写作能力，起到了极大的作用。阅读文学作品常常使我心情愉悦，在艰难的生活面前抱有美好的梦想。同时，在阅读书籍中，我随故事情节的喜、怒、哀、乐而变化，自然也使我的心灵得到净化，是非、善恶、美丑的轮廓越来越清晰。所以，我从心底感到：这五年的春夏秋冬，在路上阅读文学著作是辛苦的，但也是快乐的。

劳动无疑是我这个时期，除读书外的另外一个重要任务。只有参加劳动，我才能帮助母亲维持这个家；也只有参加劳动增加收入，才能赢得母亲对我继续上学的支持。因此，周日与寒暑假心甘情愿地投入到生产劳动中去，并拼命地干，为家里多做事，也是我当时应尽的职责与义务。穷人的孩子早当家，我是深有体会的。姐姐在一九五六年出嫁后，原来她担负的劳动很大一部分落在我身上。因为，两个妹妹还很小，不到十岁，自然我这个当哥哥的要协助母亲撑起这个家。当时尽管我才十三四岁，但家里所有劳动除犁地外，我都会干，如农田的一整套活：育秧、插秧、收割稻子、打稻子等。种蔬菜的一整套地里活，更是拿手。因为，我们村就是以种蔬菜讨生活的。除此之外，我还要上山砍柴，进山挑煤。尤其是姐姐出嫁后，家里用的所有柴火都落在我一个人身上。在所有劳动中，使我感到特别辛苦的是上山挑煤、砍柴、插秧、收割水稻，以及开荒、挖树根。

我家住在县城的郊区，要解决全家的燃料只有两个办法：一是用钱买，二是自己解决。在当时家境贫穷的情况下，拿钱去买是不可能的，唯一的办法就是上山砍柴或挑煤。但挑煤砍柴离我家最近的地方也有十几里路，远的有三四十里地，再远也得去。

要问挑煤与砍柴哪个容易些，我觉得是挑煤。因为，去挑煤的山路要近许多，大概十多里路。如果一天挑一次，清早吃饭后去，吃中午饭时能赶回来。就是一天挑两次煤，中间也有个喘气休息的机会，而且挑煤还不用进深山老林。但砍柴就不同了，路很远，来回七八十里地。每次都得凌晨三四点钟就起来吃早饭，吃完后带上午饭，摸黑走三四里地才天亮，走到砍柴的山上就十一点多了。砍好柴捆好，再吃午饭就已经是下午一两点钟。挑着柴下山，走一段休息一会儿，吃进的午饭很快就消化了。因为它不是干饭，而是蔬菜拌的，饭少菜多，消化很快。不要说这种拌的饭，就是纯粹的干饭，也经不起这种重体力劳动的消耗。饿了，肚子就开始捣蛋。这时候只有两种办法：一是勒紧裤腰带，二是拼命喝水。但水喝多了也有问题，山泉水喝多了会闹肚子。为此，我每次上山砍柴，都会带上自己家里腌的大蒜。这样一来很管用，喝了泉水后，吃上一些蒜，肚子就不会出问题。但水喝多了，另一个问题就来了，就是挑着柴下山，一边向下走，水在肚子里跟着步伐摆动哗哗作响。有水喝能解决一些饥饿，更能补充大量流出的汗。但有时找不到泉水就麻烦了。记得有一次和姐姐去砍柴，挑着柴下到半山腰休息时去找水喝。开始从一个沼泽地走过去，向里找水。可是找了好久，没有找到山泉，只好返回来在刚走过的沼泽地上的脚印处，喝些渗出来的水。像这种情况也是常有的事，那时只要有水，也顾不上它干净不干净了。我感到砍柴是最辛苦的，肩上压着重担，头顶着烈日，穿着草鞋的脚踩在滚烫的山石上，饥饿、口渴、劳累、疲乏一起袭来，浑身冒着大汗，一直要到晚上八九点钟才能到家。在回家的路上，大半天都是在极度饥饿、口渴、劳累、疲乏、困苦的情况下渡过的。

当然，砍柴也有快乐的时候。二十世纪五十年代，那时生态环境好，山上还有华南虎、金钱豹、豺狼等凶猛动物。因此，大凡上山砍柴都是同村数人一起去。当清晨站在山顶，看着太阳喷薄而出，心情也豁然开阔明洁。尤其是有薄雾时，人在山上走，雾在脚下飘，如腾云驾雾一般，心情自然会更好。但每当走进山谷口立有警示牌的地方，看到“山中有老虎和豹子出没，行人请早上八时以后进山，下午五时下山”时，心情又立刻紧张起来。为了驱赶虎豹，大家敲着挑柴的扦担，大声吆喝着，在山谷中震响回荡。这情景自然也别有一番韵味。有时，看见对面山上也有人上山去砍柴，不管认识或不认识，喜欢唱山歌的就放开嗓子唱山歌，对方就会与你对唱。大多数情况下是一人领唱，众人大声地和着，歌声在幽静的山谷中回荡着。现在回想起来也蛮有意思的。

插秧、收割水稻也是一件很辛苦的事。插秧的辛苦是腰酸背痛，尤其是一天到晚连续插秧十分辛苦，腰酸背痛得直不起来，一插到田埂处就想坐下来休息。但哪有时间休息，还要争分夺秒赶季节，错过了季节，这一年的收成就全完了。因此，再苦再难也得咬牙坚持。干完一天后，晚上躺在床上也是酸痛酸痛的。好在那时年龄小，睡一觉很快就恢复过来了，第二天又接着干。除此之外，插秧还要对付蚂蟥和水蛇，这些都是次要的。我们家乡好在没有血吸虫，不像洞庭湖沿岸，还要防着血吸虫。收割稻子主要在六七月，天气很热，头顶着似火的骄阳，打着赤膊，脚站在被太阳晒烫了的稻田里，蒸发的热气往上冒，人像在蒸笼里一样，大滴大滴的汗往下掉。如果不小心被稻叶划破了皮肤，那带着盐分的大滴汗水，流到伤口上十分难受，又痛又痒。站在水田里打稻子，扬起的灰与碎叶飞扬，满脸满鼻孔都是灰，只见两只眼睛在那儿转动。等稻子收完了，后背被太阳晒得起疱，火辣辣地疼，几天后脱掉一层皮。只要你去参加那种劳动，绝对会深深地体会到“一粒粮食一滴汗”“谁知盘中餐，粒粒皆辛苦”的深刻内涵。

我们村人多地少，从来没见过有荒地。人们早已把房前屋后，甚至连屋檐下那一点点空地也开垦出来了。按理说，我在劳动上不会遇到开荒这种事。但是，我确确实实开过荒，而且是在我不到十四岁那年干的。一九五六年放暑假前，学校开展勤工俭学活动，给我联系好了一份挣学费的机会，到离县城五六里地的一个叫种塘的乡下帮人家开荒地，按开出的荒地面积拿钱。当时钱自然不多，但有钱赚我也乐意去干。有的同学劝我不要去，说那份钱不好挣，很辛苦，并说：“人有三种苦：撑船，插秧，开荒土。”插秧我经历过，知道很辛苦。撑船我爸爸干过，对我讲过他的经历。他说：“撑船苦就苦在拉纤，那确确实实是个既危险又辛苦的劳动。”

我想，开荒再苦也不会比插秧、上山挑煤、打柴还苦吧。于是，我没听同学的劝告就去了。到那后，人家指着一片荒山让我开。一把大锄头，有好几斤重，拿在手里沉甸甸的。挖下去土壤很硬，地上只留下个印子，要挖好几下才能翻起一块土。这种开荒实则是“啃”荒，一点一点地啃，半天也见不到什么成果，但手臂逐渐被震得酸痛起来。尤其是握锄头的手掌虎口处，没多长时间就被磨出了水疱。第一天干下来，浑身酸痛，尤其是两只手臂好像不是自己的，而两掌的水疱疼得难受。那晚，我在床上思想斗争开了，接下去还干不干？不干这钱就没了，那我上学的钱母亲从哪儿给我凑来？眼看着母亲为了撑起这个家操碎了心，人也一天天地消瘦。我作为家里唯一的男孩，也应该为她分担一些责任。斗争了大半天，最后还是下决心继续干。再苦也要把学费挣出来，说不定这种艰苦是开始不适应，咬咬牙坚持一下就挺过去了，到后来会好些。于是，我挑破了水疱，采了一些消炎止痛的草药用布包上，第二天又接着开荒。就这样，我连着开了一个多月的荒，水疱破了一次又一次，后来就变成了老茧。手臂和全身的酸痛随着时间的延长，也没有那么难受了。但是，人的确消瘦了许多，并且晒得像煤炭一样。结束时，人家一算不到两亩地，给了我不到十元钱。但我心里还是乐滋滋的，因为我自己通过劳动挣到了钱，可以减轻母亲一些负担。当我拿着钱交到母亲手里，她接过钱看了看我又黑又瘦弱的身体，两行热泪从眼眶里滚了出来。

挖树根在我的记忆中仅次于开荒，同样是个辛苦活。我挖树根也是为了解决家里的烧柴问题。夏天每个星期天，我上山砍一次柴不够用，因此就要另辟蹊径解决家里做饭、养猪用的柴火。于是，下午放学后一到家，我就会拿起锄头与斧头，在村子里的田间地头寻找人家把果树砍掉所留下的树根，在我们家乡叫树蔸子。这树蔸子有大有小，但因长在不是耕作的地里，挖起来和开荒差不多。所不同的是不要连续作战，挖完一个就告一段落。同时，因为就在本村，今天挖不完，明天放学后还可以接着挖，时间由自己掌握，没有那么紧迫。再就是当挖出下面的支根时，就要换斧头把它砍断，这样，两种工具轮换着使用，就没有像开荒那样累。

上面我所讲的是课余生活中记忆里感到艰辛和劳累的一些事。自然不是每一件事情都如此，也有一些快乐的事，就是今天回忆起来也是很快乐的，至少是快乐多于辛苦，如摸鱼、摸田螺、挖野莲藕等。

夏天的周日或放暑假期间，如果我不上山砍柴或挑煤，就在家里干农活。吃完午饭后，下午两点到四点休息。因为那时太阳很毒，一般人都在家休息。这时我会约上几个小伙伴去鱼塘或护城河摸鱼、摸田螺和蚌，这是一件很愉快的事。两三个人或四五个人，穿着短裤，打着赤膊，提着一个木桶向目的地走去。到达后，就连人带桶一起欢快地跳进水里。鱼塘或护城河的水，被晒了一个上午有些烫，有四五十度的样子，有时会高一些。对于干了一上午农活的我们来讲，还是很舒服的。当然，摸鱼也要讲究技巧，尤其是摸鲫鱼更要讲究技巧。我们在长期的实践中，已经找到了摸鲫鱼的方法。那就是一开始大家在水淹到胸脯以下的浅水区一通乱踩，把水中的淤泥踩出许多深深的脚印。然后，就用两只手用力打水，打得很响很响。这样搞上十来分钟后，开始摸鱼。因为，之前的准备工作，就是把鲫鱼赶到被我们踩的淤泥脚印里去。这时，我们潜水下去，躲藏在脚印里的鲫鱼很容易被我们摸着。如果我们摸不着鲫鱼，就顺便摸一些田螺或蚌上来。这样反复潜水，一个中午休息时间，能摸一两斤鲫鱼和一桶田螺或蚌。这种活儿不怎么辛苦，就是时常被中午的毒太阳晒得肩膀、脖子和脸上脱皮，黑黑的。另外，就是反复潜水，时间长了眼睛充满血丝，回家时大家的眼睛红红的，像传染上了红眼病一样，不过几小时后就自然消失了。摸鱼、摸田螺和蚌的过程是很欢乐的，几乎每次潜下去都有收获，把上午劳动时的苦累和疲乏通通忘得一干二净，沉浸在欢乐之中。尤其是摸到了大些的鱼时，这种欢快会更多，欢乐与收获是成正比的。我想在城里或没有这种经历的人，是体会不到我们当时那种欢乐劲儿的。

到了秋天还有一种劳动是欢乐的，那就是到鱼塘或护城河里去挖野藕。新中国成立初期，有的鱼塘是各祠堂的，没有具体的主人。另外，护城河有的也栽了莲藕，更没主人。到莲藕成熟时，谁挖到就归谁所有。我在农活不是特别忙时，也会赶去“捞外快”。挖莲藕比摸鱼、摸田螺和蚌要辛苦得多。首先要用塘里的淤泥围成圈，把水分隔开，然后把圈里的水淘干。这个过程就十分辛苦，很费力气。接着是抓圈里的鱼。因为水干了或快要干时，这鱼在淤泥中活蹦乱跳，你去抓它，弄你一身泥，自然也包括脸上都是泥。不过这个抓鱼、抓田螺和蚌的过程还是愉快的，它是前期工作所见到的初步成果。至于鱼的多少和大小，那就要看运气了，不过一般几斤鱼是没问题的。这过后就是挖莲藕，顺便又能抓到泥鳅与鳝鱼。挖藕的关键是要找到长在淤泥浅处的藕尖，再顺着藕尖用专用的手提铲子挖去淤泥，越挖越深，直到把整个莲藕挖出来。挖莲藕是带有一点技术性的。首先，要找准什么地方莲藕可能多，然后用淤泥把它围起来，这样的收获就会大一些。其次，在挖藕的过程中，千万要小心，既不能碰着它，伤了它的皮或挖掉一块，把它挖烂了；又不能把它挖断，要小心翼翼地挖。无论是摸鱼、摸田螺和蚌，还是挖藕，都不是为了自己吃，而是为了拿到城里去卖，用来补贴家用。拿到城里去卖自然要拿好的，鱼要比较新鲜和大点的，莲藕要完整无损的，田螺和蚌要经初加工，除掉里面的脏东西。但不管怎么说能换回钱，当时无论对我，还是对家里都是一件很高兴的事。那些卖不出钱的小鱼虾和损坏的莲藕等，留下自己吃，也大大改善了生活，是一件高兴的事。

在这五年的中学课余生活中，辛苦并快乐的劳动生产，是我永远难忘的人生经历，也是我劳动最多、最累、最为艰苦的时期，在我的脑海中打下了深深的烙印。同时，有过的快乐时刻，也在记忆中不能磨灭。有这段经历其实对我的人生，真是一笔非常宝贵的财富，是任何金钱都买不回来的，也是不能用金钱来估价的。我的健康成长、工作、业余生活和退休后，所取得的每一份成果，都是与此息息相关的。如果没有这段经历，我很难讲有目前这种身体状况。它使我懂得：只要肯努力，就会有成果。在努力奋斗中，你会遇到各种艰难困苦，但只要你能咬牙坚持到底，就什么困难都能克服。困难越多，希望就越大。人的成功是在战胜各种艰难险阻中所取得的，投机取巧是不可能得到任何东西的。从此，我追梦的劲头也就更足了。这些都是精神上的，无形的。在有形方面，由于有这个时期的艰苦锻炼，对我的胃口和身体也大有益处。此后，我吃什么都感到很香，只要能吃的我都能吃下，从不挑食。因此，身体还行。现在我七十多岁，没有什么大毛病，身体的协调性、灵活性、柔韧性仍然还不错。每天我还能坚持做二十个仰卧起坐，二十个俯卧撑。干一天农活，跑上千八百米，游上千八百米，都不成什么大问题。这些，我想也是与那段艰苦经历分不开的。

四、勤工俭学与支农

我在中学的五年学习期间，深深感到形势变化、发展得很快，学生再也不是只坐在教室里读死书，而是要紧跟形势。刚上中学时正好赶上知青开始上山下乡，学校还要搞勤工俭学。上山下乡我们谈不上，因为刚进初中，还没毕业，暂时谈不上。只是上政治课时谈谈，让大家思想上有所准备。另外，知青上山下乡当时还刚兴起，因而常讲一颗红心两手准备，即升学和下乡两手准备。但我们跟女同学开玩笑说："你们有三手准备，毕业后找个好老公。"

而勤工俭学却是摆在眼前的现实，学校闻风而动。前面我已讲过，学校为了让我解决学费，给我联系过开荒。因为，茶陵是小县城，没什么其他事可做，开荒是最好联系的事。另外，就是开茶山。茶陵是属于丘陵地带，多山谷，山里盛产油茶。过去茶陵人炒菜用的油或点灯用的油，主要是茶油，其次是猪油和菜子油。茶陵乡下原来茶山很多，漫山遍野，但无人管理，野生野长，因此产量不高。如果要提高产量，就要加强管理。当时山里农村劳动力少。所以，就把开挖茶山、去除杂草的任务交到我们学生手上。当然，挖茶山虽然辛苦，但能挣到钱。于是，学校在暑假就组织同学们去挖茶山。那次因为我又瘦又小，学校没让我去。

除此之外，学校勤工俭学主要是在日常。我记得学校为了贯彻勤工俭学的号召，当时把下午原来九十分钟的体育锻炼课改为劳动课。下午上完两节课后，所有的人就去参加劳动。于是，学校北面的山坡上和南面涞江河畔，都被各班开出菜地，种上各种各样的蔬菜。种蔬菜是个技术活，不是你想种就能种好的。开始种蔬菜时全校都没有种好，因为不懂。我和另外一个同学虽在县郊种蔬菜的地方，懂种蔬菜的农活，但是我们人轻言微，再加上人多嘴杂，一人一个主意，很难统一，管理有些乱，因此收效甚微。后来，学校为了加强管理，种好蔬菜，把这个任务交给了教数学的陈国德老师。陈老师是从我们村出来的，虽然是地主出身，但刚解放时在家干过一两年种蔬菜的活，懂得种蔬菜。于是，他除教数学外，就是统一组织指挥全校种蔬菜，大家都听他的。各班分配任务，种什么，什么时候种，从育苗、移栽、施肥、松土、除草、防治病虫害等一整套，都听他的。陈老师当时四十岁左右，身体也好，到处跑，一个班一个班地指导。就这样，全校在他的带领下，蔬菜一年比一年种得好，到后来竟自给有余。于是，学校又盖了猪圈开始喂猪。这样一来，就大大减轻了寄宿同学的负担。原来，他们每月七元的伙食费，一学期要交三十五元。勤工俭学后，他们每月只要交五元的伙食费，一学期二十五元。这对当时的大多数来自农村的同学来说是一个天大的好事。像我这样的走读生捞不到什么好处，但也能沾些光。学校杀猪后，有时也分给我们一些肉，这对我这个缺油少盐的人来讲，也无疑是一件天大的好事。

除学校勤工俭学外，我们每学期还有支农任务。大致是十天到半个月，主要是在大忙的时候，如插秧、收稻子。插秧一般是在离县城比较远的地方，这是一个辛苦活，前面我已经讲了。但是集体插秧的好处就是大家你追我赶，一片欢腾，气氛比较活跃。有时他们还让我讲故事，一边插秧一边听着故事也可减轻劳累。再就是我们中间休息的时候，也是一个欢快的时刻。因为，我们走出稻田，就到附近的山上采小竹笋和蘑菇。小竹笋就是我们现在在超市看见的手剥笋。插秧时正好是春天，雨后那种竹笋多的是，只要你有时间，想采你就放开手采就是，谁也不会管你。另外就是采蘑菇，松树下的松蘑也是很多的，颜色也不错，味道更好，那是我吃到味道最好的蘑菇。这样，中餐或晚餐又增加了两个十分美味的下饭菜。

支农也干过其他的劳动，如修水利。一九五九年冬，茶陵和安仁两县修一条灌渠，叫茶安灌渠。工程量很大，用来灌溉两县的农田，造福人民。当时也叫我们下去修。冬天刮着朔风，下着毛毛雨，并夹着小雪花，异常寒冷。因为修水渠，不是挑土就是打夯，所以也不觉得冷。主要是老加班加点干，得不到休息，因此人感到很疲劳。尤其是到深夜，长时间干活，感到很困。更有意思的是那时受形式主义影响，常搞出一些出格的事。如有一天深夜，天漆黑一团并下着雨雪，本来各班正在休息，在工地上生火取暖。突然听说县领导来检查和看望大家，让大家都脱掉棉衣，穿着草鞋，把火把点得亮亮的，并组织各班比赛。这一来工地热闹非凡，县领导看了十分满意。其实，各班不比赛也差不了多少。因为，在那种阴冷的天气里，又脱掉棉衣，穿着草鞋，不用劲劳动，就会冻个半死，谁受得了。

在学校我们干的劳动当然远不止这些，临时性的劳动会时常降临。但劳动时间最长的是一九五八年的大炼钢铁。我们学校从中秋那天下乡去支援大炼钢铁，直到放寒假就没上课，一直在乡下挑铁矿石、木炭。我们有个年轻老师，一直生活在城市里，刚毕业分配到我们学校教书，那年正好赶上了。凌晨，他挑着木炭走在山路上，天一亮，山上烟雾缭绕，很像飘动着的丝绸，被远处喷薄而出的晨光映照着，十分漂亮。他从没看到过山上这种美景，一下就被迷着了。他看着美景，嘴里不停地赞叹着，竟忘了是走在山路上，脚下是万丈深渊。正当他陶醉在凌晨山上的美景中时，脚踏空了，几乎要掉下山崖去。幸亏在他后面的同学反应快，一把抓住了他，才幸免于难。我在大炼钢铁中，最大的意外收获是在休息时学会了打草鞋。从此，在家劳动可以自己打草鞋了，再也用不着去买了。

» 第四章　蜕变的大学

一九六零年五月，学校来了几个军人，戴着上尉与中尉军衔，全是东北人。他们来的目的是为军队院校招兵，主要是招高中二年级和高中毕业生，在茶陵招的是高中二年级学生。我当时所在的高六九班，就是高中二年级的一个班。全校有四个那样的班级，再加上酃县（当时也属于茶陵县管辖）一个班，茶陵总共五个班在招生之列。开始在县医院检查身体，所有在招生之列的高中二年级学生都参加体检，这是初查。初查合格者，再送到设在礼陵的中国人民解放军一七七医院去检查，这个医院属于广州军区的传染病医院。经过初查，只有四五十人符合复查，我是其中之一。我们从茶陵坐汽车到礼陵，住在一七七医院招待所。在医院共进行了两天的全面身体检查。医生检查得很仔细，提问也很细，主要问生过一些什么病，另外就是调查家族病史。我自三岁生了一场大病后，上高小发过一次疟疾，以后再没生过病，因此，没有更多可讲的。检查完后又坐汽车回到茶陵，让我们等待通知。

过了一段时间，一个姓郭的上尉军官跑到我家来进行家访，主要是找我妈妈和奶奶谈话。

他问我妈："你一个儿子，如果他符合参军条件，你让不让他去？”

妈妈说：“看他自己的意思吧。”

他又说：“如果你儿子能参军，也是上军队院校，继续读书学习。”

妈妈问：“他才上高中二年级，还没毕业，你们也招呀？”

“今年高等院校招收大学生录取名额多，应届毕业生不够数，所以要在高中二年级中招一批优秀学生，让他们提前毕业。如果你儿子符合条件，就算提前毕业，保送进军队院校。”

“我们让他读书，原来是想让他考大学，既然参军到部队也是上大学，那看他自己愿意不愿意。”

“在军队院校学习的好处是不但不缴学费，还发给他们生活津贴。服义务兵的战士是每月六元，他们上院校就是学员，学员要比义务兵第一年多一元。第二年在原基础上多加两元，第三年又多加三元。到一定年限后，学员符合提干条件就提干。提了干就是军官，干部待遇。”

这个军官把军队院校的大致情况作了一番介绍后，又问我奶奶：“你愿不愿意让你孙子去参军？”

奶奶说：“看孩子和他母亲的意思，我一个老太婆又不知道什么。他们同意，我是没什么意见的。”

这次家访是一般性的访问，可能是先摸摸家长的意思，也没有太多的细谈。他走后，那天晚上妈妈问我：“如果你的身体符合参军条件你去不去？”

我说：“你让不让我去？”

“参军要打仗，我们家里就你一个男孩。你现在已上高中二年级，咬咬牙等你毕业以后再考大学，这比参军更稳当些。”

“我看如果能行，参军也不错，至少可以减轻你的负担。再说，到部队也是上大学，不但不要学费，我自己省吃俭用些，还能贴补家里。最重要的我是拿着助学金上学的，现在国家如果真的需要，不去也不好，对不起国家，对不起党。”我回答着。

“说起来是这个理。拿着国家的钱上学，当国家需要你又不去，我们也不是那种人。知恩要图报。”我妈妈赞同地说，“另外，在你三岁生病那年，把我吓得要命。那时我就给你算过一个八字，那人说你生大病没事，会好。同时，他还说你长大后，待在家里是笼罩鸡，外出就是满天飞。”

“那是瞎胡说，别信他。”

“这事虽然不能全信，但也不能不信。你生大病人家说没事，不就没事了。”

“那是蒙的。他说我不能游泳，不能爬树，这两样我都会，而且还不错，不都没事。”

到快要放暑假时，学校组织基干民兵到驻茶陵升塘村的一个空军雷达兵站去学习无线电收发报。我是其中之一，一共有二十几个人。我们吃住都在雷达站，每天就是训练。训练主要是收发报，抄收莫尔斯电码，特别是中文电码，四个字一组。我们有时和雷达站的军人一起搞体育锻炼，或是参加劳动生产，劳动生产也是种蔬菜。一天，我们搞完体育锻炼在河里游泳洗澡。闲谈时，谈到我们有些人可能要招去军队，他们还说到我也在招生范围之内。那些军人就笑着说：“他那么小的个子，军队没那么小的军装，除非给他单独量体做一套。”这事还真被他们说中了，我参军后第一次发军装时果然如此。那时我个子小，一米五四，才七十六斤，又矮又瘦。

在我们训练还没结束时，通知就来了，我被录取了。被录取的还有周福春、谭德仁、杨振生等一共十人，被录取的人多数都在雷达站接受训练。后来得知，录取的条件主要有以下几点：一是政治审查。包括个人在学校的表现和家庭关系。尤其是家庭成分，要贫下中农子弟，并审查祖宗三代，亲戚也没什么问题。二是学习成绩。我们有个同学什么都合格，就是有一门功课没及格也没录取。三是身体。当时大部分人认为我身体不行，但后来录取了，他们感到吃惊。事后，招我的上尉说我再大一岁，身体就不够标准了，算是万幸。

训练结束后，我回到家里，并告诉妈妈，我被录取了。我妈说："你愿意去，你就去吧，我不会拦你。"

一天，上次来家访的军官又来到我家，再次问我母亲和奶奶同不同意让我参军。母亲和奶奶回答说："孩子自己愿意去，就去吧。我们没意见，也不会阻拦他的。"

那个上尉军官听到母亲和奶奶的肯定回答，也没多讲什么。只是说了一些安慰的话，叫她们放心，到部队后一定会好好培养的，招去的人都是学员，都是军队干部的苗子，到一定年限都会提干，成为军官。

母亲与奶奶都同意我参军，本来没什么事。但村里人知道母亲让我参军后，流言蜚语就一起扑向我母亲。我小姑姑也跟着起哄，从城里特意赶到我家，劝母亲不要让我参军。说怕上战场打死了，绝了颜家的后，对不起列祖列宗。

母亲说："你们讲了不算数，孩子愿意去，我就让他去。再说，他去军队也是上学，并没有像你们讲得那么可怕。"

小姑姑说："学习完了万一要去战场怎么办，现在蒋介石在台湾叫喊着要反攻大陆。"

“蒋介石要反攻大陆我更要让他去参军，老蒋来了还有我们的好日子过呀。他是拿国家的助学金才读到今天，现在国家需要他，我们不去这对得起国家吗？”

小姑姑看到我妈不听她的劝，只好回家了。

母亲顶着各种压力，也不管那些人讲什么，仍然坚持让我去参军。入伍的日子越来越近，于是我跑到两个姑姑家和她们告别。她们每人给了我五元钱，让我带在身上，到时买点需要的东西，并叮嘱到部队一定要注意安全，颜家今后就靠我之类的话。我一一答应了他们。

参军录取通知发来后，告知七月十九日入伍，从茶陵赶往长沙集合。和我一起参军的还有九个人，我们班录取的有三人。

入伍那天，学校把家长都请去，开了欢送会，并招待了大家。吃完饭，我们上汽车要离开学校和家乡。这时家长们情绪控制不住了，有几位母亲顿时就大哭起来。我当时看见母亲还行，她不但没哭，而且劝其他人不要哭，说：

“孩子们到部队是去上学，又不是去打仗。大人一哭，还会影响他们的情绪。”

当时，我感到既高兴又奇怪。后来，我从部队回来探亲时才知道，母亲为了不影响我的情绪，强忍着不表现出来。当我们的汽车离开车站后，她返回家时走了没有一百米，就整个人都软了，走不动了，坐在地上大哭了一场。在那儿待了好一会儿，才艰难地走回家。这事使我深深感到：母亲对儿女的深情，母亲的伟大，就是以平时每时每刻，用点点滴滴的行动堆积出来的，为了儿女的快乐，用自己的苦难磨炼出来的。

在株洲转车时，我到姐姐家与她告别。后又与其他同学乘车前往长沙。到达长沙已是晚上，被安排在湖南省军区第二招待所。在二所我们等了三天，因为茶陵十个人来得最早。所以，还要等湘潭地区其他学校来的人。三天就让我们在二所院子里活动，不让出招待所，怕我们走丢了，不认识回来的路。后来，从湘潭、宁乡、岳阳（当时也属湘潭地区管辖）等地的人也陆续赶到。整个湘潭地区共招了三十六个人，全部是高中二年级的学生。临出发前，负责湘潭地区招生的一个很胖的中校向我们讲话。他讲了所乘坐的火车和注意事项，万一出现意外丢失如何联系等。同时，还讲到这次招去的人属于中国人民解放军第一外国语学院。该校在广州办了一个训练班，我们就是这个训练班的学员。经过训练、实习、工作后，到一定年限若无问题，都会提干当军官等。还隐约地讲到他将来会和我们一道工作，并能及时地检查我们的工作好坏。因为，我们不知道将来干什么，而他又是隐隐约约地讲，泛泛地谈，所以我们听后也是一头雾水。

我们三十六个招来的学生，加上招我们的军官，总共四十几个人，在二十二日晚乘慢车前往广州。火车开了一天一夜，中途也不让我们下车去站上看看，一直在车上待着。直到第二天傍晚，我们才到达广州，在花县下车。部队的汽车在车站等着我们。

到目的地时已是晚上八九点，下车后只看见一片灯光，其他什么也看不清，大家感到很新鲜。因为，我们是从小县城来的，过去没见过像这么一大片通明的电灯。在我们县只有学校、机关等少数几个单位才用电灯，而且很分散。老百姓家都是用煤油或食用油点的灯，亮度很小。所以，见到这架势，以为到了真正的大城市、大学校了。

第二天早上，大家兴冲冲起床一看，又有些失落感。因为，我们住的地方既不是什么城市，也不是什么大学，更没有高楼大厦，而是一个靠近大山的军营，里面长满了杂草，有一人多高，看来已经有些日子没人住过了。后来，我们得知这地方叫将军潭，原来是广州军区一个炮兵团的驻地。为了给我们办训练班，他们五月才搬走。因此，在我们没来之前，这儿没人管，杂草趁机猛长。尽管先来的同学已经清除了营房内的部分杂草，但还有许多杂草没有清除掉。

我们湘潭来的三十六个人被编在二中队。中队长是一个从朝鲜战场回来的侦察员，姓陈，上尉军衔，教导员是一个大尉，他们都是来自塔山英雄团。副中队长是从宁乡来的学员，叫张良民，他在学校就加入共产党了。中队下面设三个小队，基本是按来时地区分的。如我们茶陵十个人在一个小队，小队长是周福春，他原来是学校学生会的干部。湘潭、宁乡的编为一个小队，岳阳的编为另外一个小队。

在八月一日开学前，我们的首要任务就是清除干净营院内的杂草，疏通厕所便池。之后，就是开荒种地。开出的荒地除种一部分蔬菜外，还要种红薯和花生。因为，一九六零年下半年已经进入三年经济困难时期，要我们开荒种地也是为了改善生活，渡过难关。

对于眼前的情况，我们不是毫无思想准备，但也稍微有点失落。开荒对于我们这些从小县城和农村来的人，自然不会有问题，因为我们在学校和家里都干过。但对于来自城市，尤其是大城市，如广州市来的就是大问题。他们在学校搞勤工俭学从没下过农村，不知其中的辛苦。另外，广州来的同学基本是高三毕业生，参加过高考，而且少数人还拿到了录取通知书。但到这儿一看落差很大，一下适应不了。少数人躺在床上不起来，还用俄语骂中队干部，个别人还闹着要回家上大学。农历八月十五那天，部队本是好意让他们回家过节。但有个姓黄的同学回家后，不但没有按时归队，而且还把军装寄回部队，并声称再也不回来了。这事影响极坏。后来，尽管部队做了许多工作，但黄同学及其家庭仍坚持已见。为此，部队不得不采取措施挽回影响。于是，召开了全体军人大会，宣布开除其军籍，并送劳动教养所教养两年。

刚到部队也有高兴事和新鲜事。如我们刚到部队的前三个月，吃饭随便吃，全放开。这在三年经济困难时期是一个特殊的照顾。我的饭量不大，但自父亲去世后，从没像参军以后那样吃过饭。因而，吃米饭也是两大碗，包子也要吃四五个。在我的记忆中，是饭量最大的三个月，也是空前绝后能吃的三个月。像我这种比女同学吃得稍多一点的人是很少的，大部分从农村和小县城来的人饭量都很大。记得有一个衡阳来的徐姓同学，一次站岗回来，给他留了一小脸盆米饭。他不仅吃完了，还在女同学那儿又要了两大碗。他曾经一次吃下过二十四个大包子，我当时真不知他的肚子是怎么装下的。我们还有个零陵（现改为永州）来的同学，这样吃了二十天，他长了二十一斤半，差半斤就每天长一斤二两了。三个月后，我们每个月仍然是四十五斤粮食。所以，三年经济困难时期，像我这样的人是万幸的。一年后，我从参军时的一米五四，长到一米六五，体重也从七十六斤，长到九十多斤。对这一切，我从心底感到高兴和满足。

当从湖南和广东两省招来的五百多学员全部到齐后，除一部分高三的学生被保送到桂林、南昌部校外，留下的又送了一些高中二、三年级的同学去张家口外院本部学英语和东南亚各国语言。从茶陵来的十人中，也有两人去了张家口外院本部学外语。留下的人有三百多，从初中毕业到高中各年级都有。事后我们才知道，我们属于外院五系，初中毕业和高中一年级训练毕业后为中专，高中二、三年级训练毕业后为大专。

另外一件高兴的事就是第一次穿军装。一九六零年八月一日前夕，我们开始发军装。因为，八月一日那天我们要正式开学。从此以后，才能成为真正意义上的军人，这也是人生中的重大转折。因为我个子瘦小，发军装时没有适合我穿的军服。为此，部队为我们少数没有合适军服的学员专门量体裁衣，等着他们做好后再发给我们。和我一起参军的同学都拿到了军装，并且在第二天按统一规定穿戴上了。看到同学们穿着崭新的军装，戴着大檐帽，肩上配戴着学员肩章，衣领上也配戴上学员领章，腰上扎着武装带，十分威武和英俊。大家都很高兴，只有我一个人穿着便装高兴不起来。于是，大家便安慰我，叫我别着急，过些日子军服做好后会马上送来，我只好点点头。

发了军装的第一个星期日，同学们都张罗着去附近的赤泥镇照相。因为，我没发军装便没有打算去照相，但同学们生拉硬拽地把我拉到赤泥镇照相馆。看见他们一个个威武雄壮，精神焕发的英姿被摄入镜头，我被他们的情绪所感染。于是，不管三七二十一，也不管合身不合身，我借了谭德仁同学的军装穿上照了照片。当时只想照一张穿军装的照片，与同学们一起记下这难忘的时刻与人生。也想尽快照一张军人照寄回家中，安慰远在千里之外的奶奶和母亲，以慰她们的思念之情。

作者刚参军时的第一张照片

八月一日那天部队召开了军人大会，部队首长贺少将给我们讲话。他是一九二七年参加红军的老同志。他对我们进行了传统教育，并勉励我们要好好学习，学好本领，不辱使命，为保卫祖国和国家安全做出最大贡献。绝不能为名利所累，要隐姓埋名，坚定地做好隐蔽战线上的无名哨兵，要忠诚党的事业，红在某部，专在某部，直到在某部开追悼会。

散会后，又进行了丰盛的大会餐，过去我从没吃过这么丰盛的宴席。晚上，广州军区战士文工团到我们驻地进行了慰问演出。他们高水平的演出十分精彩，我们也从没见过这么高水平的演出。这天我和同学们都陶醉在兴奋与欢乐中。

开学后，前三个月是入伍教育、基本队列训练、射击训练、内务教育、传统教育、保密教育、政治教育等。每个人还写了一份自传。这期间，我们茶陵来的所剩八人中，因各种原因，又有三个人不能进行专业训练。其中，一人是因为家庭问题，其他两人是因为身体问题，他们不适应广东的气候与水土。后来，他们都转到了后勤部门工作。那个因家庭问题不能进行专业训练的同学，没有多久就复员回家了。从茶陵来的十人，真正到专业训练时只剩下七人，两人学外语，五人学报务。

这三个月的军事队列训练，是我们从学生到军人的真正蜕变。经过这一训练，我们无论是外在的着装上，还是内在举止行为上，各方面都更接近军人，而远离老百姓。同时，在内心深处更加明确了身上的职责与使命，懂得了一个军人应该如何把理想融入自己所从事的保卫祖国的事业中去。这些无疑会对我们今后的生活、工作、行为、思想等诸多方面产生巨大作用。

当三个月入伍教育结束后，我们就进行专业训练。我们班的教员是个上士，名叫唐敬，从野战部队调来的，对战士要求很严。

专业训练开始的最初一两个月内，我的成绩不是特别好，大概也就是中等靠上的水平。影响我专业训练成绩的有两个较大因素：一是水土不服，我的下半身长了许多大脓包的疮。每天除了要到医务室换药，耽误时间影响学习外，更要命的是我屁股上也长了大脓包的疮，坐下去很痛，所以上课时不能专心训练。另一个原因是想家。因为，从一九六零年十月开始，茶陵才进入真正意义上的三年经济困难。自一九五八年公社化以后，我们村一直吃大食堂，我妈妈在食堂做饭。我参军时情况没什么变化，湖南省粮食供应正常。但是，到了九十月开始供应不怎么正常了。母亲来信告诉我粮食供应下降，由原来每月三十几斤降到二十几斤，后来降到十几斤，最少时降到每月每人只有八斤粮食。好在我们那儿是种蔬菜的地方，粮不够菜来凑，一天每个人五斤蔬菜。因此，大家在大食堂吃饭，饭虽然少些，但肚子还能吃饱，营养自然不够。尤其是已经七十五六岁的奶奶，老吃那些少油盐的蔬菜，因而引起严重营养不良性水肿，这使我特别牵挂。一九六一年十一月，她去世了。这也不同程度地影响了我的学习成绩。

在我参军七个月左右，也就是一九六零年春节前夕，我把发的津贴费和参军时带来的钱凑在一起，给家里寄了五十元钱。母亲收到后，大哭了一场。我知道母亲这次大哭的心情很复杂。一方面是对我的爱，因为我参军七个月，津贴费共四十九元，加上带来的十元钱，共五十九元，而我寄给她五十元，我在七个月中只用了九元，关爱与自责同时在折磨她。另外她也为我高兴，看到了希望与光明。自那以后，我每隔一段时间就给家里寄些钱，过年过节时，自己就多寄些。说实在话，我那时几乎不怎么花钱，就是把钱存着寄给母亲。一是想减轻母亲的负担。我妈真是很可怜，她都快五十的人了，从没过一天好生活，为了这个家，为了养我们几个，她操碎了心，受够了苦，听足了闲话。二是尽自己所能，谨遵父亲遗愿，尽快把债还了，使家庭从债务的重压下解放出来。我自己对参军以后的生活十分满意，也感到没什么地方要花钱，尽快把欠的钱还了，是我当时最大的心愿。

后来，随着情况的好转，明白经济困难也不是一家一户的问题，而是全国性的大问题，还有许多地方比我的老家还要差许多。再说，党中央、政府也在想办法，所以情绪也开始稳定下来。我们家乡到一九六一年七八月收早稻后，就好转走上正轨了。三年经济困难在我的家乡，最困难的时期只有八到十个月。

当我适应了广东的水土，又稳定情绪后，我的学习成绩也日益好转，由原来的中等靠上变为优等生。到训练结束时，我除射击是三分外，其余各科成绩全部为五分。

我们是刚组建的部队，人员除了我们这些学员是招来的外，其他都是从友邻部队调来的。行政、后勤、政工人员大部分来自塔山英雄团。业务人员很杂，陆、海、空三军都有。当一年的训练结束后，我们就进入实习。带我进行实习的老师是一个海军中尉，姓林。

这位林老师是北方人，个子比较高，人也壮。除我外，他还带了两个女学员，其中有一个是与我一块从长沙来到训练大队的岳阳的黄姓同学，还有一个是从长沙女中来的陈姓同学。他把两个女同学安排在靠近他身边左右，而把我安排到稍远的地方。这种安排我倒没什么意见，三个人总有一个离他远一点，不是我就是她们，这也正常。再说女士优先的道理我也懂些。开始实习他还算公平，教我们三个人还能一视同仁。但随着时间的推移，他竟喜欢上了那个陈姓同学。事后我回忆，他喜欢也是情理之中的事。因为，陈同学有近一米七的个子，身材粗壮而匀称，当时在湖南女孩子长这么高是很少见的。她人也确实长得不错，一双水汪汪的大眼睛惹人心动，五官搭配得十分合理，再加上白皙的皮肤，像这么一个十分漂亮的妙龄姑娘，处在我那没结婚师傅的情况下，不动心，不浮想联翩才不正常呢。按理说这事无可厚非，郎才女貌，他们俩也是十分般配的。但后来问题是他越来越走火入魔，连说梦话都在呼喊她的名字，有时搞得我们这些与他同宿舍的人睡不好觉，时常一个晚上被他吵醒好几次。更让我难以接受的是他这个师傅越来越有偏向性，对陈姓同学倍加培养，生

活、业务各方面关怀备至，而对黄姓同学次之，对我快到不闻不问的边缘了。后来的实习，他很少理我，如果我不问他，他也就不给我讲解。要学到本领，我只能采取多提问的办法，从他那儿抠出我所需要的专业知识。

经过几个月的实习后，我们的专业知识普遍得到提高。尽管我在结束实习，走向独立工作时，无论是把课堂学到的知识与实际结合，解决工作中的问题上，还是在操作上，都不亚于我那两个师姐。而在工作中的灵活性和解决问题的能力上，她们就大不如我了。尽管如此，我内心仍感到不舒服。

我单独接受的第一个工作任务是监视和研究南越吴庭艳集团的空军。经过一段时间的熟悉，我很快就进入了角色，不仅专业水平得到了很好的发挥，而且越文水平也得到突飞猛进的提高，在我们的专业小组中，我是成绩最好的一个。

可是，这种好景没几个月就打破了。一九六二年二月，刚过完春节，我的工作被调动了。从广州军区某局调到总参某部某局的基层单位工作，工作性质与方法都发生了很大的变化。原来熟悉的东西要全部抛弃，又得重新开始实习。为了工作我只好接受现实，重打锣鼓另开张。

到新单位实习的好处是老同志多，专挑业务、思想好的老同志带我们。这次分配带我的师傅叫陈久忠，是一九五五年参军的中尉，而且只带我一个人。这个师傅从外表看很严肃，不苟言笑。但他很负责，要求很严，对我讲的专业知识从来只讲一遍，很少讲第二遍。好在我当时年轻，不满二十岁，记忆力本来就好，因此对他的严格要求也无所谓。经过师徒的共同努力，原计划三到四个月的实习，我两个月就提前完成了。师傅和单位都很

满意，自然我自己也高兴。

鉴于我在广州的工作情况，这次分配我独立工作的任务是：监视和研究蒋介石支援南越吴庭艳政府的运输机。因为，我原来在广州工作对南越的情况比较熟悉，所以工作自然进展很快。一九六三年为了保卫刘少奇主席访问东南亚各国，我还被指派为专案小组的工作人员。在执行这次任务中，我比较出色地完成了任务，受到好评，被授予书面嘉奖，这是我参加工作以来获得的第一个奖励。

» 第五章　学哲学

我参军后一年多的时间里，除了学习专业知识外，几乎没看什么其他书籍。原因是我们单位住的地方比较偏僻，远离城镇与老百姓，周围几里地只有单位营地，根本没有老百姓居住。单位又处在刚组建阶段，还没有图书馆，但有阅览室，那儿只有报纸与杂志，所以只能在单位看看报纸和杂志。在当时的情况下，我不会乱花每月七元的津贴费，也不会拿这七元钱去买书。因为，家里的困难和债务是我牵挂的头等大事。我除了每月买些必要的生活用品，其他的钱都存起来，准备定期寄回家去。

一九六二年当我调到新单位后，离广州比原单位近了许多，有时星期天就可走路去广州市。当我实习完独立走上工作岗位后，第一件事还是学习。于是，在一九六二年七月，我和另外一个同事，报考了广播自修大学的文学专业。在我们学完“文学概论”，进行考试后，单位通知我们不能再学习，要安心把工作搞好，要红在某部，专在某部，不可有其他想法。学文学不让学，那我改学英语，那是工作所需要的，也用得上，但结果还是不让学。对此，尽管内心感到有些不痛快，但行动上还是服从。因为，那时我已是有两年军龄的军人了，军人服从命令是天职。

我们是战备值班单位，一天二十四小时值班。再加上当时单位对练基本功抓得很紧，一有时间就让我们练，反复练，对所需情况要达到一触即知，判断准确无误。这种要求相当高，不经过反复练、经常练是很难达到的。由于这种高而苛刻的要求，所以我们几乎全部时间都用在练基本功上，很难有业余时间。除了学政治和开会外，所有的时间都是在练基本功上度过的。

一九六二年部队学习政治，开展学习毛主席著作和向雷锋同志学习的活动。我在这一学习中，又找到了一个新的学习兴趣。那就是在学习毛主席著作中，对他老人家的两部哲学著作——《矛盾论》和《实践论》特别感兴趣。开始看时看不太懂，觉得很枯燥，但又感觉文章讲的问题很有意思，是告诉你如何看问题，如何分析问题，如何解决问题，也就是看问题的方式方法。我觉得这个对于个人来讲很重要，如果把问题看得准，分析得透，就能找到解决问题的方法。把问题解决了，那么就会取得成功和成果，工作就会有效果。这个重要的问题最好要搞清楚。搞清楚了会使我变得更聪明，也会影响到今后的工作，也许对我这一辈子都是会起作用的。当时我就是这么想的。

于是在这一思想支配下，我利用学政治的时间，反复看这两部哲学著作。这样，单位和其他同志也不会说，既学到了知识，又不违反单位的要求，而且有名正言顺的理由和时间来学习、钻研。在我多次反复阅读这两篇文章后，再也不感到枯燥了，而且还渐渐地被吸引进去了。自己边看还边做笔记，有时还在书上做了眉批，发表一些自己的看法和观点。对里面重要的章节，我还进行了背诵，甚至能全文背诵《实践论》。

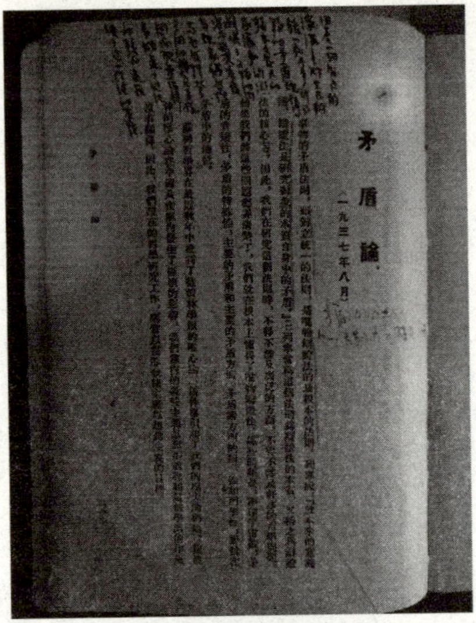

作者所藏的《矛盾论》

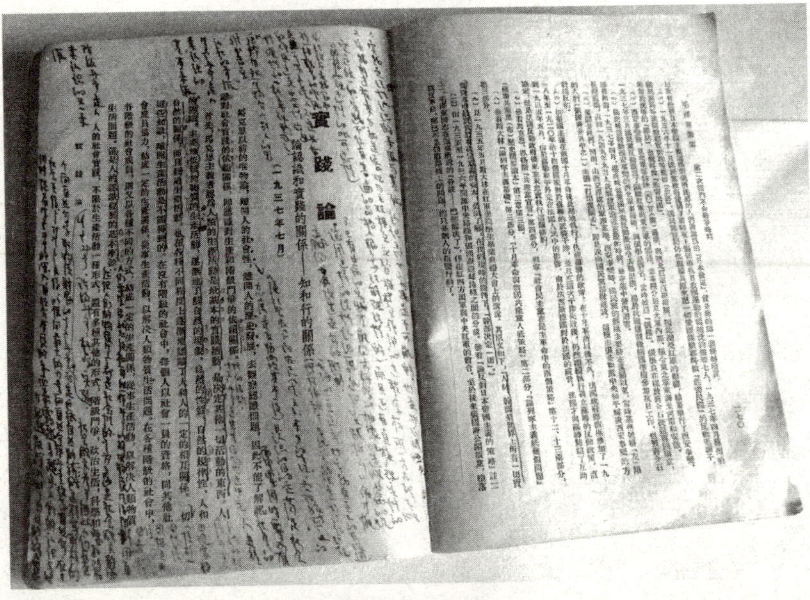

作者所藏的《实践论》

通过学习《矛盾论》《实践论》，它们把我领进了哲学的门槛，使我知道它关系到人的世界观，关系到人的立场、观点和方法等根本性的大问题。于是，我在已有九元津贴的情况下咬了咬牙，下狠心买了艾思奇老师写的《辩证唯物主义通俗读本》，以及当时苏联出版的《辩证唯物主义和历史唯物主义》教科书，共两册。这是我快二十岁时，第一次拿出钱来买所需要看的书，自然倍加珍惜。这些书我都看过好几遍。我记得光苏联出版的《辩证唯物主义和历史唯物主义》教科书，起码反复看过三遍以上。通过深入学习，就是想把基本概念、原理、观念搞懂，为自己进一步学习打下扎实的基础。后来，部队在进一步学习毛主席著作中，又给我们发了《毛泽东选集》《马克思恩格斯选集》和《列宁选集》，以及《毛主席的哲学著作选编》等读物。之后，我又阅读了恩格斯的《自然哲学》《路得维希·费尔巴哈唯物主义的终结》，列宁的《哲学笔记》等原著。

通过这段时期集中学习哲学，不仅使我对辩证唯物主义和历史唯物主义的基本原理、观点、方法等有了一个深入的了解，而且还很大程度上使人变得比原来更聪明了，逻辑思维能力得到提升，看问题思考问题更深入、更全面，分析问题更透彻，所谈观点更切合实际，更使人信服。人也开始逐渐变得善辩，思维活跃，在政治中的发言和演说，深受领导和大家的赞赏与好评。事后证明，这一时期的学习使我受益匪浅。学习哲学的潜移默化作用，在我后来的工作中逐渐显露出来，使我在以后工作中的开拓能力、判断能力、研究水平、综合分析能力等诸多方面都得到了提高。

我在单位一直被领导和同事称赞为开拓型干部。所谓开拓，就是有不断发现、不断创新，并能根据情况的变化，提出新思维、新观点、新方法，不墨守成规、紧跟形势不断创新。我在工作中，这一点做得稍好些。如我干过许多方面的开拓与研究工作，在我们单位的工作中，差不多所有的有关专业都干过，并在每个专业中都取得过优异的成绩。到后来，组织上几乎凡是有新的任务、新的难点，差不多都能见到我的身影。与人合作或单独组建研究单位，多次开辟出新的业务基地，为单位的业务拓展，竭尽全力。如二十世纪九十年代初，我根据情况变化，提出了一个主攻方向的思路。被单位所采纳后，果然取得了较为突出的成绩，上报国务院后，受到总理的多次批示和表扬，事后这一成果被评为全军优秀成果二等奖。

在工作中，我的判断能力也得到了充分发挥，并取得了骄人的成绩。判断能力的好坏，实际上就是能否透过现象看到本质，不被表面现象和假象所迷惑，从中找出有用的东西来。一九八三年至一九八七年，我曾主管某一方面的工作。经过一年的工作后，我从一九八四年开始，能对该方向每年旱季和雨季情况变化提前做出预报，上报给上级机关。事后证明，每次都准确无误，被实际出现的真实情况所证明。又如一九八五年年初，我写了一篇综合军事论文，提出某一军事行动即将展开，并对这一军事行动的时间、前指所在地点及防空配制与分布、兵力部署、进攻方向等做出了预报。上报后，全国十余家单位都做出相反的预报，认为这一军事行动不可能发生。总参分析研究后，还是采用了我在论文中的观点，并随即下达了一九八五年的第一号战备任务。事后，这次军事行动果然在预期的时间、方向投入了原来部署的兵力，其军事行动如期全面展开。由于事先有预报，所以没有打无准备之仗，因而取得了好的效果，圆满完成了战备任务，受到了总参的好评和高度赞扬。

综合分析能力的好坏，也是一个人在工作中能否有所进展、有所成功的重要方面。所谓综合分析能力，实际就是“由此及彼，由表及里，去粗取精，去伪存真”的思维过程。通过对事物诸多方面点点滴滴的材料收集、分析，能从蛛丝马迹中，从分析比较的微小差异中，找出其内在本质的不同。如在一九七八年工作中，我们有一个被许多人认为是已知的、无关紧要的某信号，并准备放弃的时候，此情交到我手中，我从对其细致观察分析中发现，该信号与已知信号在文字使用上存在着细微差别。因为，那个已知信号从未使用过这种文字。另外，其行文格式具有一种固定的模式，变化很小。据此，我通过综合分析认为：原判断有误，该信号应该是另一个新信号，不是一个已知的和无关紧要的信号。不但不能放弃，而且很有可能是一个非常重要的阵地。于是，我运用自己已掌握的专业知识，对其固定格式的文字进行研究，解读了其文字规律，从而揭露了它的本质。这个看来不起眼，而又容易与已知信号相混淆的家伙，原来是我们在二十世纪六十年代中期就丢了的老阵地。它经过改装打扮混淆了我们的视线，往往容易被人误判。所以，我们十多年来一直没有把它找到。这一次，经对它进行综合分析后，剥去了它的伪装与假面目，还原了它的本来面目，使我们的工作又获得了一次极大成功。为此，我立了个人三等功。又如，二十世纪八十年代末，我在执行某戒严任务中，通过对所获点点滴滴的材料进行了“由此及彼，由表及里，去伪存真，去粗取精”的综合分析后，和大家一起于当年七八月，就把一个由十人组成、隐蔽很深的分裂集团挖了出来。当时与我们一起工作的一个当地同志问我："所有材料是我告诉你的，我怎么没有发现有这个分裂集团的情况？你们是怎么分析出来的？"并且他告诉我："我们为了抓分裂分子，去年还组织了专案小组，干了整整一年，收获甚微。你们来后才四五个月，就把他们挖了出来，真是了不起。"为此，我们集体立了二等功，我个人也立了三等功，并获全军优秀成果二等奖。

由于我有较高的综合研究水平和分析能力，因而我在工作期间，在有关军内外刊物上发表了百余篇军事学术论文和关于国内外形势分析的论文。这些论文有的参加学术专题研究，在学术上发挥了较好的作用。有的供上级领导机关作决策参考。如我利用公开材料写的《越军在×年旱季行动中作战特点的分析》一文，在一次东南亚学术专题研讨会中被采用，并在会上发表了演讲（由我的上级单位代表在会上宣读）。由于我在综合研究中的突出表现，因而在本专业职称评定中，是同批为数不多获得研究系列高级职称人员之一。

上述所有的一切成功，事后我在反思中深深地感到，都是我在二十岁左右集中学习马列主义、毛泽东思想中的哲学思想，从中汲取了辩证唯物主义和历史唯物主义的营养，并把它运用和指导自己的工作实践，因而才会有独特、深刻而又符合实际的见解，才能在自己所从事的专业中和学术上取得如此好的成绩。

» 第六章 “椰林深处”的悲哀

二十世纪六十年代初，我国经济和人民生活处于困难时期。就在这时，盘踞在台湾的蒋介石集团妄图趁火打劫，疯狂叫嚣着反攻大陆。为此，他们在美国的支持下，不断向大陆派遣武装特务，妄图在东南沿海及其岛屿建立反攻大陆的游击走廊和跳板。虽经一九六一年至一九六二年的沉重打击，蒋介石集团所派武装特务，无一幸免，都被我大陆广大军民一一歼灭。但蒋介石集团仍然不甘心失败，一九六三年继续向大陆派遣武装特务。

一九六三年七月间，蒋介石武装集团利用夜色的黑暗，派遣P2V飞机装载一股武装特务，悄悄地空降至海南岛五指山地区的密林中，妄图在海南岛建立游击走廊，作为反攻大陆的跳板。当海南人民知道此事后，群情激愤，广大群众在党和各级政府的组织领导下，积极配合解放军，参与到围歼这股武装特务的行动中。

当时我所在的部队，也是此次围歼行动中的参战部队。为此，部队还派出了工作队，到海南岛的第一线直接参与了围歼战斗。但我们绝大多数人是在后方，并没有到前线去，仅以技术手段进行支援，而我们的作用是巨大的。

记得当时二十四万军民，在陵水、万宁一带的五指山区密林中，进行地毯式的围歼搜索。开始围歼搜索了两三天，都没有发现任何线索。上级作战指挥部门很着急。下面二十四万参与围歼的军民不分昼夜地搜索，也很疲惫。因为，当时正值七月。海南岛骄阳似火，他们在五指山下的原始森林中很艰难地行进着，既要围歼搜索这股武装特务，又要与蛇虫以及旱蚂蟥等作斗争。再就是二十四万人的后勤保障供给，也是相当复杂和麻烦的大问题。尤其是参与围歼和搜索的约二十四万民兵和老百姓，不但要供应他们吃饭，而且还要保障他们家庭收入和生活水平不下降。因此，政府每天还要给每个人发一元的生活补贴。在这种情况下，几天毫无线索，上下的焦虑情绪是可想而知的。敌人这时却像石沉大海一般，毫无动静，无论是地面还是空中，都没发现任何情况。

当时我们估计，这股匪特刚投下来，又是黑夜，投下的区域和范围不会太小，因而要聚集在一起也不是一件容易的事。再说，就是他们聚集在一起了，还得找个安全的地方，这又不是一件容易的事。尤其是在当时的情况下，广大人民群众都动员起来了，就算这股匪特是海南本地人，要躲过广大群众明亮的眼睛，也不是容易的事。所有这一切都需要时间，需要耐心和忍耐。当时，尽管所有参战人员，都想很快找到这股匪特，并把他们彻底歼灭，但是谈何容易。还有一种可能，就是蒋帮特务派遣机关在制订行动计划时，有意让其无线电联络处于静默状态，给我们制造困难。鉴于此，我们这张地面与空中布置的立体网都紧张地张开着，只要敌人一有动静，我们就要立刻把他抓住，并歼灭之。

三天以后，蒋介石的特务派遣机关终于沉不住气了，他们的联络总台开始呼叫这股空降匪特。这一来，所有参战人员一下高度紧张起来，都全力以赴地投入到围歼中去。自然，我们也不例外，更加进一步地加强了战备，二十四小时对其动向进行严密监视。可是，这次让我们很失望。敌人的总台呼叫这股匪特半小时后，就关机了，空降匪特并没有什么动静。所以，包括我们在内，全体参战人员仍然一无所获。这时，不仅是我们着急，看来蒋帮特务派遣机关也急了。如果这样，应该说情况有利一方的天秤，开始向我们这边倾斜。这一来，全体参战人员受到鼓舞，情绪又高涨起来，并信心百倍地落实到围歼这股匪特的行动中去。

第二天，蒋帮特务派遣机关的总台又开始呼叫起来。空降匪特也用电台回答了总台的呼叫，两台就很快地联系上了。这种情况很快被我参战人员所掌握。为了确定其准确位置，我设在东南沿海的技术侦测系统，立即投入到这一工作中去。然而，敌人很狡猾，多次变化频率，妄图逃避我侦测人员对其的打击。但魔高一尺，道高一丈，任凭敌人怎么变化，都逃不出参战人员高度警惕的围歼大网，其行动很快被我们掌握，位置也很快被我们确定。

原来，这伙匪特躲在陵水与万宁交界处吊罗山一带的密林中。为此，指挥部调整了部署：二十四万民兵、老百姓，绝大多数回去参加劳动生产，仅留下少数民兵看守各通道与要道，并派一些对情况与环境比较熟悉的人，继续为参与围歼的部队带路，搜索这股武装匪特，避免武装匪特对老百姓的直接伤害。

就这样，随着后来继续进行的围歼搜索，以及我们派到前方的工作队对搜索部队的技术支援，搜索部队也从四万减到几千人。最后两千人的搜索部队，在我们前方工作队的支援下，很快将这伙匪特全歼了。

当工作队凯旋归来时，部队举行了庆功表彰大会，对有功人员进行了大力表彰。同时，工作队的有关人员又给我们讲了他们在前线直接参加围歼这股匪特的具体情况和经验。这当中自然也谈到了他们工作的艰辛。他们在丛山密林中要克服各种各样的困难，如艰辛地砍掉前进路上原始森林中的杂草、灌木，手脚以及身上时常被飞机草划破。同时，还要和毒蛇、猛兽作斗争，每时每刻都要忍受蚊虫、旱蚂蟥的袭扰。长时间潜伏在草丛中，要忍受饥饿的煎熬等。最后，他们还谈到了这伙武装匪特到后来竟无处藏身，走到那儿，只要一经老百姓发现，就会立刻被报告的情况，形成了“过街老鼠，人人喊打”的态势。其中，有个本地的匪特，当他跑回家去躲藏，被家里人劝降后，跟着家人到有关部门投诚等情况。他们所讲的情况非常生动具体，深深地震撼了我。

这事确实对我冲击很大。我在后方参战，也算经历过这次军事行动。但听了参战的工作队报告后，这种心灵上的冲击越来越大。我深深地感到所从事的工作，在保卫祖国安全、人民幸福生活中，有着巨大的作用。具体的事实教育更直接，使我更加热爱自己所从事的工作，更加明白了自己肩上的职责，并下决心要尽一切力量把工作搞好。同时，我还有一种不切实际而又有点离经叛道的想法，即把工作队的英雄事迹用文学艺术的形式宣扬出去的冲动。但在我们入伍时接受保密教育和传统教育中，一个重点就是要做无名英雄，不见报刊和书籍，更谈不上影视作品了。如果直接宣扬那是绝对不允许的。但我想如果变换一种形式，以公安人员的身份出现，用文学作品的形式宣扬，这也许可行。因为，公安人员就是直接抓特务的，这样一来就是名正言顺，其他人也讲不了什么。后来，新华社、人民日报社又公开报道了歼灭这股匪特的具体情况。这就更加坚定了我的上述想法。

在解决了如何写的问题后，我在这事上还有一个问题要解决：如果组织和同志们怀疑我不安心工作，想成名成家怎么办？当时，我考虑为了打消大家这一思想，就加紧训练，把技术练得很精，把工作做好，用实际行动打消大家的这种念头。另外，我悄悄地利用业余时间干，不声张，不扩大影响，除自己外不向任何人谈起这事，写作时尽量避开人们的视线，不让人发现，偷偷地写。

但事情并没有我考虑得那么简单。比如说，我拼命练习基本功，把业务练得确实比较精，工作也干得不错。但随之而来的是说我单纯技术观念严重，没有走又红又专的道路，使我感到很为难。但我后来冷静一想，也不能全怪组织和大家。因为，我当时也有一个错误的想法，就是认为自己已经二十岁了，对于自己还没有加入共青团组织满不在乎。认为二十岁了还加入什么共青团组织，要加入组织，就应该加入中国共产党，成为一名共产党员。并不知道没有超过二十五岁之前，必须先加入共青团，才能再加入共产党的有关规定。后来人们讲多了，我也就不管了。因为，我一直认为我是拿助学金才能念成书的，我就是要用优异的工作成绩来回报社会、感谢党。于是，我在工作上一如既往，加紧苦练业务，一定要把工作搞好，绝不能出纰漏。另外，我要利用业余时间，也干些事，为社会多作贡献。

自从我有用文学作品来表现单位工作人员的思想冲动后，在工作之余，一个人就开始准备和考虑构思问题。于是，我到广州市与广东省图书馆借了些反特方面的书籍来看，一边看一边构思。经过一段时期的准备后，我于一九六三年年底开始写作。我给这书起名叫《椰林深处》。把五指山的原始森林改成“椰林深处”，使人们一看到标题，就能想到这是发生在海南岛的事情。这种写作要保密，不让人发现，在当时住集体宿舍，没有单独办公室的情况下，唯一能偷偷利用的最好时间，就是在二十四小时战备值班中，利用倒休睡觉时的时间。这样人家认为你在睡觉，避免了不必要的干扰。如果同宿舍有多人同时休息，我就躲在被子里，打着手电筒写，捂着被子趴着写，一般人都发现不了。另外，星期天如果轮着我休息时，我就带着笔和纸，一个人走到离部队驻地较近的珠江边，找个隐蔽的地方悄悄地写。

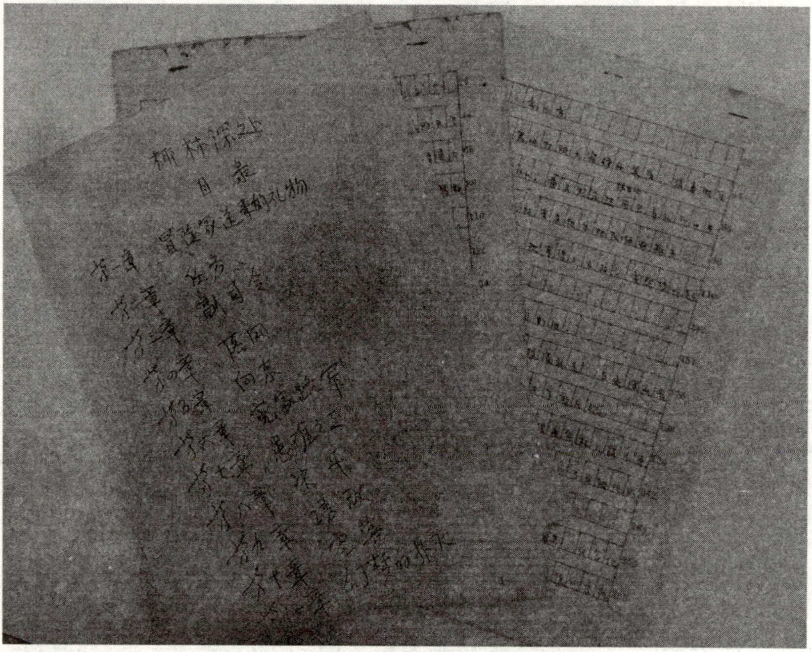

《椰林深处》手稿

就这样，我像干地下工作一样，悄悄地写，偷偷地改，一步步朝着文学梦前进。经过半年多的奋斗，到一九六四年五六月，我终于写好了一部八万多字的小说。但因为是初次进行文学创作，又是悄悄地单独进行，全凭当时二十岁年轻时的闯劲和梦想，才无所畏惧地去干。到真正干完了，自己心里又完全没有一点底，总想让人看看。看完后给我提提意见，谈谈看法，行不行等问题在我脑子里萦绕。去外面找人看，肯定不现实。因为，我们在广州基本不与老百姓打交道，军队营房是一个前不着村，后不着店的独立营区，周围没有老百姓。再说，部队当时也不允许我们无缘无故地同老百姓打交道。就是退一万步讲，即便你认识一两个老百姓，他也不一定就是懂文学创作或懂文学欣赏的文化人。这样一来，只有在内部找一些文章写得好，又喜欢文学的人，先让他们看看提些意见再说。于是，我在本单位物色了两个人：一个是一九五七年参军的一个姓卢的男同事，另一个是与我同一批参军的姓王的女同事。同时和他们私下约定，悄悄地看，不要声张，除本人外，不要让外人知道此事。看完后，再和我谈谈他们的看法与意见。他们也同意为我保守秘密。就这样，我创作的小说在他们两人中传开了。但事后证明，事情没有像我考虑得那么简单，这事后来给我造成了很大的伤害。原因是我们参军到一九六四年七月，已经满四年军龄。八月，上面有文件下来，原来是高中毕业和高中二年级参军人员，要开始评军衔与职务。原则上是工作优秀者评为少尉正排，其他人评少尉副排。我在本单位被评为优秀者，为少尉正排。与我一起评为少尉正排的还有两个是高中毕业参军的。而那个替我看小说稿的王姓女同事，因为当时她在处理个人事情上存在一些问题，组织和同事对她反映不好。尽管她也是高中毕业参的军，但在这次评军衔与职务中，什么也没评上。她得知情况后，思想波动很大。一天，在休息期间突然找不到她了。她所在的单位出动了很多人，在营院内外到处找都没找到，大家都很着急，害怕她在个人利益上想不通，会闹出什么大事来。这时，我刚下班往宿舍走，恰好碰见她所在单位一个姓邢的副股长。他焦急地上前问我：“你看见王某某没有？”我说：“怎么啦？我刚下班，不知道。”他说：“我们到处找她，找了许久，都没找到她。现在都大半天了，不知道她去哪儿啦。我们担心她会出事。”我说：“她是不是去广州了？”他说：“上广州要请假，她没有请假，好像不是上那儿去。”于是我问他：“你们都找过些什么地方？”他说：“营院内外我们找了好几遍，连个人影也没找到。你下班没事的话也帮我们找找。”“好吧。我先回一下宿舍后，就去帮你们找。”我爽快地答应着。

当时正值部队开展向雷锋同志学习之际，不要说邢股长让我帮他们找，就是他不说，在那种情况下我也会去找。学雷锋做好事，当时已深入我们的脑海。于是，我一边急急忙忙地往宿舍走去，一边分析与邢股长对话时他所谈的情况，认为他们在营区内外找没找到，是不是应该到离营区稍远的地方找一找。她遇到与个人利益相冲突这么一个大事，刚走上工作岗位就碰了壁，对她的人生无疑是一个很大的打击，产生较大的思想波动也是自然的。至于出不出问题，在没找到她之前，谁也说不清。只有找到了她，才能知道。既然会产生较大思想波动，也许她会找一个安静的地方，静下心来好好想一想。而离营区比较安静的地方，就是稍远的珠江江边。无论她对没评上军衔和职级想得通想不通，那都是一个好地方。因为，我在写小说时，在节假日常常一个人跑到那儿去。

我这么想着，于是加快脚步向宿舍走去。到宿舍我把东西放下后，向同事借了一辆破自行车，骑着就向珠江边驶去。当我快要接近珠江时，老远就看见王姓女同事在江边的堤岸上走来走去。于是，我骑车来到她身边，对她大声说：“你还在这儿悠闲地走来走去，你们股的人到处找你没找到，一个个急得像热锅上的蚂蚁。”

“找我干什么，我想一个人静一静。”她说。

“别静了，赶快回去吧，省得大家为你担心。”

“好，我这就回去。”

我在车上与她进行了简短的对话后，于是又骑着车急急忙忙地往回赶，想把找到人的大好消息告诉她所在的股，免得他们为此事着急。当我返回营区把找到人的事告诉邢股长后，他感到如释重负，并立刻让人把大家叫了回来。

我把这事处理完后，也感到高兴，心想：“我今天学雷锋又做了一件好事。”自认为此事也就算到此圆满结束了。可是，完全出乎我的意料，此事对我来讲不但没有结束，也没有被组织和同事认为是做好事，事后证明这是在我人生中做的一件最大的傻事和蠢事（但我仍然不这么看）。同时，遭到人生第一次意想不到的沉重打击，差一点把我压垮。这是我人生中最大的悲哀，我这一辈子也忘不了。

原来，开始大家为找到人都很高兴。可是到了第二天，就出事了。大家感到很奇怪，他们找那么久都没有找到，而我为什么一找就找到了？进而认为王某某事先告诉了我她去江边。更加让人难以忍受的是组织上的离奇想法，我们的党总支书记兼科长徐某某，除了同意上述看法外，还责怪我知道情况为什么不向组织报告，进而还怀疑我们俩在谈恋爱，把我搞得哭笑不得。任凭我怎么解释，他就是听不进去。到最后，他丢下一句话："你回去好好想一想，想好了再来找我谈。"

到这时，我还意识到事情的严重性，把情况看得很简单。认为自己很坦然，并没有做对不起组织的事。我找到她只不过是经过了一番分析后才去的江边，事前我也不知道。我也对邢股长讲过，不信可以去问邢股长和姓王的女同事，一问不就清楚了吗？

经过这么一番思考后，我自认为可以向组织讲清。于是，过了几天后，我去找党总支书记兼科长的领导徐某某去汇报。可是，我还没讲完，他就打断我的讲话，认为我就是在和她谈恋爱，她告诉了我去江边，我为什么不向组织汇报。我听了后，尽管很气愤，认为这人怎么这么武断不讲理，坚持已见。但因为他是领导，我只好耐着性子继续向他解释，并让他问一下王姓女同事和邢股长，不就一切都明白了。他说："现在我就问你。"我说："我已经把真实情况向你汇报了，你还让我说什么呀？"

"把你思想深处的真实情况讲出来，你们是不是在谈恋爱？"

"我没有，我现在还没考虑个人问题。再说，我家里的情况也不允许我现在就谈恋爱，过早地考虑个人问题。"

"你没讲实话。要不然，那么多人找都找不到，你一找就找到了，你怎么知道她在江边？"

"我不知道，我是分析的。看事情总不能看现象吧，要看本质才能看清，现象有时存在假象。比如，原来人们认为太阳围绕着地球转，后来哥白尼发现太阳中心学说，才揭示了事物的本质，原来是地球围绕着太阳转，这才纠正了长期以来大多数人的错误看法。”

他一听我这么说后，脸就挂不住了，生气地大声说：“你太狂妄了！”他这一嚷，把我吓了一跳。我知道这下闯大祸了。由于自己鲁莽气盛，不合时宜地引用哲学上的例子，已得罪了领导，使事情很难办了。当时自己也感到很委屈，心想，我除了没把让她看文学作品的事讲出来外，其他的都讲了，为什么领导还不相信我？我这好心反而办了一件窝囊事。正当我感到懊恼和委屈时，这位领导发话说：“你先回去吧！我知道怎么处理这事了。”他这一说，我只好走出来。自然我也就不知道将来他会怎么处理此事。

过了不到一个星期，我突然接到通知，让我下放去劳动生产三个月。我知道事情已经来临，打着背包来到劳动场所。当时劳动生产主要是管理水稻，这对我来说并不可怕。在劳动场所没过多久，可怕的事终于来临，我几乎被它所打倒。我们那位领导毫不手软地对我采取了最严厉的处罚，取消了我原来评的少尉军衔和职级。我一下子从一个优秀军人，变成了一个不符合进入军队干部行列的最差军人。这种落差与委屈，我当时实在难以接受。当我在获悉此事后，就像被雷击了一样，好久神志才恢复过来。于是，我找了个没人的地方大哭了一场。自从我父亲去世后，在家、在学校那么艰难困苦的环境下，我都从来没有流过泪。我都是满怀希望，乐观地对待人生、对待生活。但我没想到自己在参加工作后，一心想为祖国、为党多做事，组织和同志们也一直对我的工作看好。而现在我做了好事后，反而一下成了一个不合格的军人，这种委屈我实在受不了。领导为什么会来个一百八十度的大转弯？这是事实吗？我找谁去说？事实道理为什么在权力面前就显得那么苍白无力？让我更加难过的是我深深感到愧对母亲与家庭。因为，尽管经过母亲和我的努力，我家在一九六三年年底就把盖房子欠下的三百七十多元债还清了。但当时家里仍然处在贫困线以下，需要我在经济上给家里以最大的帮助，减轻母亲的负担，摆脱贫困。另外，我妹妹在上初中，也需要我在经济上的大力支撑。这次眼看要把十六元的津贴费跃升为六七十元的薪金。可是，因为自己毫无社会经验和不知人情世故，干了傻事、蠢事。自己的鲁莽气盛，招致了精神和经济的双重沉痛打击，对母亲、对家庭的愧疚之情，就像毒蛇一样，每时每刻都在吞噬着我的心灵。

经过一个时期的沉重思想斗争后，我又回到现实，对当时情况进行了冷静思考。我知道这事尽管关系到我的切身利益，我也并没有做错什么。但已经发生了，我绝不能因此而被它打倒、压垮，从而一蹶不振。从小的方面讲，我的家庭需要我、离不开我，我要坚强地生活下去，不能让家人失望，尤其是不能让饱受苦难和沧桑的母亲失望，我就是她生命的希望和慰藉。从大的方面讲，我还年轻，才二十一岁，而且刚刚学好本领，正是为祖国、为社会出力的时候。不能因为在前进的道路上遇到挫折就后退，就畏缩不前，这不是一个军人的风格。如果真的那样，我怎么对得起培养我的社会和党。更何况我也学过哲学，知道事物的发展并不是直线上升的，而是呈螺旋式上升，正像毛主席所讲的那样："前途是光明的，道路是曲折的。"这曲折不管是人为的，还是事物本身所固有的，我都要艰难地翻过去。我的面前只有一条路可走，那就是摔倒了，重新爬起来，擦干眼泪，继续前进。这么一想后，我的思想又豁然开朗了。

当我下放劳动了一个半月以后，又突然接到通知，让我回去工作，这又使我感到迷惑。因为，我来之前领导交代叫我下放劳动三个月，现在才劳动一半时间就让我回去，不知唱的又是哪一出戏。在我回到单位的第二天，我们部队李政委找我谈话，反正我当时做好了最坏的打算。因为，过去从来没有这么大的官，一个副师职的部队政委找我谈话。当我进到他办公室后，完全出乎我的意料。他让我坐下后，亲自给我倒了开水，并很随便地问了问我下放劳动时的情况。我当时紧张的心也渐渐平静了下来。当他问起对这次评军衔和职级的看法时，我首先检讨了自己的鲁莽，不应该与领导那么讲话。接着，我又把真实情况和想法向他作了如实汇报。最后，我向他表示：“虽然我遭受如此意想不到的重大打击，但是请领导放心，我知道自己该怎么做。我仍然会一如既往地搞好自己的工作，再也不会给领导添麻烦了。‘吃一堑，长一智’，我也会在痛苦的磨炼中成长和成熟的。”李政委在鼓励和肯定我的表态后，接着说：“你们党总支在处理你的提干问题上是做得有些过头。原来党委对情况掌握得不全面，使事情发生了，现在我们也没办法来弥补。你的情况我们党委作了进一步了解，原本一个很好的同志，遭受如此重大的打击，怕你因这事想不通，所以找你谈谈，进一步了解一下情况。既然你自己有这个态度，希望你放下包袱，轻装前进，把坏事变成好事。”

经过这件事情后，使我懂得了许多道理，做人、对待事情也更加慎重和冷静了。在这以后，我在“文化大革命”中安然度过，再也没出现什么问题，并在一九六七年和一九六九年分别加入了共青团和中国共产党。

自然，我写小说的事也不是没有影响。自我们科长找我谈话后，虽然我没有告诉他我写小说的事，但同事们都知道了，已不再是什么秘密。此后，我除了被说成是单纯技术观点的典型外，还多了成名成家和骄傲的罪状，一直到“文化大革命”初期，还被作为揭发和批判的重点对象。但不管人家怎么说，我坚信搞好工作是不会错的。因此，我全力以赴地把自己所担负的工作搞好，在工作上从没出过纰漏，一直被组织作为业务骨干来培养，这点使我感到很庆幸和欣慰。

严厉处分我的那位党总支书记兼科长的徐某某，在离这事不到一年，被调离了我们部队，调到我参军时的那个部队去了。那是广州军区所属的一个部队。据说，他调到那个部队后，被分配到广西边境某地担任了一个副支队长的职务，后来又提拔为支队长。一九八三年我去他所在的部队，参加一个学术研讨会时，在那儿我又见到了他。据与我一起从老家参军的同学讲，他后来当了他们部队的副参谋长。一九八三年他已退居了第二线，到正团职就再也没上去。一天，他让我的同学告诉我，让我去他家里玩。当会议快要结束时，我在一个晚上抽空去拜访了他。到他家后，他很热情地招待了我。之后，我们就闲聊起来。接着，他打听与他同一时期参加革命的，在原单位的几个首长的职级，我一一作了回答。整个谈话主要是他提问，我把所在单位与他原在一起工作的几位领导的情况详细地告诉了他，也不知道他满不满意。他打听的也就是人事情况，对原单位的情况并没有提起。在离开他家后，我很明显地感到，我的这位前领导此时，也有可能像我在一九六四年那样，为职级而苦恼着。

随后不到两年，“文化大革命”就开始了。在那种大环境中，我知道小说是不能写也不能改的，再写再改今后还不定会闹出什么乱子来。从此以后，我把它放下了，暂时不去追那个文学梦。不但不想去追，甚至有一段时间，我想把已经写好的草稿也烧了。但后来一想，不能烧。因为，一方面自己确实费了不少心血，不管好坏，能否出版，它毕竟是在艰难环境中诞生的，以此作个念想吧。再说，当时不让写，不让干，以后我退休呢？到那时有的是时间和精力，也不受什么约束。那时我再把年轻时做的梦到退休后继续做下去，不也很好吗？最后，它也可作为我的宝贵生活经历，使我能记住那段令人难忘而又心酸的岁月。因此，我一直将它保存至今。二十世纪八十年代初大环境发生变化，我原想继续修改并写出了提纲和第一章、第二章。但后来我一看形势，已不适宜再继续写，所以就放下了，自己保存欣赏吧。这是对我第一次文学创作的唯一和最后的选择。

» 第七章 “民族婚俗”的曙光

一九六九年春，我被单位派到北京学习新的业务，为开辟新业务做准备。三个月学习结束后，我又回到了原单位。由于当时单位还不具备开展新业务的条件，所以我仍然从事原来的工作。十月，我们部队的上级单位要调我到北京机关工作，但所在单位的领导不放，说留下单位业务骨干培养基层接班人。而上级单位仍然三天两头由军务科打电话来催。就这样来回扯皮，一直拖到一九七零年春。后上级单位负责作战指挥的领导，亲自给我所在部队的领导打电话，让他放人，并限定了到新单位报到的日期。这样一来单位领导没有办法，才同意放行。我被调到上级单位后，是要开展一项新的业务，要建立一个研究单位。这项研究工作不是去年我学习的新业务，是我们单位过去从没正式开展的新领域。调我来的理由是：因为原来和我一起工作的一个老同志，知道我在工作中曾自发地搞过这方面的研究工作。当时搞这工作完全凭直觉、凭找规律、凭对情况的熟悉研究出一些东西，并对配合当时对敌斗争发挥了很好的作用。

到新单位后，当时单位正在组建，只有两个人，加上我才三个人，后来又调来一个。有四个人后，我们组成了一个研究小组。组长姓崔，他是一九五四年参军的老同志，我是党小组组长。不到半年，我们的组长提升为副科长，我接替了组长的工作。这时又从部队训练队给我们调来四个大学生，我们小组增加到七个人。为了全面开展这项工作，这年秋天，我们开办了一个训练班，对各基层单位和刚到我们小组来的大学生进行专业训练。各基层单位派一到三人。教材是我们根据本单位的工作实际，再结合兄弟单位在开展这一工作中积累的经验，自己编写。教案与战例也由我们组结合实际选编。这次训练的教材虽然大部分由我编写，主讲也是我。但说实话，我过去也没有过多地接触过这一领域，更谈不上有系统的理论知识了。过去在这一领域所取得的成绩，完全是靠自己的灵感和一点小聪明而已。这次训练对我本人来讲，尽管是现学现卖，但经历这一过程，无疑也是一个极大的提高，由实际提升到理论水平的认识过程，算是一次飞跃吧。

训练班结束后，我们培养的专业人员，撒向了分布在全国的各基层部队。从此，这项新领域的业务工作，就在我们部队广泛地开展起来了。我除了要组织领导好我们小组开展这一工作外，还要和小组其他同志一起，组织、规划、指导、督促、检查、落实这方面的工作，使各基层部队在开展这一工作中逐步走上正轨，做出成绩，配合对敌斗争。

这时，我自然没有精力与时间去考虑写小说。那时，我真是一心一意扑在工作上。二十八九岁了，还没谈对象。后来，为了打好基础，我又将单位分散的有关资料，进行了全面收集，并按时间先后系统地整理出大量资料，供开展这项研究工作参考。

当这项工作走上正轨后，一九七五年我又被调到一个新的工作岗位，从事信息研究和整编工作。原因是我的研究能力和文字整编水平都被领导和老同志看好。很快我又适应了新的工作，并逐步取得了一些可喜的成绩。从事信息研究和整编工作，整天要与文字打交道，这对提高我的文学水平是大有益处的。这当中，我还担任过部队军事研究期刊的编辑工作，并在有关学术和军事刊物上发表了一百多篇论文。这一切都为今后进行创作和写作打下了扎实的基础和文字功底。

随着“四人帮”被打倒，尤其是十一届三中全会的胜利召开，改革开放的全面展开，人们被禁锢的思想也得到了彻底的解放。社会大环境开始好转，政治氛围发生了巨大的变化，思想空前活跃，广大人民群众的积极性也被充分调动起来了，激发出为社会、为祖国多干事、干好事的热情，在中国大地上出现了一片欣欣向荣的景象。

一九八一年年底，随着爱人的随军，母亲也来到北京，一家团聚，我的生活也开始稳定下来。这对我来讲，无疑是一件大好事。

在社会发生巨大变化的大潮推动下，一九八三年因形势快速发展的需要，我们单位准备在改革开放的前沿阵地深圳特区，组建一个团级建制的新单位。部队领导鉴于我过去在组建研究单位时的组织能力，推荐我去组建这个新单位。当组织找我谈话时，我婉言谢绝了。因为，我对当官兴趣不大。再加上孩子小，上小学，我爱人上班远，无人照看等原因，以及我感到自己的性格不适合干组织领导工作。我这个人太耿直，又爱提意见，同时我不喜欢奉迎人家，也不喜欢被人奉迎。再就是我也不想当两面人，嘴里说的与心里想的是两码事，像这种性格就算走上行政管理岗位，也不会处理好各种复杂关系，与其这样还不如不干的好。搞业务单纯，用不着做违心的事。自然在单位内，对我这一举动激起了不同的反响。多数人认为，这种求之不得的好事，让去却不去，真傻。我也不管别人说什么，仍然一成不变地按着自己已形成的习惯，上班下班，全力以赴地干好本职工作，不给组织添麻烦。

随着改革开放的深入开展，人们的思想越来越解放，也敢想敢干了，祖国的面貌日新月异地发生着翻天覆地的变化。对此，我除了感到高兴，也总想跃跃欲试地投入到这种大潮之中去，成为一个弄潮儿。生活的稳定使我感到除了工作，还有更多的业余时间可以利用。如果把这部分时间利用起来，自然能为社会多做一些事。于是，我的思想在沉寂了近二十年后，又开始活跃起来，老想干点什么事才好，不能让这么多业余时间白白浪费掉。人的生命是有限的，但追求梦想、追求人生价值是无限的。

要干的话，干什么才好？要有目的，有方向。想来想去，根据我的情况，仍然是写点东西好些，于是我又做起了文学梦。开始重新拿起我在一九六三年所创作的小说，看了看，想对它进行修改和再创作。于是，我写了一个提纲，并重新写了第一章和第二章。写着写着，我的思想又考虑起一个问题：我的长处是研究能力强，但写小说就发挥不出来。没有从自身的实际情况出发，就是写出来了，自己心里也没底，出版的把握性就不会太大。如果根据自己的特长，去写一些纪实性的文学作品，说不定把握性要更大，自己对能否出版的底数可能要高一些。想到这些，我决定改变一下创作思路。这样一来就提出了一个问题，首先要确定一个课题，收集资料进行具体研究，才能取得好的成效。

后来，我又听人家讲，出版书是要人家没有写过的事或领域，写过的你要比人家写得更有新意，总之要有新的创作思路。

为此，我利用节假日的大块时间，到国家图书馆去翻阅图书卡片索引，看能不能翻出一点灵感和思路来。刚开始自然什么也没翻出来。因为国家图书馆的卡片索引那么多，我有目的，但无方向，翻来翻去一片茫然，自然一无所获。这样又迫使我重新思考一番，如何才能从浩瀚的卡片索引中找出灵感和思路来，做到既有目的，又有方向呢？我细细分析了一下，去图书馆的目的性比较明确，就是要搞纪实性文学作品的创作。但方向不明确，写什么课题，写哪一个领域不清楚。没有明确方向的瞎撞瞎碰，肯定是一无所获的。为了确定方向，我又仔细地分析了一下，认为我国是一个具有56个民族的多民族国家，也许在这个领域可以找到课题，找到灵感和思路。于是，我带着这种想法和思路，又重新回到国家图书馆去查卡片、看索引。查来查去，这次还真给我查出了一个课题，在当时还没有专门的著作，那就是我国少数民族的婚俗。这一来，我的精神大振，像打了兴奋剂一样，下决心在这方面作出一点贡献，研究出成果，写出一些东西来。

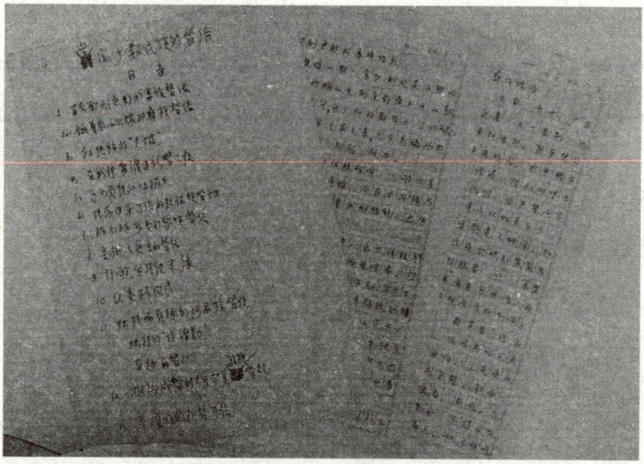

《中国少数民族的婚俗》手稿

由于目的明确，方向确定，从此以后我就不是到图书馆去翻卡片索引了，而是根据卡片索引，去借有关的图书。节假日业余时间长一些，我就在图书馆看，一边看一边做笔记，把所需的有关资料摘录下来。同时，还在图书馆不断地借来图书，回到家里利用晚上的业余时间接着看和收集资料。开始是泛泛地看和摘录。经过一段时间的看与摘录后，我又重点分析了一些资料收集得多和比较全面的少数民族婚俗，理出了一些思路和头绪，按照统一思路进行创作规划。这样一来看书的目的性与方向性更强，所收集的资料也越来越清晰和详细。当收集到一定资料后，我就按照原来的思路和头绪开始写作。想重点写出一两篇或几篇来，让人看看，提提意见，再进行修改，这样可能好些。

于是，我又利用晚上不进行战备值班的业余时间，抓紧时间写出了两三篇稿子。稿子写好后，就想找人看。要找看稿的人，除了我爱人是第一个读者外，首先想到的是我来到机关后的领导虞科长。他是一个老同志，有很高的研究水平和很扎实的文字功底，头脑清晰，思维敏捷和活跃，长期从事研究工作，常常能提出一些独特的思路和见解，在工作中所取得的硕果累累，是大家佩服的能人。我在他手下工作了近十年，彼此也相互了解。这次，我首先找领导看，当然用不着再担心会发生二十世纪六十年代写小说时的悲惨遭遇。因为，整个大环境变了，人们的思想也变了。我再也用不着像干地下工作一样偷偷摸摸地写，这次是大大方方地写，同事们也没那么多议论与是非了，领导也不会因此而批评你，压你的职级（当时已没军衔）。相反，他还会尽力帮你。

当我拿着初稿找到虞科长时，为了使他很快进入角色，我首先向他作了一番介绍和说明，然后把稿子递给他说：“这是我第一次写纪实文学作品，没什么经验，写得也许很粗糙，希望你看后多多提出意见，帮我完成宿愿。”他爽快地答应说：“没问题。我尽量抽时间看，先睹为快。如果发现什么问题，或有什么看法，我一定会给你指出来的。”

过了几天，他看完后把稿子退给我，并对我说：“不错，继续努力，大有希望。如果说有什么意见和看法的话，我倒有个想法。根据你的介绍，你的资料大部分来自书本，即第二手材料。我建议你如果有条件的话，亲自去采访一下，校对一下情况，看看其真实性和可靠性。另外，看看还有没有新材料和新发展，因同一个民族的婚俗，也是随着时间的发展而发展的，各地域也有所差异。如果你去实地采访，资料也许会更全、更细、更吸引人。”我说：“好，我将来利用出差的机会，到实地去考察和采访，争取多收集一些第一手资料，使所写的东西更充实、更生动些。”我对他提出的建议表示了感谢。这事使我感慨颇多。我两次搞文学创作，处在两个不同的时期，但领导的态度反应却是那样的不同。真是时代作弄人，时代也造就人，就看你赶上没赶上。我想人们应该很好地珍惜这个新时代，珍惜现在的大环境，为我们的祖国，为我们这个社会多做一点实事，有益的事，这才是自己唯一正确的选择。

在得到虞科长的肯定回答和正确建议后，使我的信心大增，劲头也足了。我似乎看到了一点点曙光，心想只要自己肯努力，再加一把劲，也许总有一天，我会把写书的梦想变为现实。但是，这时我也知道，这仅仅是在部队内部，也只是一家之言。再说，我和虞科长是老上下级关系，也许他碍于情面，鼓励我也未可知。当我在欢喜之余，经过一番冷静思考之后，决定要把范围再扩大一点，拿到社会上去，看他们是如何看待，如何评价的。

这次我要把东西拿出去，也有好的条件和渠道。因为，我爱人自随军后，被冶金部劳资司安排在该部所属的钢铁学院（现改名为科技大学）工作。当时，她正好在该院补习高中课程。所以，我就让爱人拿着稿子，让她的老师看看，改改，并没告诉他要出书。那位老师愉快地答应了。过了几天，当他看完将稿子退给我爱人时，先问道：“你们是准备出书的是不是？” 我爱人回答说：“有这个打算，心里没底。请老师看看，有没有戏。”

“我没有更多要讲的，只要继续努力，我看大有希望。”

“谢谢老师的鼓励，我们一定会努力的。”

爱人回来告诉我后，我的信心与希望又多了许多。为此，我加紧了步伐，跑图书馆更勤了，劲头也更足了。借回家的图书我抓紧时间看，把有用的资料一点一滴地摘录下来，力争尽量详细完整。尤其是细小的习俗和情节，更不能有丝毫的马虎与粗心让它漏掉。因为，有时往往是细微之处，才能看到婚俗的特殊，看到差异。

除此之外，我还利用工作出差时的机会，尤其是到云南出差的机会，走访了好几个少数民族集居区，如白族、纳西族、傣族、佤族等。另外，还走访了湖南的瑶族、苗族、土家族，海南岛的黎族、苗族等，自然，这种走访和考察每次都要拟好提纲，尽量问得详细些。有时在采访中，如果发现了新的问题，也要及时抓住，不能放过。从实际的走访情况看，同一个民族，由于住地不同，或支系不同，确实是有差别。从时间上来说，有些婚俗在新中国成立前后也有很大差异。但我从图书馆借的资料，绝大多数讲的是新中国成立前的婚俗。

深入少数民族集居区采访和实地考察自然很好。但是，因我是从事业余写作，不可能有那么多时间，更没有那么多机会，只能尽量争取，进行更多的实际采访。后来，我发现火车上也是一个很好的采访场地。我有好几次在开往云南的火车上碰到过不同的少数民族，这自然是好机会，不能错过。如我对彝族、阿昌族等的采访，就是在火车上碰到去北京的少数民族参观团。于是，我通过和他们的接触，谈起他们民族的婚俗，引导他们说出我所需要的情况和细节。通过这些活动，使我清楚地知道，只要做个有心人，机会有的是，就看你留不留意，能不能抓住。这样一来，我时刻提醒自己，注意观察，千万不要错过任何可能出现的机会。

就这样，我不仅积累了大量的书本资料，而且还掌握了丰富多彩的第一手资料和图片，为我进行创作打下了坚实的基础。于是，我把收集的所有资料进行分门别类，按各民族进行集中后，又按原来的既定思路进行创作和艺术加工，力争如实地写出我所收集到的少数民族婚俗。使这一领域原来的专著空白，经过自己的辛勤劳动和创作，得到填补。我利用晚上的业余时间加紧写作。

正在此时，一个很好的机会使我加速了写作进度。一九八三年四月，部队让我去青岛第二疗养院进行度假疗养。这种脱离工作的大块时间，当时对我来讲无疑是求之不得的。因此，我在近一个月的疗养时间里，抓紧机会进行写作。

在我紧张的写作中，错过了一个向出版社靠近的极好机会。与我在一起疗养的青岛守备部队的李团长，在与我散步时告诉我：上海一个出版社的一个编辑，也在这儿疗养。他问要不要给我介绍一下，见见面，认识一下，将来出书也好让他帮帮忙。当时，我除了对他的关心表示感谢外，还让他打听这个编辑是上海哪家出版社的，他答应了。没过两天，这个团长告诉我，说这个编辑是上海少年儿童出版社的。我一听，认为这差得有点远。因而，虽然答应同这个编辑见面，认识一下，但在思想上就没想到要找人家帮忙。当时的原因有两点：一是认为他是少年儿童出版社的，帮不上什么忙。二是我自己还没有把整个稿件写完。鉴于这两点原因，虽然经过那个好心的李团长介绍认识了他，我们也在一起散过几次步，但在闲谈之中我就没有谈起这事，想等写好了再说。其实事后想想，与他谈谈也好。他虽然离这方面远点，但他是编辑，认识这方面的人要广一些，兴许会帮上忙。“多一个朋友多一条路”，这种想法自然在当时我的脑袋中没有更多地位。同时，与对今后遇到出版的困难估计不足也是有关系的。

当我疗养结束时，终于写出了少数民族的婚俗，共计十余万字，算得一本薄薄的小册子。写完后，自然心情是很愉快的。

写出来自然是好事，但如何投稿，向哪一个出版社投？这是我写完书后，遇到的很现实的难题。对于解决这一难题，我是一筹莫展。此时，一位转业在开封的张姓战友，正好到北京出差，住在我家里。当我们俩在一起闲谈时，他问我：“你过去写书吃过亏，现在形势好了，人们的思想也解放了，你还写不写？”

“现在形势这么好，鼓励个人发挥聪明才智，为国家、为社会多做贡献，我自然不会错过这一良机。可是，写了往哪投稿呀？我正为这事犯愁。”我回答着。

他问：“你真的又写了一个东西？”

“是的，刚写好一个十余万字的小薄册子。”

“是哪一方面的？”

“是少数民族的婚俗。我查过，过去没有这方面的专门图书，是个空白。”

“也许我能帮上你的忙。”

“真的。”我一听他说能帮忙，顿时眼里好像放出光芒来一样，焦急地问，“你说说，有什么门路？”

“我认识河南人民出版社的一个同志，关系还可以。我帮你把稿子投到那儿去看看。”

“河南人民出版社，他们接不接受这方面的稿件呀？”

“你试试吧，不试怎么知道呀？按理说他们应该收，他们又不是专业部门的出版社，出书范围广。”

“那就麻烦你带着稿件去试试吧。”

“行，我带去试试看。但我丑话讲在前，我只给你试试，不能打包票，到时出不了，你也不要怪我。”

“你放心，我们过去共事那么久的老战友，你能帮我，感激都来不及。不管能否出版，我绝不会怪你的。”

于是，他在返回开封时，将我的书稿带到河南去了。后来，他又把稿件送到河南人民出版社他认识的那个同志那儿。经过一段时间后，他给我回话称：“这稿件从写作上看没什么问题。但他们有一个问题犯愁，就是河南少数民族相对较少，对民族政策掌握了解不多，担心出版了，万一在政策上出现了问题，引起民族纠纷那就是大问题。所以，他们不想出这本书。你看怎么办？”

我说：“哦，还有这个问题，我过去从没考虑过这事。既然他们犯难，不想出版，那没事。你把稿件寄回来，还是让我在北京想想办法，打听一下什么出版社能出这方面的书。”

他回答：“行，我尽快把稿件从出版社拿回来寄还给你。老战友，实在对不起，这次没给你帮上忙。”

“没关系，你尽力了，这本来就是没把握的事。不管能不能出版，我都要谢谢你。”

过了好几天，我收到他寄回的书稿，这时我的思想又翻腾开了。

出书还真不是一件简单的事，也不全是你的写作水平达到了，就可以给你出。这只是一个方面，或者说是一个很重要的方面，但不是唯一的方面。里面还有许多东西与门道我不了解。过去我只想到写，认为写作水平达到了就行，可从来没有想到过民族政策这回事。事后想想也是，万一在民族政策上出了事，那问题就大了。想到这儿，我自己感到还是先学学有关民族政策吧。找来有关民族政策的文件和书籍看了看，研究了半天，又觉得我的书稿并没有违反什么民族政策。再说，我收集的资料大部分已经出版了，只不过不系统、不全面，零零散散夹杂在各种介绍少数民族的书籍中而已。既然人家能出版，我把它系统化，成为单一的民族婚俗专著，从道理上讲不应该有什么问题。这样一来，对过去产生的疑虑又打消了一大半，想继续找出版社出版。

一次，我去拜访一个在北京的同村老乡。见面后闲聊时，我向他谈起自己写了一个少数民族婚俗的小册子，送到河南人民出版社去出版，他们担心在民族政策上掌握不好怕出问题，所以不想出版，已把稿件退回来了。

当时，他儿子在一旁干活，听到我这样一讲，他问我：“他们告没告诉你，你写的书达没达到出版要求？”

我说：“他们说写作上没什么问题，就是怕民族政策上掌握不好出问题，不敢出。”

“如果那样就好办。和我打桥牌的有一个牌友，是北京展望出版社的编辑。你把书稿给我，我去找他，看看行不行。”

我说：“好，你找他试试吧。”

他答应了。于是没过几天，我就把稿件给了他。他又很快把稿件给了展望出版社的牌友。展望出版社过去我也没听说过，也不知道它的背景和隶属于何单位。当时想出书的心情很迫切，自然不会考虑更多。只要能出版，它的背景与隶属何单位与我有什么关系？再说，当时正值改革开放的大潮中，文化出版等单位也像雨后春笋般蓬勃发展起来了。过去有没有名，别管它，只要能给你出书就行，其他都是次要的。我当时就是这么考虑的。

过了一个月，展望出版社给我来了一个函件，说他们出版社不能出版此书。他们只发了公函，并没有把稿件一并给我退回来。接到函件后，又给我泼了一盆冷水。心想：写好了一本书，要找出版社出版怎么就这么难呢?

既然人家不想出版，又没给我把稿件退回来。我想还是尽快把稿件拿回来，再仔细看看，好好修改一下再说。于是，我请了假，乘公共汽车专门去拿稿件。到了出版社一看，出版社不大，人也不多，各人干各人的事。当时我找到负责审查书稿的编辑后，他微笑着对我说：“实在对不起，今天我还不能把稿件给你。”

我说：“为什么？”

他说：“因为你的书稿不知在哪个箱子里。我们工作忙，现在没时间给你找。”

“那你们什么时候能给我稿件？”

“过一段时间，等我们忙过这一段后，一定给你退还。”

我说：“好吧，过一段时间我再来拿。”

“行，下次来一定给你。”

本来我是请假专门去拿稿件的，结果人家不出版，也不给我退稿，把退的稿件不知压到哪个箱子里。对于这种处理方式，我自然从心底感到不快，心想哪儿有这样处理问题的。但事已至此，我也没办法，只好等等，让他们忙完这段时间再说吧。

过了半个月，我又跑去取稿件，我想这次把稿件拿回来没问题了吧。可是，一到出版社，令我很失望。他们仍然推说工作忙，无暇顾及帮我找稿件。当我问他什么时候能给我时，他说他们也说不清，让我把电话留下，到时找到后，会给我打电话。我只好把家里的电话告诉了他，不快地回到家里，等着他们的电话。

大概又过了两个多月，他们打电话告诉我，稿件已找出来了，让我去拿。当我到达那儿，接过稿件时，说他们拖得时间太长了。他们一再向我道歉，并连说对不起。这样，我也不便多说，拿了稿件就回家了。

两次投稿失败，都因不同原因被退了回来，对我已燃起的希望也有打击。当然，对于我自己来讲，原因自然还得从自身找。所以，我又反复看了看，再次做了一些细加工，使它更加完善些。

这一来，稿件一直还在自己手中。后来又因工作很忙，经常出差执行任务，所以就暂时放下了。到一九八六年，与我曾在一起工作的一位郑姓朝鲜族同事，不知从哪儿听说我写了一本关于少数民族婚俗的小册子，而没有找到出版社的事，他向我打听是不是有这回事。我告诉他是有这回事，并把前后两次找出版社碰壁的事，也和他详细地说了说。他一听立刻说："那你当时为什么不找我呀，我有个老乡就在民族出版社工作，这类书籍都是他们的事。"

我说："我不知道你还有朋友在民族出版社工作，要是知道我早就找你帮忙了。"

"那你把稿件给我，我送去让他们看看，要不要这方面的稿件。"

"好吧。"

我把稿件给了他。他为这事专门找了他的老乡。他的老乡又把稿件转交给了专门负责民俗方面的编辑。

过了大概不到半个月，那个朝鲜族的同事拿着稿件找到了我，并说："他们认为你的稿件来得晚了些，要是在一两年前，那时还没有出版这方面的书，他们准要。现在已经有不少这方面的书籍出版了，所以他们不想再出版，把稿件退回来了。"

到这时，我知道这本小册子的出版是没戏了，也就彻底放弃了想出版的念头。在总结没能出版的原因之后，使我认识到，除了要做好自己的工作，提高写作水平，还要在出版上找对门路。否则，你瞎折腾，时间就在折腾中过去了。虽然这事谈不上时间就是金钱之类的东西，但时间就是出书的机会，这一点不会错。虽然这本小册子没有出版，但它使我看到了希望。只要我坚持不懈地努力，出书的梦想是一定有希望成为现实的。从此以后，也使我坚定了信心，沿着这条路继续走下去。

到了大概一九八七年年底一九八八年年初，我在代理行政管理时，被我推荐考上大学、毕业后又读研究生的同事告诉我，他在北大图书馆，看到一本有关我国少数民族婚俗的书，和我写的有点相似。我听后一笑了之。我想，尽管展望出版社拿着我的稿件，好几个月没给我，但北大是高等学府，有专门研究我国少数民族民俗的专家学者，出版类似的书也不足为奇。像这些有声望的专家学者，绝不会干出那种偷鸡摸狗，剽窃我这个无名之辈劳动成果的事。

如果说，作为个人我有什么经验教训可吸取的话，那就是今后投稿时，不要每次把全部稿件都给人家，只提供样稿就行。

» 第八章　三次充电

参军从军校毕业后，在几十年的工作中，后来我又经历了三次半年以上的学习充电机会。其中两次是脱产专门学习，一次是业余自学。脱产学习与业余自学都是为了追上时代，充实思想，跟上形势的发展，现在叫充电。第一次脱产学习是一九七一年十一月至一九七二年七月，先在洛阳外国语学院学习计算机程序设计基础知识，后到某局结合实际操作进一步学习。学习完回部队以后，基本上能设计一些简单程序，满足工作需要。第二次是一九七八年八月中旬，参加我部“五七”干校第四期学习班。在大兴县“五七”干校学习近六个月，首先是学习理论知识，其次是参加劳动，最后是社会实践，参观访问。第三次是一九八三年至一九八七年参加北京市高等教育自学考试的党政干部专业学习。三次学习的目的侧重点是不一样的。第一次是为了跟上时代，学习技术知识，拓展专业技术水平，更好地适应工作需要。第二次和第三次学习主要是提高理论水平、文化素质，能跟上时代潮流，在改革开放的新形势下，做一个合格的党政干部。

现就三次学习的具体情况简述如下。

一、在洛阳外国语学院学习计算机程序设计

一九七一年十一月，我在昆明参加本单位召开的研究总结会议返京后，没几天，组织上通知我，让我带人去洛阳外国语学院去学计算机程序设计。当时，我们研究单位还没有计算机，据说根据业务发展需要，部里准备在一九七二年调拨一台计算机给我们。硬件人员已开始培训，但程序设计的软件人员还没有。当然，这种情况也不是我们一个单位。除我们单位外，还有海空军和各大军区所属单位。为了开展这项工作，使它更加适应新形势、新技术发展的需要，部里拟在洛阳外国语学院临时开办一期速成计算机程序训练班，训练有关软件人员。我们单位认为这次机会很好，根据情况派出八个人参加此次学习。这八个人由两部分人员组成:我们研究单位四人，工程单位四人。具体由我负责，工程单位的一个姓王的同志（一九五四年参军的）协助我。我们一行八人（七男一女），前往洛阳外国语学院学习。

到达洛阳外国语学院后，我们与海军参训人员编为一个小队，全部人员编为一个大队。外院派人担任队长与指导员，负责行政与政治思想教育。三个教员分别是从部里三个单位临时抽调来的。他们均是名牌大学的高材生，经过实践锻炼，无论是理论水平，还是实际工作和操作能力，都达到了一个比较高的层次。所有参训人员都按学院要求进行训练，作息制度全院统一。早上六点起床，接着出操，洗漱完后吃早餐，上午四节课，下午四节课，训练很紧张。

二十世纪七十年代，在我国计算机还处于刚起步的初级阶段。计算机少，搞软件设计的就更少。所以学程序设计的编程，还处于使用机器指令阶段。如05是输入，06是输出，07是转移，08是加1，09是减1……这种使用机器指令进行编程，对软件设计人员要求很高，不仅要设计思路对头，而且还要特别细致，稍微不小心，就会出差错，哪怕是很小的笔误，也会带来很大的影响。编好一个程序后，要反复检查，直到毫无差错通过为止。

除了学习、生活紧张外，我们在学院的伙食也不怎么样，大概是我工作后出差最糟糕的一次。有时一天吃两顿红薯。当时粮食缺少，吃粗粮是常事，但一天吃两顿红薯却也少有。原因是洛阳外国语学院刚从张家口搬来，而校区原是一个炮兵学校的靶场。学院接收后，把靶场开垦成能种植农作物的土地，他们在这块地上种了红薯与花生。我们到那儿时，刚好是收获红薯不久的季节。红薯冬天不耐久藏。为了不造成浪费，学院拼命让大家吃红薯，因此才会出现一天吃两顿红薯的情况。现在大肆宣传红薯是健康食品，对身体如何好，这是在生活水平提高的条件下，为了平衡膳食而言的。其实，任何一种好食品吃过了头，也会带来相反的效果。就以红薯为例，你吃多了也会烧心、吐酸水，那滋味也不好受。

除伙食外，再就是洛阳的冬天也很冷。洛阳地处黄河以南，按我国当时规定不属于供暖范围。我们在那儿学习正好是春节前后，一年中最冷的时候。尽管房子里也烧着一个煤炉子，但那么大的教室，一个煤炉子能起多大作用？因此，寒冷就自不必说了。不少人手脚都生了冻疮，但我们每天早晨天还没亮就得起来出操，这对我们这些长年生活在机关的人来讲，也是一种锻炼和考验。好在大家都是参军多年的军人，再苦再难也能挺住。

那年，我们是在学院里过的春节，来自陆、海、空三军各单位的人在一起，过春节也很热闹与欢乐。我们单位从工程部门来的一个姓刘的同志，生性就爱热闹，那时他单身一人，一个月有几十元钱，没什么负担也够用。在过春节时，他买了许多爆竹，整天像个小孩子，闹着放鞭炮玩，给当时的春节也增添了不少欢乐气氛。

当三个月的业务学习结束后，学院又组织我们进行了参观。在洛阳我们参观了不少工厂，如洛阳拖拉机厂、洛阳玻璃厂，这些工厂当时在亚洲都称得上是数一数二的大工厂。同时，还游览了龙门石窟和白马寺，还到农村进行社会调查，并到杨水才的家乡许昌进行了走访，向英雄模范学习。

在洛阳外国语学院的学习只是入门，是最基础的理论学习，并没有同实际相结合，也没有上机操作过，自然这种学习离工作还有一段相当远的距离。当我们结业学习回到单位后，我把整个情况向单位作了一个全面汇报。单位根据我们在学院里学习的实际情况，又决定派我们原来四个从研究单位去学习的人员，继续到某局再去学习。学习他们是如何将计算机软件设计运用于实际，与研究工作联系在一起的。并增加一些实际的操作能力，做到能真正独立担负起程序设计任务，有效地配合研究工作的全面开展。

这个局在汉中，当我们到达那儿后，他们为我们专门配备了辅导人员。当时他们的设计人员不少，有的是在大学就学这个专业，也有少部分人像我们一样，半路出家的。他们为我们派了两位辅导员，一个是中国科技大学毕业的，一个是南开大学毕业的，都是老资格。大学毕业后，已在工作上摸爬滚打过相当长的一段时期。这两位辅导员不仅理论水平相当高，而且实际操作能力也很强。他们带着我们边学边操作，理论联系实际。所以这次学习我们的进步要比在洛阳外国语学院脱离实际操作的纯理论学习进步得快些。我们在辅导员的辅导帮助下，试着编程序。在接受课题后，首先根据编程步骤要求画出方框图，然后根据方框图进行编程。写好程序后，再根据方框图的实现步骤与要求，反复检查。除自查外，还相互进行检查，有时对把握性不大的地方，还请辅导员帮助检查。反反复复经过多次检查，直到满意为止。然后，再拿到穿孔人员那儿进行穿孔。穿好了孔后，拿回来又要反复检查，看看穿好孔的程序与手写的程序是否完全相同，中间有无错漏之处。如果发现问题，就要及时改正。否则程序就会偏离原来的思路，而在计算机内跑不通，实现不了课题要求。

我们所从事的研究工作，大部分课题是按照逻辑思路来设计程序的。真正按照计算公式来设计的并不多。即便是有，也是穿插在其中。从我个人感觉来看，按逻辑思路编程，比单纯按数学公式进行编程要复杂得多。它要求把产生问题的各种可能都要考虑到，都要采取预防措施，哪怕是一个非常小的问题都不能放过。它要求程序设计人员的思维能力非常缜密而细致，并要在编程过程中反映在所编写的程序上。而且每次基本上没有任何固定格式和公式可循，完全在于自己的灵活掌握，独立思考和缜密细致的工作作风。同时一个课题，不同人员因设计思路的差异，无论是编程时涉及使用指令的多少，还是在机器跑程过程中涉及时间多少，其差别是很大的。好的编程人员，好的思路，不仅能多、快、好、省地实现课题的要求，达到预期目标。而且还能节省很多时间、精力，为其他人员与课题研究提供方便。这对于当时计算机在我国还处于起步阶段来说是非常宝贵的。由于大家的积极努力，再加上辅导员耐心细致地指导，我们在该局的学习效果也非常显著。我们不仅初步掌握了计算机程序设计的要求，增加了实际操作能力，为今后的工作打下了基础。而且辅导员还根据我们的学习情况与接受能力，给我们进一步加餐。在我们基本掌握计算机机器指令进行程序设计后，又教我们学习了半自动化编程。最后，还给我们传授了algo和fortr两种语言程序设计，为我们进一步开展这项工作创造了很好的条件。

一九七二年七月，我们圆满完成了学习任务，回到原单位。当时，单位的计算机机房也建立了起来，我们一回来，就立即投入到工作中。后来，我为研究工作设计过多个程序，也取得了很好的成绩。说心里话，我是很喜欢这项新技术、新工作的。因为我原来在学校读书时，数理化成绩就挺好，搞软件设计自然能发挥我的优势。但最后组织上不让我继续把这个工作搞下去了。为了提高程序设计人员的素质和文化基础水平，单位准备派一个人去四川大学数学系学习，我争取了很久，也没争取上，结果派另外一个姓吴的同志去学习。不久，我就被调到其他岗位去工作了。从此，便离开了计算机程序设计工作。后来，尽管我买了很多这方面的书进行自学，但是由于长时间得不到上机操作，到后来也就逐渐生疏了，我从心里感到很惋惜。其实让我接着干这项工作，我是很有信心把它干好的。真可惜，只能服从组织分配了。

二、在大兴县部“五七”干校学习马列主义哲学理论

一九七八年八月，我部在北京大兴县团河“五七”干校开办第四期学习班，参加人员是科、处级干部和各局的参谋干事。我是属于参谋之列而进入干校的。整个干校有好几百人。八月十六日举行了开学典礼。李校长在开学典礼上对我们进行了动员。他要求大家以主人翁的态度进干校、办干校、建干校。在谈到干校的任务时，他对我们说有三项：一是学习。学好一本书，即《路德维希·费尔巴哈和德国古典哲学的终结》。二是劳动。把上一期种的水稻管理好，收回来，颗粒归仓。三是理论联系实际，向社会、向群众学习，进行社会调查和参观访问。为此，他要求我们端正态度，恢复和发扬我党、我军艰苦朴素和说老实话、做老实事的优良传统，改造自己的世界观，坚持“三个普通”，即普通党员、普通一兵、普通劳动者，加强组织纪律性，遵守各种规章制度，搞好团结等。

接着，部里钱副书记又进一步作了动员。他谈到如何学的问题时说：认真贯彻“五七”干校的方针，这种学习既不同于党校的学习，又不同于原来干校的农场，而是要让大家把读书和劳动相结合，学习理论与现实斗争相结合。当前，就是要与揭批林彪、“四人帮”反党集团的斗争相结合，从而提高学习锻炼的自觉性，克服怨气，从普通中看到不普通。进而努力改造自己，使自己成为一名真正的自觉革命战士。

开学典礼结束后，干校给每个学员发了一本由人民出版社出版的《马列著作毛泽东著作选读（哲学部分）》的书，作为我们这次学习的资料。下午，干校曹政委又宣布了教学计划。其内容共分为五个部分。

一是入学教育，共计4天左右。通过学习克服各种错误思想，找准思想上的主要问题，自觉地提高思想，在结业时有明显提高，较好地完成各项任务。

二是政治理论和哲学学习，计划50天左右。学好一本书：《路德维希·费尔巴哈和德国古典哲学的终结》。搞清一个观点，即辩证法的思想，结业时每个学员要写出一篇书面的心得笔记。

三是劳动，计划40天左右。收割稻子、碾米、积肥等。通过劳动深刻理解办“五七”干校的意义，增强劳动观念，努力为增加社会财富作出贡献。

四是向社会和人民群众学习，计划10天左右。以社会为课堂，组织社会调查，参观访问，了解社会主义建设的大好形势，加深对十一大的理解，坚定事业心、革命精神。

五是期末检查与总结。总结学习收获和改造世界观的体会，要肯定成绩，找准问题，制定改进措施，起到加油站的作用。每个人要写出书面心得体会，对每个人要进行鉴定，评选先进班与先进个人，并对进一步办好五七干校提出建议和意见。

整个时间是一九七八年八月十六日至一九七九年一月三日，共计127个教学日，另外还有近17个机动日。

全体学员对钱副书记、李校长，在开学典礼上的讲话和安排，进行了专门的座谈讨论。大家表示要提高认识，端正态度，努力完成干校交给我们的各项任务。

八月二十一日下午，干校曹政委在理论学习开始时，又进一步作了“关于马列理论学习”的动员。他讲了三个问题。

一是第四期理论教育的依据是什么。主要是根据军委的指示精神与总政治部的通知，参照中央党校的教育计划，结合干校实际和吸取了前三期的教学经验教训而拟订的教育计划。总政通知“关于一九七八年部队政治教育的安排”中，要求全军要坚持持久的马列主义教育运动，把马列主义理论提高到一个新水平。团以上干部、机关干部，特别是高级干部，要努力学习好马列主义的三个组成部分，力求全面、整体、准确地理解马列主义哲学原理，加深对毛主席哲学思想的理解，发扬我军优良传统，拨乱反正，彻底肃清“四人帮”的流毒。

二是为什么要学习马列主义哲学。他说：“马列主义哲学是我们党制定方针、政策、路线的依据，认真学习好马列主义哲学，有助于我们加深对党的方针、政策、路线的理解，并自觉地执行好。马列主义世界观和方法论是我们认识和改造世界的锐利武器，我们学好了马列主义哲学，就能更好地认识世界和改造世界，为革命作出有益的贡献。马列主义哲学也是当前我们揭批‘四人帮’，改造世界观的锐利武器。”

三是怎样才能学好马列主义哲学。他认为：首先要提高认识，认识学习的重要性和必要性，营造浓厚的学习气氛，正确处理好学习哲学理论与劳动的关系。其次要坚持两个为主，防止两种倾向，即以自学为主，以读原著为主，防止畏难情绪，防止有些已学过的人产生自满情绪。再次是突出重点，攻克难点，深刻理解，全面掌握，理论联系实际。最后是要加强领导，讲究方法，全面提高学习效果。

下午，部政治部姜副主任作学习辅导。他的辅导主要是对《路德维希·费尔巴哈和德国古典哲学的终结》一书的全面介绍。他在辅导中主要讲了四个问题：一是该书的主要内容和我们学习要达到的主要目的。二是理解书名与介绍德国古典哲学的情况。三是恩格斯为什么要写这本书及其背景。四是本书的结构与重点。从这本书的结构分析来看，前三章是对黑格尔、费尔巴哈哲学理论的分析批判，第四章正面阐述了马克思主义：一是辩证法，二是唯物论，三是唯物主义历史观，四是正面阐述其原理。重点在第四章。他希望大家下大力气，把它搞懂、搞深、搞透，并运用到实践中，搞好思想改造和提高工作效率。

自那以后，我们就进入了真正的哲学理论学习。学习的方法主要是自学，看原著。但在自学前，有一个姓曹的教员分别对每章进行课堂辅导，然后我们看书，做笔记，写心得体会，再以班为单位进行讨论交流。这种学习方法我认为不错，对于全面提高认识，还是一种比较有效的学习方法。

我对这次学习机会十分珍惜，因为我过去对哲学本身就有浓厚的兴趣，也看过不少这方面的书籍，自然也包括这本书。但我是用业余时间进行自学的，没有大块时间，也没有条件像这样进行专门的学习。因此，倍感珍惜，想抓住时机，好好提高一下哲学理论水平。于是，每次辅导时，我都做了详细的笔记。在阅读原著时也特别仔细。一有感想我就立即记下来，或写些眉批。经过反复阅读，结合辅导课，我的理论水平与思维能力又得到了进一步提高。每次班上讨论时，我都积极发言，并且每次发言都得到了同班同志的好评。大家称赞我看问题深刻，能分清主次，抓到本质内容。

这本书我们一直学到了当年的十月四日才结束。后来，干校根据实际情况，从十月五日开始至十一月七日，又用一个多月的时间，安排我们学习恩格斯的《反杜林论》一书。之后，从十一月八日开始，又安排我们学习列宁的《谈谈辩证法问题》。

实际上在干校的哲学理论学习，比原来安排的五十天时间多了许多，前前后后有近三个月时间。这种全面、系统、突出重点的学习，不光对我，对我们每个学员都是一个极大的提高。无疑这种提高对促进今后各项工作的开展是有很大帮助的。在干校所学到的理论，所收获的精神食粮和无形力量，将会在每个学员今后的工作中、实践中开花结果，对这点我当时是深信不疑的。

当然，在干校，我们不都是学习理论，还有一项任务是劳动。收割稻子，但这个时间并不长，比计划的要短些。为什么会这样，究其原因大概：一是要收割的稻子并不多，四十多亩地，人多力量大，不禁收割。二是学理论的精神力量转化为物质力量。大家的劳动热情非常高，广泛开展了劳动竞赛，各班组与每个人，都有竞赛对手。你追我赶，相互比着干，个个争上游。所以这些农活也就不在话下了。三是大部分学员来自农村，对收稻子、收麦子这类事并不生疏，在家也多多少少干过。所以干起来也是得心应手，十分熟练。这样一来，自然速度就上来了，成效也十分明显。

干校的生活，总的感觉是紧张而充实，心里也比较舒畅。因为就学习、劳动两大任务，比较单一。同时，干校在饮食、卫生等方面也比较注意，作息制度安排也合理，中午还有午休时间。因为那时我三十几岁，还算年轻。所以我和崔科长时常不睡午觉，去干校旁边的湖水中游泳。游泳时也摸些鱼和蚌。湖里鱼不少，尤其是鲅鱼，时常被我们摸上来。因无法烹调做着吃，所以摸上来后，很快就又被放回去。那湖里的蚌也很大，随便摸上一个都有一两斤重，摸上来也是很快又丢到水中去。在干校这段学习、劳动、游泳等的经历，给我留下了很深的印象，也使我的思想、身体得到了很好的锻炼与提高。

最后，我们到山西省昔阳，主要到大寨进行参观访问，还走访参观了昔阳不少先进公社和大队。他们那种战天斗地、艰苦奋斗的精神，也深深地感染着我们。后来，我们又到任丘华北油田和唐山的工厂进行参观访问与考察。通过这些参观、访问和考察，使我们看到社会主义事业的飞速发展，对祖国美好的未来充满信心。同时，也激励着自己要更好地投入到保卫祖国的岗位上去，要兢兢业业地把自己的工作搞好，为建设和保卫社会主义增砖添瓦。

三、一九八三年至一九八七年的高等教育自学考试

二十世纪八十年代初期，为了适应四个现代化建设和改革开放的需要，党中央加快了人才培养，并把选拔、培养接班人提到了战略的高度。因为，党的正确路线确定之后，干部就是决定因素。为此，党中央提出选拔干部的四条标准，即革命化、年轻化、知识化、专业化，实际上就是德才兼备，缺一不可。革命化就是对德的要求，而年轻化是对年龄的要求。因为我们党的干部由于长期论资排辈已开始老化，尤其是中高级干部更为明显。他们体力不支，精力跟不上，知识老化，一天八小时的工作都顶不下来，明显跟不上时代要求。因此，急需一大批年富力强的中青年干部来充实领导班子。这是在特定时期对选拔、培养干部所提出的年龄要求。而知识化与专业化是对才的要求。选拔培养的干部不仅要在德、年龄上符合要求，而且要有才能，要有高素质的文化知识和专业水平。这种选拔培养接班人的“四化”标准，应该说是很高的。尤其是知识化和专业化，作为选拔培养的标准后，这对于干部的文化知识和专业水平提高，产生了一个质的飞跃。为此，学习文化知识，提高专业技术水平，在干部队伍中蔚然兴起。在这种形势下，广大干部学习文化知识的风气，也蓬勃发展起来了。

鉴于形势发展的需要，我们单位根据本单位干部的实际情况，号召大家努力提高文化知识水平，积极参加北京市开办的成人高等教育自学考试中的党政干部基础专业的大专课程学习。但单位在具体执行时，对政工干部大开方便之门，而对业务干部却设置重重障碍，甚至有的不让参加学习。对此，我们业务干部认为这不公平，同是党的干部，为什么要厚此薄彼。于是，集体联名向组织提出应该一视同仁，不能只关心政工干部，而忽视业务干部的文化知识学习。我当时尽管从思想上也认为这样处理不妥，但因为我已有大专毕业文凭。所以，如果说单从文凭上讲，我学不学无所谓。然而，如果从专业上来讲，我们也应该学，因为这两个专业是不同的。既然是不同的专业，为什么不能让我们再充充电，跟上时代步伐，提高文化水平，拓展知识面，扎扎实实打牢基础呢？在我们的一致要求下，组织上算是给我们开了一个小口子：业务干部也可以参加自学考试，但不能像政工干部那样给专门的时间学习。理由是业务干部不少已有大专文凭，不像没有大专文凭的人那么紧迫。到这时，尽管我们还是感到不合理，但话已讲到这份儿上，我们也只好认了。就这样，我又参加了北京市高等教育自学考试的学习。

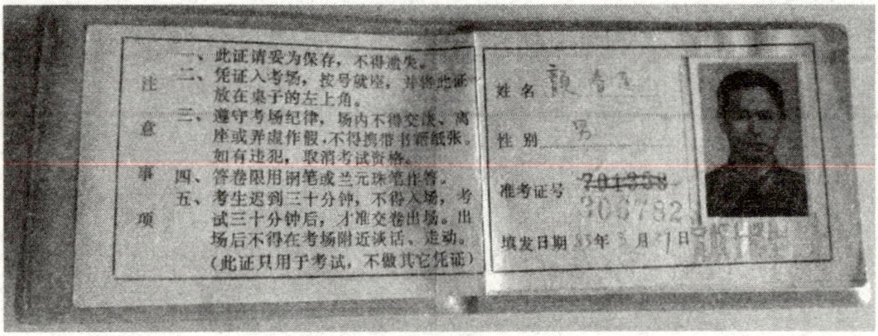

北京市高等教育自学考试准考证

当时，北京市成人高等教育党政干部基础专业的全部课程共有十二门，即哲学、中国共产党史、中国近代史、科学社会主义、政治经济学、法学概论、文学概论、逻辑学、自然科学发展史、工业经济学、普通心理学、写作基础知识。学习对我来说自然是求之不得的。而且从开设的课程看，这一专业涉及了文化知识的方方面面，这无疑对拓宽各方面基础，把自己的文化基础打牢、打扎实是大有好处的。但是我们业务干部学习，不给学习时间，也确实带来了不少困难。因为这意味着你要学习的话，只能利用自己的业余时间。而利用业余时间来学习，对我来说也有许多矛盾需要解决。这些矛盾主要体现在以下三个方面。

一是学习与工作发生矛盾。这主要表现在出差上。二十世纪八十年代初期，我正在为开辟一个新领域而忙碌，要经常出差。有时一出差就好几个月。如果在出差期间正好赶上考试，你就不能参加自学考试。哪怕你报考了专业课程，由于出差在外，也毫无补救办法。因此，学习与出差就发生了矛盾。要解决这一矛盾，唯一的办法是放弃考试，以工作为重。这种情况我也遇到过。只好将报考的科目推迟，这次不能考试下次再考。这样一来学习时间无疑就被拉长了。

二是与我当时的写作发生矛盾。当时，我正在构思和写作《中国少数民族的婚俗》一书。因此，这两者在时间上就发生了冲突。业余时间就那么多，用在学习上就会影响写作；而用在写作上，就不能很好地进行学习。如果要解决这一矛盾，做到学习与写作两不误，兼而得之，这就要很好地考虑考虑，在学习方法上做些改进，也许能办到。后来，我就是通过对学习方法的改进，而解决这两者之间的矛盾的。这种学习方法主要体现在两点上。

第一，根据我自己记忆力强的特点，采取突击学习的方法进行学习。每当考试时，我就提前一个星期到半个月突击学习。如果我学习过的课程或基础较好的课程，就突击时间少些，如哲学、政治经济学、党史、革命史、文学概论等。没学过的其他课程，就突击时间稍长些，半个月左右。这时放下手中的写作任务，全力以赴进行自学考试复习。每天晚上加班加点看书，做练习，死记硬背。这种学习对我无疑是有效的，它的缺点是记得快忘得也快。但不管怎么说，我还是学到了许多知识，进行了一次真正的文化素质大充电。

第二，根据自己的实际情况，我执行着每次考试只考一门课程，不贪多图快。因为，我不是以拿文凭作为目的，而是以拓展知识为目标，用不着因为学习而与写作在时间上发生大的冲突。这样做自然在总体上时间拉得有些长，但对我来说也无关紧要。它的优点是集中兵力打歼灭战，每次考试必过。所以我参加了十一门课程考试，十一门课程均没有考过第二次。

三是与对孩子的学习辅导发生矛盾。我的小孩是一九八二年进小学学习，自然开始学习是离不开家长辅导的。尤其是刚上学，这种辅导就显得特别重要。因为，小孩的学习开始不抓好，到以后养成了不良习惯，再来抓就晚了，很难改正过来。只有一开始对他的学习抓好，养成好习惯，才能使他自觉学习。为了解决辅导小孩的学习与我的学习和写作上的矛盾，我采取了以下方法。第一，我认为孩子的学习主要靠他自己，靠他自己养成好的习惯。因此，在他刚进学校念书时，就对他的学习自觉性进行了培养。因为学习自学性是靠家长培养的，并非他一上学就有自觉学习的习惯，而是在学习中一点一滴培养出来的。为此，我和他讲明，他的学习主要靠他自己，家长的辅导是次要的，只有不懂时才能问家长，在学习上千万不能依赖家长。学习的主次概念，一定要在孩子的脑子中记清楚。第二，根据小孩天生爱玩的秉性，与他讲清学习与玩的关系。要玩也允许，但要完成学习功课的前提下才能玩，不完成学习功课不能玩。每天学习任务完成快，玩的时间就多，完成得慢，玩的时间就少。玩的时间多少，全取决于完成学习任务的快慢，由他自己掌握，以防他磨时间。第三，他做作业，我不一定陪他。他做他的作业，我干我的事，互不相干。但他做完作业，要交给我检查，检查合格才能玩，才能干他想干的事。不合格，我只告诉他有几处错误，但不告诉他具体在什么地方，再由他自己去检查，去改正，直到全部合格为止。这种方法主要是培养他细心的习惯，同时还要告诉他不细心，所以耽误了许多时间，玩的时间就少了。如果开始就很细心、很仔细，就会省下大量时间去玩。第四，以我自己学习和写作的榜样，来带动他养成很好的学习习惯。放学回家后，第一件事是细心做作业，做完作业后再去玩。后来，他作业做得又快又好，玩的时间也不耽误。他高兴，我更高兴。因而一个学期不到，我就把这一矛盾彻底解决了。再也用不着担心辅导他的学习与我的自学会发生矛盾了。

由于自己根据实际情况，对自学考试中的不同矛盾，凡是通过努力能解决的都解决好了。与工作、出差的矛盾解决不了，只能以工作为重。从一九八三年自学考试开始，到一九八七年后停止考试，共五年，除一年多考了一门课程外，其他都每年考两次，两门课程，共考了十二门课程中的十一门，剩下写作基础知识没有考试。一九八八年党政基础专业重新制定了课程，从十二门课程增加到十六门。在十六门课程中，其中有一门课程是我的软肋，那就是外语。因为我原来学的是俄语，而高考是英语，所以我无法再继续用突击的方法来进行考试过关。估计按当时的情况，我就是把所有的业余时间用上去也得两三年。鉴于此，再加上我出差的次数越来越频繁，所以后来我就没再继续进行自学考试的学习了。

上面谈的是我三次比较长时间的学习。学的知识各不相同，但对我来说都是非常重要的。除此之外，我还参加过两到三个月的不同专业训练，如信息分析、信息研究、信息整编、主题词培训等。这些业务专业培训，对提高我的工作能力，拓展业务知识，紧跟形势，不断更新知识，都有十分重要的意义。也为我在专业领域，不同时期都能有所建树，打下了深厚的基础。

应该说，我这一辈子，在学习上是很幸运的。无论是参加工作前，还是参加工作后，学习真是与我形影相随。工作前在校学习眼看要辍学了，但每次都有惊无险地渡过了，一直学到大学。在我参加工作后，每当形势和专业需要更新时，我都有幸获得了学习机会。像这种情况，你能说我在学习上不是幸运儿吗？对此，我从心底感到十分庆幸。

» 第九章 梦想成真的“无线谍报”

二十世纪八十年代末，由于我经常因工作需要而出差在外，所以也没时间和精力再考虑写书的事，暂时把这事放下了。到九十年代初期，我出差的机会相对少些，在家的时间又多了起来，于是我又考虑起文学创作来。在创作之前，我冷静地进行了一番分析。

首先，对自己前两次文学创作，作了一次全面细致的分析，总结了经验和教训，明确了自己的长处。清楚地认识到，我只要能发挥好本身的长处，坚持在纪实文学创作的道路上走下去，完全有可能尽快实现自己的梦想，写出文学作品来。

其次，要想使梦想成真，准确地选题是重中之重。只有选题准确，选对了，才能知道写什么。这关系到写作的具体方向，以及往哪方面写的路子问题。只有在写什么上解决好了，路子走对了，才能写出符合出版要求和广大群众所需要的文学作品来。

再次，所选的题材既要爆冷，又要有一定的神秘感，容易引起人们的好奇心。同时，还可以提高人们的认知度，引起警觉。

最后，所选题材最好是自己熟悉的，或者是研究过的。这样写起来才会得心应手，写出通俗易懂的大众化的作品来。

根据上述几点考虑，我又详细地分析了自己的经验与业余爱好。觉得有一个选题写出来完全符合既爆冷，又不易与他人在创作上发生冲突。同时，还有一定神秘感，容易引起人们的好奇心，并对提高人们的保密意识和通信安全有极大的帮助。

这就是无线电通信侦察和密码破译，即无线谍报。无线谍报无论是从时间上来讲，还是从发展历史来讲，都是伴随着无线电通信的诞生而诞生、发展而发展的，至今不到一百年。一九一四年八月下旬，德国对俄国发起的坦伦堡战役，刻下了人类有史以来无线电侦察成功战例的第一块丰碑。自那以后，无线电侦察经历了近一百年的发展过程。而两次世界大战的爆发，以及战后的冷战时期，为无线电侦察提供了空前规模的国际大舞台，使它一开始就得到了突飞猛进的发展，并导演出一幕幕不朽的历史“名剧”，成为世界有关国家，尤其是各大国的主要情报来源。无线电侦察也因此备受青睐，发展为一门真正的科学和艺术，特别是其中的密码学，在世界范围内形成了一条看不见的特殊战线。

目前，这条战线的发展已达到了空前的水平。今天在全世界五大洲四大洋，已知有近七十个国家的数十万人员从事这项工作。从地面、海上、水下、空中乃至宇宙空间，无不展现出它的各种侦察基地和手段，其侦察频率范围从长波、短波、超短波到微波等无所不及。随着雷达、导弹以及卫星的出现，无线电侦察早已突破对无线电通信的侦察范畴，而进入电子和网络侦察时代。电子密码机的普遍使用，又使其侦察工具出现了划时代的革命，被几千万、上亿次，甚至几十亿次的巨型计算机所代替。如今通过无线电侦察所获取的各种情报，由军事、政治领域而迅速扩大到经济、外交、科技和国家安全保卫等各个方面，甚至连反走私、反恐怖、反毒品也离不开它。世界各国，尤其是各大国越来越离不开无线电侦察及其所获得的情报，其地位也因此显得越来越重要。

但是，长期以来，由于各国政府一直将无线电侦察视为极端敏感的核心秘密，使其高深莫测。就是在号称最开放的美国，较长一段时期内，一万人里连听到过这一名字的也不到一人。二十世纪七十年代末期，随着西方各国对第一次世界大战和第二次世界大战中无线电情报的解密，其神秘的面纱才逐步被揭开。它才从笼罩着的浓雾中走向社会，使许多鲜为人知的谍海奥秘、扑朔迷离的情史疑案，以及五彩斑斓的战争逸闻得以披露。人们才能够迈进这座神秘的殿堂一饱眼福。视界广开之际，不少人惊呼要改写世界大战史。尽管这种惊呼有失偏颇之处，但也不是毫无道理，其作用实在是无与伦比的。

而无线电通信侦察和密码破译这个选题对我本人来讲也不生疏。因为，我学的就是报务工作，初期还干过报务员。后来，虽然离开了这一工作，但我在长期的业余时间里，花了大量的时间和精力收集了可观的资料，并对其进行过系统研究，对它的基本工作原理、工作方式、方法，以及工作过程等，有比较详细的了解和掌握。而对其在政治、经济、军事、外交、安全等领域的巨大作用，也是一清二楚的。

在选题问题上基本确定以后，明确了自己该写什么。于是，我开始了找资料的准备工作。这次的资料主要来自外文书籍，包括已翻译出版的，或是没有翻译出版的。其中，大部分是英文原著，也有少量德文、法文、俄文和日文版的著作。这么多种文字著作，从我的角度和情况看，只能尽量找已翻译出版的中文版图书。过去这类书籍绝大多数是作为内部书籍发行到各单位。如果你要到图书馆去借，不是要单位证明，就是要在某一研究领域具有高级职称。为专门研究这一领域，那么图书馆所有这一领域的内部书籍都向你开放，才能借到有关图书。好在我已有研究领域的高级职称，所以到图书馆借阅这些书不成问题。另外，我也多少懂一些英文，有时自己也可借助字典看看原著。如遇到实在看不懂的，好在单位有专门搞文字的翻译，去请教他们就是。这样一来，对我的资料收集工作是大大有利的。

就这样，我经过半年多的努力，在单位、友邻单位和多个图书馆等处，把凡是能找到和能借到的图书以及中外文资料，都看上一遍，并将有用的资料摘记或复印下来，以备后用。尽力做到资料准确、详细、全面，做到将来查找有出处，写出的史料和所提出的观点论证有据，不出大的纰漏，经得起推敲和时间的检验。

当我把所收集的资料按战例和事件发生的历史顺序分门别类地进行了大致整理后，从中找出了三十二个资料比较丰富、故事情节比较完整的战例，作为这次写作的重点。在此基础上，我根据这三十二个重点战例故事的要求，进一步反复地找资料、看材料，积累、查找历史背景以及相关战例中所需的示意图。在一切准备工作就绪后，我又拟订了一个写作大纲。此后，就按照写作大纲开始写。

这次写作进展还算快，也很顺利。究其原因主要有两点：一是前期准备工作做得较好，所收集的材料比较详细完整。因此，动笔写作时遇到的困难较少，按照拟订的大纲去写，就很顺利地全面开展。二是得到单位同事的大力帮助。当时，我们单位已开始使用和普及电脑，虽然我在当时对它掌握不好，然而，我的同事尤其是年轻的同事在这方面挺在行。因此，只要我把草稿一写好，他们拿去后，便将文字输入电子计算机内，我便可以直接在计算机上进行修改、编辑，之后便可打印出来。这一来，省了许多事，进度自然就大大提高了。

一九九三年年底，我就将三十二个战例全部写完，四十余万字，算得上是一个比较大的部头了。写完后，我又细细地看了一遍，并再一次作了一些修改。尤其是在细节上进行了反复推敲，直到自己感到满意为止。

当我全部写完后，松了一口气，感到轻松了许多。

此书的完成，使我感到它既能满足读者的猎奇之心，又能填饱他们的求知欲望，也能从中领略出自两次世界大战的卓越战斗旅程到战后风雨变化中有影响的局部战争，从炮火连天的军事斗争，到纵横捭阖的政治较量，从国家安全保卫到经济发展的兴衰，其中无不凝聚着无线电侦察人员的毕生心血，无不闪烁着无线电侦察情报的耀眼光辉。在伟大的政治家、军事家、外交家的背后，正是因为有这样一条特殊战线，有这样一群默默工作、无私奉献，为其决策提供依据、谱写历史的人们，才能使他们始终站在历史的制高点，指挥若定，攻必克、守必固，无坚不摧，使他们在历史的紧要关头，在关系国家命运和生死存亡的关键时刻，能高瞻远瞩，为人们开辟通向胜利的坦途，指出光辉灿烂的前程。

同时此书的完成，也是我数十年业余从事无线电侦察史研究的结晶，深深被其中变化无常、高深莫测的奥秘和渊博的知识所吸引。更为在这条战线上无私奉献、默默战斗而作出杰出贡献的无名英雄们的精神、可歌可泣的功绩所感动。因而，想以此书献给这些无私奉献和默默战斗的无名英雄们。

完成书稿后，在我还没细想往哪儿投稿时，又有一个问题迎面而来。单位告诉我，按规定我们如向外投稿，其稿件首先要经单位审查。在单位审查认为没有问题后，才可以向出版社投稿。这是我始料未及的。既然单位要审查，那我也不能例外。审查就审查吧，反正我所写的战例都是国外的，而且都是公开发表的，只不过过去从没有一本系统的、完整的战例，而是零星分散在许多书籍和资料中。我这次只是把它们从这些公开发行的图书和资料中较全面地收集过来，按一定思路和结构进行了系统写作，有故事情节，有背景材料，并与当时具体的战役、战争联系在一起，看起来更生动，可读性更强一些而已。这无论在国外，还是在国内，都没有一本像我这次写出来的战例专著。我这次将它系统完整地写出来，只不过算是在这一领域中第一个吃螃蟹的人而已。我相信就是审查也不过是走走过场，也不会有什么大问题。于是，我便把写好的全部战例交了上去，让他们去审查。

审查进行得并不十分顺利，前前后后花了一年时间。好在这是个冷门，知道这个专业的人不多，要不然又要错过时机了。组织上把我的稿件交给一个中专生审查，他既不是学这个专业的，更谈不上干过或研究过这一专业。一年后，他写了一个审查报告和意见。大意是说我所写的战例基本取自国外公开发行的图书，不涉及保密问题，可以公开出版发行。当单位把稿件退还给我时，我如释重负。

在我拿到稿件以后，面临的问题是向哪一个出版社投稿。正在此时，和我在一起工作的一个姓孙的同事十分热情。她说这类书稿，她爱人单位所属的出版社就可以出版，让我给她一两个战例带回去，让她爱人看看行不行。我一听大喜过望。因为我知道她爱人原来也是我们的一个老同事，后来转业到地方，由于表现出色，很快被提拔为国家保密局的干部。如果我的稿件经他看了，过了关，十有八九在出版上就不会有大问题。于是，我给了她好几个战例的稿件，让她拿回去给她爱人看。她将稿件拿回去后，十几天就把稿件退给了我，并对我说：“我爱人看完了你给他的稿件，认为还不错。他们保密局所属的J出版社出版这方面的书籍。为此，他还给你向出版社的副社长兼总编辑写了一个字条。让你拿着去找他，看行不行。”

我对他们夫妻俩的大力帮助表示十分感谢。于是，我专门抽时间到J出版社找王社长。

当时，J出版社在天安门旁边的劳动人民文化宫内，一座很别致的小院。出版社的人员并不多，共分两个编辑部，一个图书编辑部，一个杂志编辑部。他们除出版图书外，主要是出版保密杂志，各有编辑若干。另外，还有销售、发行、后勤等行政部门。当我向他们打听到了王社长的办公地点后，便向他的办公室走去。

我找到王社长后，向他说明了来意，并把保密局负责人写给他的字条交给了他。他拿过字条看完后对我说：“你先把稿件放在这儿，我找个编辑看看，符不符合我们出版社出版图书的要求。如果符合出版要求，我们就会出版；如果不行，那你只好另找出版社看能否出版。你看行不行？”我回答说：“好吧，你们先看看，看完后咱们再谈。”于是，我把稿件交给了他。他收好稿件后，我们又闲聊了一会儿。最后，他让我把电话号码留下，并对我说：“我会尽快让编辑看完拿出个意见来，到时再打电话通知你。”我说：“谢谢，麻烦了。”

当我走出出版社时，对于这次稿件能否出版心里自然没底，心想：“先别管它，等他们看完以后再说吧。好歹我把稿件送到了国家的正式出版社，这也是我做了几十年出书的梦，总算又艰难地向前迈出了一步。”

回到家后，我照常工作、学习，同时等待着王社长的电话。大概一个月后，王社长打来电话，让我在周一或周四，如果有时间去他办公室一下。他也没告诉我能否出版。没过几天，我抽空请了假，带着忐忑不安的心情来到出版社。

在我到达王社长的办公室后，他让我坐下，对我说：“你送来的书稿我们看了，符合我社的出版要求，但最后能不能出版，能出版多少册，还要等我们营销部门做出市场调查后，才能最后决定。一般来说，市场需求达到3000册，出版社出版的图书打个平手，不赚不赔；能出版5000册，出版社略有节余。3000册以下，一般是不会出版的。当然，这也不是绝对的，如果作者坚持要出版，我们也能出版，但作者就要自己掏一部分或全部出版费。另外就是出版形式，目前出版形式有三种：一是买断著作权。著作权、出版权全部归出版社所有。二是以稿费的形式，即著作权归作者，出版权归出版社，出版社付给你稿费。按我们国家规定，稿费每千字是30元至100元不等，具体多少由出版社根据出版情况来定。三是自己出钱出书。这里又分两种情况：一种是全部由自己出钱买书号，出版社管出版，但发行、销售出版社一概不管，全部由自己负责。另一种是，作者掏一定数量的出版费给出版社，出版社管出版发行。在这种情况下，出版社自然不存在给作者付稿费的问题。无论以何种形式出版，出版社都会

与作者签订合同的。根据情况看，你的稿件如果营销情况好的话，就会按第二种方式处理。但要等做了市场调查后，才能最后定下来，现在还不能定死。”

我听后问：“市场调查大概需要多长时间？”

王社长回答说：“快的话一个来月，慢的话三个月左右。”

“行，到时再说。”

我从王社长的办公室走出来后，心里虽然已经有了几分底，但最后能否出版，仍然是个未知数，要让市场讲了才算数。

回家后，我耐着性子，等待着王社长的电话通知。大概又过了一个多月后，王社长打来电话，通知我到他办公室去，具体商谈稿件出版事宜。我一听电话，知道这次出书看来已见端倪。

当我到达王社长的办公室坐下后，他对我说：“你送来的书稿，我们经市场调查得到的反馈还不错，所以准备出版。”

我问道：“你们准备出多少册？”

“根据市场调查情况，我们准备出一万册。但在签合同之前，还有几个问题和你讲清楚，看看你的意见。”

“你说说，还有什么意见。”

“第一是你的稿费，按30元每千字计。但我们不能给你现金，而是以出版的书籍给你。书籍按定价的6.5折，折合成稿费的现金数。”

“除此外，还有什么问题吗？”

“还有第二个问题，那就是你还要负责为我们出版社推销一千册书籍。我们也是按6.5折给你，推销后你向会计室交钱。”

“我向人家推销，没有发票怎么办？”

“这事你不用急，我们出版社给你空白发票。你用多少开多

少，到时没用完再交回来，不够再来拿。”

“如果推销不了怎么办？”

“这就靠你自己想办法了。如果实在不行，你自己掏钱也得补上。”

“这事不好办。为什么出一万册，还要我来推销？”我心里感到出版社有点刻薄。

“这事我们考虑过，你有你的优势。要不你先考虑考虑，考虑好了，咱们再签合同。签了合同，我们再谈下面的问题。”

“还有什么问题要谈，你不如这次都谈了，我好一起考虑。”

“那也行。如果出版的话，我们只能给你二十本样书。这二十本书是白给你的。另外，你写的书稿涉及的专业性很强，国内还没有出版过这方面的书籍，所以我们在出版审稿过程中，可能不明白的事还不少，到时你要很好地协助和配合我们的编辑人员，尽快把稿件审查好，把好关，出版出高质量的图书。”

“这事没问题，我一定按出版社的要求，和责任编辑一道把好关，出版出一本符合高标准要求的图书来。”

“现在想到的、要谈的，大概就是这些，你看如何？今后如果还有其他问题，到时再商谈。”

“行吧，你所谈到的几个问题让我考虑一下，尤其是第一个和第二个问题。”

“好，你考虑清楚了，咱们再谈下一步具体签合同出书事宜。”

在回家的路上，我坐在公共汽车里想：“给出版社推销一千册这是定死的，无论如何都要推销出去，否则就要自己掏钱。这么多书要推销，困难不小。说是有稿费，实际上还是没有。给我书籍，如果没有出版社的一千册，也许好办一点。我找找熟人与

关系，多少也能推销一些书籍出去，拿点辛苦费。现在好了，不但拿不到，而且还有倒贴的可能。出本书怎么就这么难。出版社说市场调查还不错，为什么还要我去推销和不给我现金稿费呢？他们在追求利益最大化，但我的利益谁来考虑？”

当我想到这儿时，真有点灰心。原来满怀信心，现在眼看要出书了，又遇到这么多问题。出还是不出的现实问题，一下子摆在了眼前。开始，我真想不出算了。辛辛苦苦写成了，市场调查也不错，到头来说不定还要赔本，这赔本的买卖还干吗？但后来，我又想起在出版社碰到一个Z出版社的退休老编辑的事。一想起他到J出版社出书的事，我又感到自己还不错。这个老编辑负责了不少书籍的编审出版工作，在出版界也有些名气，因而成了作家协会的老成员。但是他只在出版界有些名气，因为忙于出版工作，自己并没有真正出版过一本文学著作。按中国作家协会章程，这名老编辑就是没有自己的著作，也可加入协会。他在退休前就加入了中国作家协会。因此，他在退休后，还要经常参加作协的活动。在这些活动中与人交流时，又没有自己的著作，总感觉别扭，因而想要出版一本属于自己的著作。于是，他写了一本小说拿到J出版社出版，出版社不但不给他稿费，而且还让他先掏四千元出版费，倒贴钱。我问他：“你这么大年纪，已经退休了，辛辛苦苦写出一本书，还要倒贴钱，有这个必要吗？”他回答说：“很有必要。你不知道，我经常要参加作协一些全国性的活动，同人家交流、交谈。没有自己的著作，谈什么呀？很尴尬。如果我也有自己的著作，就好办多了。”

想到这位老编辑的情况，我的信心又提高了一些。心想：不管怎么说，出版社没叫我先拿出现金倒贴给他们。尽管我在帮出版社推销一千册书籍中，完全有可能推销不出去，要倒贴钱，但眼前还没有。而且，这事也有两种可能，并不就是推销不出去一种可能。如果能推销出去，那不就不但不赔，而且还能拿到一些稿费吗？事在人为，办事只能朝坏的方面着想，朝好的方面努力，不能一遇到困难就打退堂鼓。

想到这儿，我感觉现在的主要矛盾，就是我能不能把出版社给我的书推销出去。这事要好好筹划一下，也许能找到解决问题的办法。我想到这些年在机关工作，在部队内外也认识不少人，自己一方面向他们推销，另一方面通过他们向其所在单位和个人推销，这是一条路子。第二条路子是找单位的同事帮助，发动他们并通过他们向外推销，这又是一条路子。而第三条路子，也是最好的路子，就是通过单位资料科向外推销。因为，他们的路子宽，而且又是单位对单位，如果某一单位要的话，就不是一本两本的问题，数目也会多一些。这三条路子中关键是第三条路子。回到机关后，找资料科科长谈谈，看他能不能同意帮助我推销。如果他同意了，问题就解决了一大半。

回到部队后，我抽时间详细与资料科的于科长谈了此事。想不到他一听完后，立刻就答应了，说尽量想办法，利用他们的关系向各有关单位推销。我一听，对于他的大力帮助表示了衷心的感谢。同时，自己心中一块沉甸甸的大石头似乎顿时落了地，心中的底数也就大多了。

过了几天，我又抽时间跑到了王社长的办公室，对他说："你对我讲的情况，我回去仔细考虑了一下，就按你说的办。"他说："那好，咱们就签出版合同。"于是，他拿出合同，让我看了看。我看完后，在合同上签了字。他以出版社的法人资格也在合同上签了字。

双方在合同上签字后，他说：“现在合同已经签好，也就立即生效。我会找一个责任编辑好好审稿，他有什么不清楚的，你要好好协助他，力争尽快把书出版了，并成为一本优秀的出版物。”

“只要有需要，我会全力协助的，一定把好质量关。”

“另外，我还要把出版权的问题，再给你重申一下。合同上写了十年以内，你这本书只能由我们出版社进行出版和转让。你不可违反合同，私自让其他出版社出版或转让。”

“这点请社长放心，我不会做违反合同的事。”

“那就好。”

事后，他让一个姓赵的女编辑负责这本书的编辑工作。整个审稿编辑工作，在责任编辑的全力努力下，进展得十分顺利。她有什么疑问或不明白的事情，就打电话问我，或我到编辑部进行商谈。经过一段时间的努力，出版社终于完成了审稿工作。在交付印刷之前，我又与他们一起完成了封面设计，并选好了封面的设计图案。最后，这本书定价为18元，抵我稿费的图书为1000册。这样，我要完成2000册图书的推销任务，占整个图书发行量的五分之一。这个担子确实不轻，对我自然是有很大的压力。

从后来推销的过程来看，还算顺利，真是谢天谢地。推销的途径自然是我原来想到的三种路子。这当中，我从内心由衷地感谢我的朋友和同事，他们为我花了不少力气。而最值得感谢的是我们资料科的于科长。由于他的鼎力相助，这2000册图书在不到一年时间内，除了我和他送出去的200余本书外，其他图书通通被推销了，取得了意想不到的效果。当然，这中间也不是没有遇到阻力，没听到讽刺的言语。如我们单位个别领导夫妇，就在后面出阴招，向他的亲信打招呼，不要购买我的图书，甚至煽动年轻的亲信放出狂言：“让他坐到街上去摆地摊，推销自己的图书去。”而实际情况恰恰与他们希望的相反，自然使其大大失望。在我们这个社会，好人还是占大多数的，那种小人只是极少数。事后证明，这种人尽管爬到了领导的位置上，依然不得人心。

《无线谍报》

正当我在为出版和推销自己的图书而忙碌的时候，一天，资料科的于科长通知我去部里参加一个学术研讨会。与我一起去参加学术研讨会的，还有资料科的一个同志。当我们两人到达部里指定的会议室后，才知道是专题研讨会。参加人员不是很多，是小范围内的纯学术研讨。研讨的内容和议题是我们一个叫吴民冰的老前辈写的一本学术专著。他也和我一样，业余时间喜欢研究无线电侦察、反侦察以及密码破译等。长期以来，他收集了大量的资料，并花了许多心血和精力，对无线电侦察、反侦察以及密码破译等的历史变革、发展变化，在政治、军事、经济、外交、国家安全等诸多方面的巨大作用，各国的有关组织机构、人员组成、手段、所取得的成就、目前所达到的水平，以及将来的发展方向，运用辩证唯物主义和历史唯物主义的分析研究方法，从理论的高度进行了全面、系统、细致的综合分析研究，经过较长时间的努力，终于写出了一本41万余字的理论研究专著。我一拿到他的著作还没来得及拜读，就从心底生出了由衷的敬佩之情。他是于二十世纪三十年代末期参加革命的，在离休十余年的较长时间里，在自己已经七十多岁的高龄情况下，仍然不放弃自己的业余爱好，一心想多做些事，一辈子考虑的是工作，而唯独没有考虑自己，这样的老前辈难道还不值得我们敬佩吗？当我后来拜读了他的著作之后，这种心情更加倍增。他对学术的专注，研究的精细，旁征博引的准确，对这一领域各阶段发展划分的科学，也是相当到位和无可挑剔的。后来，我们俩又私下进行过接触，对具体问题和细节也交换过意见与看法。总的来讲，我们的交往是相当好和成功的。尤其是我们相互留了电话号码后，在相当长的一段时间内保持着联系。当我的拙作出版后，我恭敬地向他赠送了一册，并请他看后进行批评斧正。后来，他又向我打听了一下出版的事。我和他讲后，他也将自己的专著出版了。

当我多次拜读吴民冰老前辈的著作后，我把他的著作与我的拙著曾联系起来考虑过。他写的是理论专著，我写的是具体战例。如果放在一起考虑，恰巧能互补，各有侧重。因此，我曾冒出过这样的想法：如果我们部或全军在有关通信院校开设一门国外无线电侦察、反侦察和密码破译的发展史教科书，并作为有关院校和通信院校的选修课程，这对增强对这一领域的认识、普及有关知识、提高通信保密意识，无疑是大有益处的。我曾把这一想法以口头建议提出过，但没有得到采纳。时至今日，我仍然认为，在我们的有关院校和通信院校，开设这样一门选修课，是非常必要的。

从我出版第一本这个领域的书籍到一九九八年，我国涉及这一领域的专门书籍已出版了三本，而且这三本书都是由J出版社出版的。后来有没有再出版这方面的书籍，我现在还没见到。我倒希望有更多业余爱好者来研究它，这对提高人们的通信保密意识，防止通信领域中的泄密窃密，实现通信信息化，保障通信自由，无论在平时与战时，都是极其重要和大有益处的。

» 第十章 连中两元

虽然这本书稿出版了，但今后所写书稿能否出版，还是未知数，所以不能在刚取得一星半点儿的成绩上沾沾自喜。于是，我又开始筹划下一本书稿。

接着写什么呢？这是首先要解决的问题。我在总结前一本书稿被出版社接受出版的经验后，有以下几点体会。

第一，我如果要写，还是要写国外题材的。因为，这不涉及机密，都是公开或内部报刊、图书、资料所报道的，只不过是零星、分散的，不系统、不全面而已。如果把它们收集起来，经过系统加工，用一个一个故事去突出一个领域、一个方面的主题，不就可以了吗？因此，还要沿着纪实文学的路子走下去。

第二，还是要充分利用本单位的资源。利用自己还有几年才退休的有限时间，把外部资源与内部资源这两者有机结合起来，主要挖掘一下我能接触的内部资料、图书和报刊的情况。在有限的时间内，把内部资料的情况同外部报纸、杂志等相关报道很紧密地协调结合起来，就可以写出有益的东西来。

有了上面的想法后，我一有空闲时间，就一头扎到单位的资料室。从那儿翻阅中外文资料和借阅内部杂志、图书，看能否找到合适的资料，能否在翻阅、借读中外文资料、杂志、图书中闪现出灵感来。功夫不负有心人。我在多次翻阅，借读中外文资料、杂志、图书中，看到了克格勃用美人计勾引美国大使馆海军陆战队人员，进而潜入美国大使馆最机密的密电室窃取大量机密的情况。我当时立即闪过一个念头：美人计！这是最古老的手段，自有情报斗争以来就有美人计。现代同样被东西方情报机关大量应用，这非常值得探讨。于是，我想写一本在情报战线上使用美人计的书。

于是，我去跑图书馆，想查找有关这方面的书籍。在翻阅图书馆索引时，发现这方面的图书早就有人写了，看来又赶了一个晚集。于是，我打消了写美人计的念头，又回到原来的起点，继续一头扎到图书室查资料，借读中外文资料、报刊、图书。重点是翻阅借读有关女特工、女间谍、女情报人员的有关资料。这些材料接触多了，我同时感到：这些女特工、女间谍、女情报人员也不都是搞色情的。她们一般不轻易使用色情手段，而且有许多情报战线上的女高手根本不使用这一撒手锏，同样可以高效率地获取关乎国家命运的重要情报。如果说只写她们运用美人计来获取情报似乎有失偏颇。当然，也不是不能写，可以写，而且已经有人写了。而对我来讲为什么不能另辟蹊径，把眼光放得更长、更宽广些呢？这一想，我的思路又开始有了新的亮点。

有什么亮点呢？这亮点主要体现在时间和空间上。从时间上讲，我可以写某一特定时期，如第一次世界大战时期、第二次世界大战时期，以及后来的冷战时期等。从空间上讲，我可以写全球的、欧洲的、亚洲的，以及协约国与同盟国、法西斯同盟与反法西斯同盟、东方与西方等。这些写出来，都有别于其他图书，这就是亮点。

后来，我经过慎重思考，认为写冷战时期东方与西方两大阵营在使用女间谍、女特工、女情报人员方面的情况较好。为什么选择这一时期呢？

第一，这个时期两大阵营斗争比较激烈。虽然这一时期没有发生大的战争，但小战争、局部战争、地区性战争不断。而这些战争又与两大阵营较劲有关，其内容丰富。

第二，这一时期跨越的时间较长。从一九四五年第二次世界大战结束，一直到苏联解体，差不多前前后后有长达半个世纪的时间可以写。

第三，离本人最近。这一长时间恰巧又是本人从出生、成长、工作，到快要退休的整个过程。事情就发生在眼前，直接或间接看到有的事件的发生、发展到结束，感性知识比任何其他时期都要丰富。

第四，这一时期科学技术的发展又快。因而，从搜集资料的角度来看，比较丰富、好找。无论是报刊还是图书上的记载，都超过了过去任何一个时期。

既然有这许多优点，为什么我不把它作为首选呢？因此，我把写书的选择放在了冷战时期。这样，从时间上就有个限定。我搜集资料也可以突出重点，克服了过去漫无边际去寻找的麻烦。

后来，我在搜集资料中发现，这个时期的女间谍、女特工、女情报人员还真不少。如果把她们都罗列进来，就没有这个必要。因为，讲任何事情不能泛泛而谈。如果泛泛而谈，就会把许多有意思、有特点、有个性的东西淹没在一般事物与材料之中，对人的教育作用、启迪作用就很小。这种图书自然是不可取的。每本图书从写作到出版，都应该有自己的视角。自己既然要写这方面的事，就要写出新颖来，写出能被读者广泛接受的、喜闻乐见的作品来。因此，我又确定所写图书要突出重点、突出特色、突出特定作用几个方面。如果能把这几个突出，具体反映到我要选的事件与人物上，就是选当时在某地区、某国家、某次战役，或某一特定事件中掷地有声，而又影响到整个事件发展进程的女特工、女间谍、女情报人员。一句话，这个女特工、女间谍、女情报人员要有名气、有特色、有个性，不是泛泛之辈。

我把以上两个要求结合在一起，就把书名定为《冷战时期的著名女谍》。这种起名突出了重点，自然大大加速了我对资料的搜集、构思和写作的进程。

另外，我在配合和协助出版社出书的工作过程中，和他们的人员从上到下都混得很熟，这对我来讲是极为有利的。因为，J出版社的编辑部由两大块组成：一个是图书编辑部门，一个是保密杂志编辑部门。我与他们混熟了之后，我所写的东西，再也用不着找别人去看了，就找这些编辑看看，比找其他人就要好多了。而且他们看后有时就直接把我写的东西刊登在保密杂志上。因此在没有成书之前，有的文章就已经在保密杂志或他们的增刊上发表了。这自然是一件很好的事。

在这次写作中，我还发现了一个有意思的事，使我碰出了写另外一本书的灵感。这个有意思的事，就是许多著名女间谍、女特工、女情报人员在出名之前，也是很平常的人，与一般人并无两样。她们进入间谍、特工和情报行列的原因也是多种多样的。

但不管在什么时候，促成她们成为女间谍、女特工、女情报人员的一个重要因素，就是为了追求爱情落入情报机关所派出的男性间谍色情圈套而不能自拔，被发展成为女间谍、女特工、女情报人员。女人也是人，如果被情报机关派出的男性间谍所引诱，其陷入感情的深渊更难自拔，更容易被男性间谍所控制，心甘情愿地为其做出一切，有时甚至疯狂，毫无理智可言。既然这样，在情报战线上也有美男计的情况，为什么不能把它写出来，作一个课题来研究呢？有人写美女计，我反其道而行之，写个美男计不也是很好吗？而且像这种书写出来也是蛮有意思的，对人们也有很好的警示、启迪作用。所以，我在写《冷战时期的著名女谍》过程中，又想到了写一本情报战线上的美男计之类的书籍。而且，写这种书与我当时写《冷战时期的著名女谍》并不矛盾，两本书可以同时搜集资料，同时进行写作。

如果两本书要同时进行的话，首先要看看有没有人写过这方面的书。《冷战时期的著名女谍》我知道还没有人写，没有专门的书籍。那么，美男计这方面的书有没有？我当时并不知道。要解决这一问题，只有按老办法去图书馆看卡片、查索引，一查不就查出来了吗？

于是，我又利用节假日的时间，多次进入图书馆，整天整天地在那儿查卡片、翻索引。查了一段时间后，我并没查出什么名堂来。这对我来说，自然是个好事，证明我这次选题又选对了。

回到家后，我又冷静地分析了一下情况。我正在写的《冷战时期的著名女谍》和将要写的情报战线上的美男计，在资料搜集上没有矛盾，可同时进行。但是两者还是有不同点。这个不同点主要表现在时间的跨度上。因为《冷战时期的著名女谍》是限定在冷战这一特定时期。而将要写的情报战线上的美男计，就不受这个特定时期的限制。它的时间可以再追溯到两次世界大战期间，甚至更久远。这两者的不同决定了搜集资料时，在冷战时期这一特定时间内可同时进行。而跨越了这段时间，就不能同时进行了。为此，我确定了先集中精力搞定冷战时期的资料搜集。在这一搜集过程中，尤其要侧重对《冷战时期的著名女谍》的资料搜集与写作。与此同时，搂草打兔子两不误，也不放过冷战时期东西方情报机关在使用美男计方面的有关资料。等《冷战时期的著名女谍》一书写作告一段落后，再回过头来搜集两次世界大战中，各情报机关使用美男计方面的有关资料。这样一来，就会加速写书和出书的进度。

我按照预定计划，抓紧了资料的搜集和写作。因为我知道中国的能人多的是，写书的人也多的是。有了思路和灵感，就得抓紧时间进行写作。否则，就有可能被人家抢先一步，就白忙活。正当我抓紧时间进行写作，在即将结束两本书稿时，我又遇到一个意想不到的问题，差一点让我创作的这两本书付之东流。这又是怎么回事呢？

在我快要将两本书稿完工的前夕，一次我来到J出版社，在和图书编辑部的编辑聊天时，一个女编辑问我最近有没有写什么东西。我告诉她："我快要将两本书稿写完了。"

她又问："你准备在哪儿出版？"

我说："如果这儿能出版的话，我就在这儿出版算了。如果这儿不让出，那我就另找出版社。"

后来，她也没说什么，我去干我的事。过了几天，当我再去J出版社时，她拉我到一个没人的地方，对我说："我给你找个出版社怎么样？"

我问："你不是就在这个出版社工作吗？"

"我是在这个出版社工作，但我表妹在X出版社工作。你把书稿给她，让她帮你在X出版社出版怎么样？"

"我的书稿适合在你们J出版社出版。"

"对你来说其实无所谓，只要能出版就行。我们出版社出版图书周期要长一些。她们出版社事不多，出版周期要短，能尽快给你把书出版了。"

"那等我把两本书写完了再说吧。"

"你还有多少没写完？"

"快了，还有两三章吧。"

"你住在哪？"

"我住在丰台。"

"你把具体地址告诉我，到时我让她去找你，如何？"

"地址我可以告诉你，但最近你最好别让她来找我。"

"行，你先把具体地址告诉我，到时咱们再说吧。"

于是，我把详细地址和电话告诉了她。

没过几天，我突然接到一个女人的电话。她在电话里告诉我，她是J出版社那个编辑的表妹，现在已到了我住的地方附近，但找不到所在单位，让我去接她一下。我心里感觉不爽，不是说好了让她最近别来找我吗？怎么这么匆忙，也不告诉我就来了。尽管心里不爽，但人家来了，我也不能不去见人家呀。于是，我问她在什么地方。她告诉我所在地方的参照物后，我便下楼出院子去找她。找到她时，其实她就在离我的住地不远，坐在那儿等我。和她一起来的还有一个男的，两人均是三十多岁的样子。见面后，她向我介绍说：“这是我们出版社的策划。”

我说：“你们都到这儿了，离我住的地方很近，为什么不进去，而坐在这儿等？”

“你们院里进进出出要求很严，我们忘了带介绍信和其他证件。所以，请你出来把我们带进去。”

“行吧。你们既然来到这儿了，到我家里坐坐也行。”

于是，我带着他们往家里走。在进院时，我向传达室的门卫打招呼说是我的客人，忘了带单位介绍信和其他证件。那个门卫对我很熟悉，所以也没过多讲什么，就让他们进了院子。

到了家里坐下后，我爱人给他们倒了开水。她对我说：“我表姐说你写了两本书，我们今天来想与你谈谈出版的事。”

我说：“我还没全部写完。原来我对你表姐说了，最近最好别来找我。但你们今天来了，她事先也没给我打个招呼，使我感到有些仓促。”

“因为我们最近事情不多，所以今天就来了。我表姐早已把你的住址告诉了我，今天我来之前也没告诉她，她也不知道。这是我的工作做得不细，对不起。不过，这不影响我们谈出版的事。”

于是，我问她：“你们想出一本还是两本呀？”

她说：“我们先要看一看，然后再定。”

“那样的话，我就先拿几篇让你们看看，审查一下。如果你们认为可以出版，我再把其他的给你们。”

“这样吧，颜先生，你把两本书书稿各拿一半给我们。给我们多一些，可能审查起来就全面一些。你看如何？”

我考虑了一下后说：“行吧。不过你们抓紧一点，到时给我一个准确的答复。”

“这没问题。你放心好了，我们会尽快答复你。”

于是，我把两本书的前半部分拿给了他们。他们拿到书稿后便起身告辞了。

事后证明他们以出版的名义来拿书稿，只是一个幌子。他们说没有开介绍信和带有关证件，也是为以后不留下痕迹而埋下的伏笔。他们拿走我那些书稿，实际是要窃取我的稿件，为自己出书创造条件。

等我把所有的稿子写完后，他们还没有给我答复。于是，我到出版社问她表姐怎么回事。她表姐告诉我，她们还没看完，等看完后自然会告诉我，让我再等等。后来，我让她表姐把电话告诉我。过了些日子，我打电话问她看完了没有，她们仍然推脱说叫我再等一段时间。就这样七推八推，就推了两个多月还没给我答复，也不给我退稿。

这时我有些急了，心想：“我有一半的书稿在她手里，尽管是两本书的稿子，但都是写的女间谍、女特工、女情报人员，如果她把两本书的一半书稿合在一起，不也成了一本书的书稿了吗？”

这一想，我拿起电话打通后，便对她说：“你还不给我答复，我不能再等你了。我要去找J出版社的王社长，谈出版的事。”

她忙说：“别急，别急，我再过几天就给你答复。你千万等我几天。”

我说：“好吧，我就再等几天。”

又过了十来天，我去J出版社，她表姐拿着书稿给了我，并说：“我表妹说他们看了你的书稿，他们出版社不想出版你的书。”

我一听，心里就有些不舒服。我说：“那他们为什么把我的书稿留在那里，那么长时间不给我？”

“大概他们没审查完吧。”

“审查要那么久吗？照着抄的时间都够了。”

“我不知道为什么那么久没给你，她今天让我带给你。”

“那你就写个条，就说他们曾以出版社审稿的名义拿了我的书稿审查。”

“我不能给你写，因为不是我拿你的稿子。”

“可是，是你要的我的地址，把她介绍过来的。”

“反正我不能给你写这个条。”

我一听就生气了，感到她有点要赖皮的劲儿。于是，我们俩在编辑部就争吵起来了。后来，图书编辑部负责人张主任出来了，问怎么回事。我对他说要那个编辑给我写个退稿条子。他看我有点急，于是把我从编辑部拉了出来。我们俩走到劳动人民文化宫游人休息的长凳处坐下来，他想详细了解事情的经过。我把这事发生的前后情况向他作了说明。他在听完之后对我说：“那这样吧，你把《冷战时期的著名女谍》书稿拿到出版社来，交给我，我来给你审查。如果可以的话，我们会给你出版。”

我说：“现在这儿就有她们给退回来的前半部分稿件，你可以拿去看，进行审查。后半部分书稿，哪天我来出版社时给你带来，你看行不行？”

“好吧。你先把她退给你的稿件留在这儿，我来审查。”

于是，我把退回的稿件交给了他，他拿着稿件走回编辑部。

过了几天，当我再去出版社时，把后半部分稿件也交给了他。他当时对我说：“你前面的稿件我看了一些，符合我们出版社的选题要求，我个人感觉可以出版。但是这事要最后定下来，我还要向领导汇报后才能给你一个准确的答复。因为要出版不是年初计划内的图书，还要申请临时书号。同时，我们也要做市场调查。”

我说：“行。我等你的最后答复。”

又过了一个星期左右当我再次来到出版社时，他告诉我领导已同意给临时出版书号，但出版要等做了调查后再定。现在他已让发行部门在做市场调查。我对他的所作所为表示感谢。

出版社在经过大概一个半月的市场调查后，最后决定出版我所写的图书。在这当中，又发生了一件事，使我大吃一惊。当J出版社所有的图书编辑知道又要出版我所写的书稿后，那个女编辑竟然出来阻挠，说什么她表妹也快要出版类似书籍，如果出版社出版我的书，他们就要同我打官司。我一听就有些火，我说：“好哇，我正等着她呢。原来我只是怀疑他们窃取我的书稿，现在他们不打自招了。亏她还是一个文化人，竟然有这么厚的脸皮。”

我说完后，就要找她去当面理论。但编辑部张主任拦着说：“别生气，也用不着找她去理论，这事我们已经知道。估计，她也只是讲讲而已，真的要打官司，她也占不了便宜，编辑部的不少编辑都知道这事。”

按合同，出版社很快就出版了我的图书，共出版发行五千册。我按合同拿了稿费。那个女编辑后来也没有同我打官司。因我没有看到她们所出的图书，也就没有告她们，这事就不了了之了。

我的另一本书稿，当时投到了湖南省文艺出版社。他们在看了我的样稿后，也很快有了回复，准备出版。于是，我把整个书稿都发给了他们。但在出版之前，他们向我提出了两个问题：

一是准备把书名改一下。原来的书名叫《美男计》，他们认为从书的内容看，主要写的是东西方各国情报机关使用美男计的情况，尤其以冷战时期的居多，这之前只有少数几个故事。所以，他们想将书名改为《东西方情谍战》，问我同不同意。我同意了他们的意见。因此，这本书后来出版时书名就叫《东西方情谍战》。

二是他们想把图书做得精美些，做到图文并茂。因为我写的是纪实性文学作品，所以他们想让我帮他们找一些背景图片和这些情报人员的照片。

为了找图片，我又返回去重找我原来看过的资料、报刊、图书。把有关的图片复印、拍摄下来。这事我过去没搞过，原以为只要把图片复印或拍摄下来就可以，其实，远非如此。寄到出版社后，他们说大部分都用不上，让我再找一个好一些的照相机，并找一个有照相经验的人去拍摄。另外，复印时把油墨尽量调均匀些，使复印的图片更清晰些。于是，我从儿子那儿拿了一个像素较高的索尼照相机，把光线与焦距调到最佳位置，重新拍了一次。寄过去后，他们说比第一次好些，采用的图片多了点，但还是不十分理想。这时，我感到有点无计可施。

可是，天无绝人之路。正当我为此事感到苦恼而又一筹莫展之时，我带着渺茫的希望，想到新华书店找找看有没有这类书籍。这次还真让我找到了，正好有一本刚出版的图书，专门介绍各情报机关的组织机构、主要领导人、著名特工人员，以及特工工具等。更有意思的是这本图书不是以文字为主，而是以图片为主。真是踏破铁鞋无觅处，得来全不费工夫。我一看这本图书要四十多元，也不管三七二十一，掏钱买了一本。回家后，我打电话告诉出版社，出版社让我赶快寄过去。第二天，我用快件把这本书寄给了出版社。

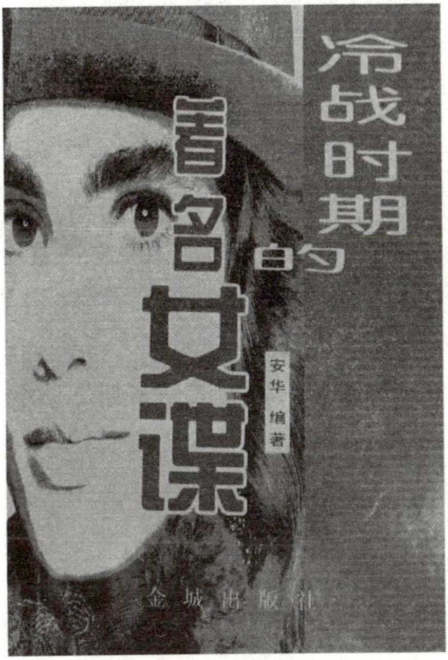

《冷战时期的著名女谍》

《东西方情谍战》

没过多久，我写的图书出版了，共出版了八千册。当出版社问我寄稿费的地址和银行账号时，我告诉他，打算让我在长沙的内弟直接去取。他们不同意，执意要把稿费寄到北京。最后，我只好告诉他们北京所在银行的账号。很快，我就收到了他们寄来的稿费。

这两本书如愿出版后，我又开始筹划下一本图书了。

» 第十一章　编辑之路

一九九七年三月，因身体等原因，我打了一个报告主动要求退休。退休报告很快就被批准了。没多久，我就正式退出了现役，开始了退休生活。

J出版社的王社长听说我已经退休了，问我想不想来出版社工作。我问他："到出版社做什么工作？"

他说："干编辑，图书编辑。"

我又问他："整天在编辑部工作吗？"

"不用。每星期的星期一、星期四来两天，其他时间在家办公。来的两天主要是讲讲社里的事，其他时间在家把图书编完就行。"

我说："这种弹性工作方式倒不错，再加上你们出版社在劳动人民文化宫，环境那么好，到你们出版社工作行啊。不过，我原来没有在出版社工作过，不懂你们的工作程序与要求，到时请多多指教。"

"那没事。做完一本图书的出版工作后，你就知道了整个过程，这事很好办。"

"那我就试试看吧。"

"你到出版社工作后，我们仍按你在原单位的工资待遇对待。你是副研究员，套过来，到我们这儿的职称就是副编审，你看怎么样？”

“没意见，我会尽力把出版社交给我的工作搞好。”

“我们的图书来源主要有两个方面：一是你自己找图书来做，通过你的关系找些符合我们出版社要求的图书。这些图书也包括自费的、半自费的或者合作出版的等。二是由出版社交给你负责出版的图书。”

就这样，我退休后又到J出版社正式干起了编辑工作。

回到家，我想起一个人来。这个人是我爱人侄女的大学同学，姓欧阳。他一九八九年从武汉大学研究生毕业后，让我帮他在北京找过工作。后来，他在中央编译局工作。干了两年，他打报告把工作辞了，下海去经商。做了一段皮鞋生意后，他又改行想做图书生意。前一时期他找过我，给他主编一本银行安全与保卫工作方面的图书。因为我还在单位上班，所以给他推荐了一个人。那人是一个博士，专门组织人给书商做图书的。一星期前，他还打电话讲起此事。说他的图书快搞好了，让我帮他搞个书号，准备要出版，这不正好吗？

但是，我对出版社卖不卖书号搞不清。因此，当时我并没有答应他。这次我既然已是出版社的正式编辑了，不妨替他打听一下，看能不能买个书号，出版这方面的图书。于是，我利用到出版社的机会，专门去问了王社长。我把整个情况向他汇报了一下，王社长听后说：“买个书号要三万元。但他的图书从印刷到销售、发行，这些我们全不管。我们只管审编，看他的图书符不符合出版要求。如果不符合，也不能出版。”

我说：“行，我把你讲的情况和他讲讲，看看他的意思。另外，如果能出版是不是可以到出版社的印刷厂印刷呀？”

王社长说：“这个没问题，但要另外算印刷费。”

我把情况问清后，就在王社长的办公室打了一个电话，把刚才王社长讲的情况向欧阳说了说。欧阳问道：“买书号的费用能不能少一点儿，两万五千元行不行？”

我把这意思告诉王社长，王社长说：“不行，少一分钱也不行。”

我回答欧阳说：“不行，出版社说少一分钱也不行。”

欧阳听后说：“我知道了，让我考虑一下，过两天我再给你回电话。”

我说：“行，电话打到我家里。”

过了两三天，欧阳告诉我，他同意三万元买个书号。我当时估计，他可能去其他出版社问过买图书号的价格，没有出版社比这个价格更便宜。我把情况告诉了王社长。王社长同意卖书号给他，同时还对我说：“这本图书由你负责，你就是责任编辑。你让他把书稿给你，然后你负责审查，看符不符合出版要求。这里面包括出版政策，不违规泄密。另外，还要在图书结构、语言文字、内容等各方面把好关。你初审完后，给社里写个报告，把出版这本图书的理由、存在的优缺点以及你对这本图书的评价等一起写好报上来。到时我会给你一份出版申请表。”

我说：“好吧，我先让他把书稿拿给我审查以后再说。”

后来，我又打电话给欧阳，让他把稿件直接给我审查。没几天，他就把书稿送来了。他把书稿给我后说：“这是我做的第一本图书，希望你好好审查一下，把好质量关，使做出来的图书在质量上不出现问题。这样，对我下一步推销会创造一些好条件。”

我问道：“出版社不管销售，你推销得了吗？”

他答道："这个问题不大，全国那么多银行，通过互联网，在网上查查，再向各大银行推销。我们私人做图书，也有我们的渠道。"

我又问道："你这一本书做下来，大概需要多少钱？"

"估计二十几万元吧。买书号三万元，书稿费花了六万元，因为这本书共计一百二十多万字，每千字五十元。印刷费十几万元，再就是封面设计和推销、托运等费用，加起来二十几万元就差不多。"

"这本钱也不少呀。"

"是不少，做好了就赚，做不好就赔。我这也是做第一本图书，摸索着做吧。现在私人做图书已形成产业链，做的人也不少。你想了解这个市场情况，可到朝阳金台路图书批发市场去看看，那儿公家的、私人的都有。"

"行，等以后我有时间去那儿转转。"

在以后的一段时间里，我就在家审查他的图书。首先，我看了看这本书的简介和说明。接着，又看了看它的目录与结构。刚接触这本书时我觉得它的出版意图与作用还是明确的，结构也较完整与全面，因此我很有兴趣地接着往下看。谁知越往下看，暴露的问题就越多。这些问题主要是语言文字上的，错别字特别多，同时语言有时也不通。我看了不到一半，就给欧阳打电话，叫他到我家里来一下。他接电话后，第二天就赶到我家里。一进门他就问："怎么啦？有什么事吗？"

我说："这本书你看了没有？"

他回答说："没有。他们一送过来，我就把它交给你了。"

"这写得也太粗糙了，错别字特别多不说，语言也不通。你找主编，让他好好把把关。如果这样，没办法给你出版。”

“噢，这事好办，我还没把全部稿费给作者。按合同要求，他要达到出版要求，我才能把全部稿费给作者。既然这样，你把稿件给我，我再让作者好好把稿件给我弄好。”

他把稿件拿走后，我在家里筹划我的下一本图书。因为出版社也没交给我其他任务，这正好抽空搞搞，公私两不误。

过了一个多月，欧阳又把稿件拿来给我，一进门他就对我说：“我找到主编把你说的情况向他讲了。因为他也是业余搞这类图书，当时工作忙，所以只写了一个写作大纲与目录，就把任务分下去让有关人员编写。写好后，他也没有细看，就把稿件给了我。所以出现那么多错误。”

我说：“他不是没细看，可能根本就没看。作为一个主编，书稿里那么多错别字，很多语句都不通，他如果看了还不知道，那他是怎么做主编的。”

“这次他让参与编写的人重新修改了，他自己也看了一遍，你再把把关。”

我答应了他。他接着说：“请你尽量抓紧时间。我们做图书一个课题说不定几个人在同时搞，最后就看谁抢到先机，早把书印出来，推向市场。”

我回答说：“我尽量抓紧时间审查，力争用最快时间把书搞好。但能否早印出来，也不是我一个人的事。”

“这个我知道，只要你抓紧就完成了一大半。”

我答应他后，让他把修改后的稿件留下。于是，在接下来的日子里，我就抓紧时间审查他的书稿。这次稿件尽管比前一次好了许多，但错别字仍然不少，语言也有些不通。如果我再把稿件退回去，可能就要耽误许多时间。后来，我想了想，还是我来替他完成算了。我尽自己所能，帮他们改过来，把语言文字理通顺，各章节相互照应好。

当审查结束后，我在王社长那儿拿到了一张初审申请出版的表格，填上审查结果与建议。认为该书比较系统、全面地阐述了做好银行安全与保卫工作的重要意义，所谈及的银行不安全因素，以及防范措施也比较具体到位，对于提高银行及其工作人员的安全防范意识，做好安全保卫工作，有着积极正面的作用。同时，也符合我国现行的有关金融方针政策，没有发现违规泄密情况等。最后，建议尽快出版。

我将初审结果与建议，以及修改后的书稿一并交给了王社长，他后来又交给了二审审查。二审审查完毕之后，他本人又做了第三次审查。最后顺利通过，这本书很快就交付印刷出版。所印刷的图书除出版社按合同留了五百册自己销售外，其余所有的图书欧阳全部拉回去，放进了他的图书仓库。

该书定价一百二十元，欧阳按一定折扣进行销售。很快就把图书推销到了全国各银行，销路还十分强劲。后来，他又加印了几次。到最后一算账，据他自己讲，去除成本，他大概净赚了六十多万元。他做的第一本图书，就赚了个钵丰盆满，自然十分高兴。也为他今后继续从事图书生意，打下了比较坚实的基础。

在这本图书出版后没过多久，一天王社长对我说："我们出版社在和平里已建好了新社址，过些日子就要搬到那儿去。你准备准备，到时我们一起搬过去，你看如何？"

我回答说："我住南城，你们搬到北边去，路程有些远，你让我考虑一下。"

回家后，我考虑了一下，再与爱人商量了一番，最后决定还是不去。于是，我向王社长提出辞职。他对我的辞职表示惋惜，并进行了挽留。我对他的好意除表示感谢外，并告诉他辞职的主要原因是交通不方便，来一次要转好几次公共汽车。上班时间坐公共汽车的人又多，拥挤不堪。我现在退休了，没有必要这么辛辛苦苦地奔波。同时，我还告诉他，我辞了出版社的工作后，今后我会朝自由撰稿人的方向努力，到时希望他多多帮忙。

我辞去出版社的工作后，一心一意地筹划自己的写作。这次我想写一本二十世纪著名的女间谍，书名叫《世纪名女谍》。这次写作遇到的困难比较多，给写作带来许多不便。因为，我已经退休，工作证也上交了，所以不能进出原单位。所有的内部资料再也看不到了，更谈不上借阅了。如果写这种纪实性的作品，没有内部资料，光凭外面的公开报道，或到发行的图书上去找，既花时间又费精力，困难相对要多一些，写作的进度就很慢。而这还不能急，只有等待时机，慢慢地收集。这样一来，在家的闲余时间就多了起来。人是很怪的，忙了不行，但太清闲了也不行。在家过了一段清闲日子后，我又想找个事做。一天，我从报纸上看到劳动人民文化宫开设了一个专门招聘退休人员的招聘会。于是，我就跑去看看有没有适合我干的工作。到那儿一看，招聘会上人员还真不少。我在人群中穿来挤去，寻找合适的工作岗位。当我挤到社会劳动人事保障部训练基地招聘处时，看到他们要招聘一名编辑。于是，我便坐下来，并与招聘人员闲聊起来。我问他们："你们招聘编辑有哪些条件？"

他们回答："第一要身体好，健康，年龄在55岁左右，当然年轻些更好。第二要文字功底比较好，能胜任编辑工作，原来从事过编辑工作者优先。第三是政治上没问题，是党员更好。”

我向他们介绍说：“我原先在部队从事研究工作，退休后在J出版社干过编辑，当时他们给我定的职称是副编审。我自己出版过三本纪实性文学作品。身体上没什么大毛病，也没有慢性病。年龄在55岁以下，党员。你们看行不行？”

他们一听完我的简单自我介绍后，忙说：“行。那你住在哪儿？到时我们通知你，把我们这次招聘的所有人员统一用车拉到训练基地，谈谈具体岗位的工作内容、任务要求、工资待遇等。如果双方都感到没意见，就当场签订合同，成为我们训练基地的工作人员。”

我回答说：“我住在刘家窑一带。”

“那太好了。我们每天七点半有班车到那儿，在刘家窑桥西边有等车点，到时你在那儿等，他们会把你拉到我们训练基地。这样一来，你今后上班也方便多了。你把电话告诉我，到时我通知你。”

我把家里的电话告诉了他。后来，我又在招聘会上转了转。因为应了社会劳动人事部训练基地的招聘，我也就没有再去打听其他招聘单位。心想这次出来找工作还十分顺利，一找就一个准。回家等着听消息吧。

回家没等几天，社会劳动人事部训练基地打来电话，让我第二天七点半以前，到刘家窑他们班车等车点等车。

第二天，我在刘家窑桥西边上了他们的班车。班车是辆中型面包车，我走上去坐到里面。人已经不少了，快坐满了，他们讲到木樨园还有人要上。在木樨园接上人后，车子一直把我们拉到南苑的训练基地。在车上与我一起去应聘的还有几个人，其中一个女同志坐在我旁边。与她闲聊时，知道她是北京知青下放在山西，后在太原工作。当时才四十八九岁，也是退休后闲得没事想找个工作干干。她应聘的是办公室主任。

车子行驶了30分钟左右才到达基地。下车后，原训练基地的工作人员去吃早餐，他们让我们等等。他们吃完饭，到八点半上班时，我们被分别带到各科室。把我带进科室的一个男同志待我坐下后，给我倒了开水。接着，他也坐下后便开始和我谈工作。他说："招你来，主要是负责我们训练基地的一个刊物的编辑工作。这个刊物每月出一期，发给社会劳动人事保障部全国下属各单位。它的稿件来源主要是部有关领导的讲话，这些讲话都涉及社会劳动人事保障部的方针、政策、法令、法律等方面的事，以及部里的重要活动。除此之外，还有一些国家的重要方针政策和有关领导的重要讲话。到时会把录音拿来，你的任务就是把录音记录下来，然后整理编辑出版。"

"这事倒不复杂，估计我干问题不大。"

"你如果同意的话，就算是我们的职工，每月九百多元基本工资，不包括福利奖励等其他工资。如果全部加在一起大概一千一二百元。每天你七点半前在刘家窑桥西边等班车上班，在家或到这儿吃早饭随便。中午和晚上就在基地吃饭。"

"我就负责每月出刊物，保证给你们按时出。这工作我拿到家里也可以干，是不是可以不坐班？"我问道。

他回答说："不行，你每天必须坐班车来这儿上班。你干完这个工作后，还要帮助我们一个博士干一些其他文字方面的工作，如搞教材编写之类的事。"

"每天坐班八小时？"

“是的，除星期天和节假日外，必须到这儿上班工作。”

“搞教材是教学人员的事，如果我也去搞教材，是不是超出了原来招我当编辑的工作范围。”

“我们原来计划招编辑，就想让兼搞教材。”

“这就不好办，你们招聘时可没讲。如果我把你们交给我的工作干完，你们不用管我在哪儿干，这事可能好办一些。”

“那不行。”

“那好，今天咱们就不签合同，让我考虑考虑再说。到时我打电话告诉你。”

“那行，我等你的电话。”

回来时，在车上我们几个应聘的人交换了一下情况。多数人没有应聘，只有少数几个人同意留下。来时坐在我旁边下放到山西的那个女知青应聘留下了。她对我说：“反正退休了，住在娘家，老待在家里也不是个事，到这儿有个事干也好些。另外，干办公室主任，原来我也干过办公室工作，轻车熟路，工作起来可能好一些。”

我问她：“给你开多少工资？”

她回答说：“九百多元。”

“大概都是这个工资。”

“你为什么不应聘，是不是觉得工资低了些？”

“倒不是钱的问题。我没签合同主要有两个原因：一是他们让我负责内部刊物的出版，我答应保证给他们按时出。但我在哪儿干这事让他们不要管，他们不答应，说一定要来训练基地上班。二是我除了这工作外，还要为他们编写教材，他们在劳动人民文化宫招聘时并没告诉我，超出了当时招聘的工作范围。”

“先找个事干着吧。我看他们有班车，上班倒也方便。”

“要找事干好办，我在家自己也可找事干。坐车方便，但路途太远。夏天还好办，冬天就是难事。我回家与爱人商量一下再说吧。”

回到家后，我与爱人一商量，认为不去算了。因为退了休，找个有弹性工作的事干干还行，一天八个小时坐班，就没有必要。如果这样，还不如不退休，在原单位工作，就在一个院子里。既然退休了，就不能把时间搞得死死的，没有活动空间。另外，那么远的路，冬天来回颠簸也不是个事。所以，第二天我打电话告诉他们不去了，叫他们另外招人。

后来，我参加了几场招聘会，均没有找到适合自己的工作。不是路程太远，就是工作时间太死、没有弹性。于是，我便放弃了继续找工作的念头，想沉下心来干脆做一个自由职业者。之后我一方面继续收集寻找资料，为写作《世纪名女课》做些准备。另一方面，鉴于出书的情况，我经常抽时间去新华书店转转，在那儿了解一下市场的畅销书，以及时下或未来有可能兴起的热门书籍。经过一段时期的实地察看与行情了解，我发现中老年人的养生书籍慢慢地开始热销起来。

当我捕捉到这一信息后，立即着手这方面的准备。于是，我从新华书店买回了各种有关养生的书籍。当时，这方面的书籍比较杂，泛泛而谈的书籍比较多。我看了一定数量的养生著作后，感到如果我要写这方面的书，就要把某一方面的养生搞懂、搞透。我通过比较并对照自己的爱好与兴趣，以及结合引起人们生病的主因，影响养生质量等多种因素考虑，最后选择了饮食养生。因为从饮食养生的重要性来看，它和人们日常的饮食紧密结合在一起，一日三餐不能缺少，与生活息息相关，说的也是一些柴米油盐酱醋茶。而饮食养生只不过要求更科学、营养更全面、搭配更合理、目的性更明确、针对性更强而已。另外，据大量医学研究实验证明，影响人们生活质量，容易造成人们生病的也是饮食及其习惯。据医学资料统计，70%的疾病是因饮食不当或饮食习惯不好所引起。尤其是心脑血管及其相关慢性病、基础病更是如此。如果把这方面的事做好了，就可以减少许多疾病，提高人们的生活质量，达到养生保健的目的。最后，就是从本人角度来看，我的业余生活除了爱看书外，另外就是喜欢做菜，而且有的菜还相当拿手。因此，我有这方面的兴趣。有关这一问题，我会在下面进一步专门谈到，这儿就不多谈。

正当我准备写饮食养生方面的书稿时，一天突然接到欧阳打来的电话。他问："你最近在忙什么呀？还在出版社工作吗？"

我回答说："我早就不在出版社干了。最近找了几次工作，都没找到合适的，所以在家想写点东西。"

"那太好了。我正想找你帮忙呢，原来怕你还在出版社工作，不好请你。现在既然没在那儿工作，请你到我这儿来，帮我应急审查一下稿件。"

"很急吗？"

"相当急。因为找不到合适的人，时间又紧，真是急死人。所以，想请你来帮帮我。"

"哪一方面的书？"

"有关合同方面的。我国《合同法》马上就要颁布了，我想在《合同法》颁布施行之时，就把它推出去。现在稿件基本上搞好了，但是很粗糙，按目前这个样子肯定出版不了。你帮我仔细审查一下，做些细加工，使它能达到出版的要求。"

“那你希望我什么时候去你那儿好？”

“当然是越快越好。如果你手头没什么事，最好是明天就来，你看怎么样？”

“现在我手头倒没什么急事。看你那火急火燎的样子，那我明天就到你那儿去吧。”

“太好了，明天我开车来接你。”

第二天一大早，他就开着车来接我，当时我还没吃早饭。他让我别吃饭了，他会解决这一问题的。

汽车一直朝北开。在车上我们闲聊时，我先和他开玩笑说：“现在你好像发财了，有个老板的样子。”

他回答道：“发什么财，混口饭吃。不过，自从你帮我做了第一本书后，开了个好头。最近两年生意还算顺利，多多少少赚了点。买了房子，把老婆孩子也接到了身边。”

接着，我又问他：“你在什么地方买了房？”

“在回龙观买的，一套自已住，还有一套作为办公用。另外，在上地买了一个铺面和一个库房。现在开了两个铺面，一个在上地高新开发区，一个在金台路图书批发市场。”

“真是‘士别三日，当刮目相看’。现在你是房子、票子、孩子、车子、老板的位子全齐了，真正的五子登科。”

“见笑了。你只看到风光的一面，这买卖不好做，风险也挺大。这次我为什么急急忙忙找你来帮忙呀，因为上次我选好了一个课题，是中医方面的，在打印时被人家知道了。他立即组织了一帮人赶在我前面抢先出版了图书。害得我不仅瞎忙了一阵子，而且经济上还损失了二十多万元。这次我再也不能做那亏本的倒霉事了。”

“《合同法》要公布，又不是你一个人知道。人家也同样可以做这方面的图书，你就不怕撞车吗？”

“这种情况下，撞车肯定是有的。这就要看谁能抢到时间前面，图书做得更精细。请你来的主要目的就是想抢到时间，把好图书质量关，帮我做出一本好的图书来。”

说话间车子已经到达回龙观他的住处。当他把我带到办公处时，室内好几个打字人员正在忙碌着，全部是女孩子。有的用手工往计算机里输入书稿，有的利用扫描仪往计算机里输入书稿，一片繁忙景象。他把我带到她们身边，作了简单的介绍，并要求她们今后听从我的吩咐，齐心协力，抓紧时间尽快把书做好。后来，他将我带到里面的一个小办公室里，里面放着一张办公桌。他告诉我，今后就在这儿审稿，有什么要改动的，直接向打字人员交代。

他向我交代完事情后，便出去办他的事去了。于是，我便坐下来审理书稿。这是一个大部头的书，分上下两册，共计两百五六十万字，看来任务还不轻。从此，我便吃住在回龙观，每个星期的周六回家，周一早晨再赶往回龙观他的住处，继续审稿。这次他请人做的图书，比第一次做的那本书质量要高一些。据他说，这次编书的人多数是在职专业人士，部分是政法学院有关人员，主编是高级职称或大学教授。编辑人员大部分是一些在读的研究生，一般素质要高一些，不像上次那种非专业人员，所以漏洞百出。这几年他把图书做下来，也知道要把书做好，主编与编辑的素质，对于出书的质量是非常重要的。所以，做图书时不是请专业人员，就是到有关院校去找一些在读的研究生。这些人中有博士，也有硕士。主编也是具有专业知识的高职人员，或大专院校的教授之类。这样，做出的图书质量要好一些，返回去再回锅的事也少了，能抢到时间，比较快地把图书做出来。自然，这就能为他带来好的经济效益。

我在他那做编审，因为离家较远，吃住都在他家。他又要赶时间，所以每天几乎工作十一二个小时。早上一起来吃完饭就干，中午休息一会儿又干，吃完晚饭散散步，锻炼身体时间就几十分钟或个把小时，接着再干到十点左右。这样干了个把月，总算把图书做好了。这一个月干得比较辛苦，但都是为赶时间，有时还会发生一些意想不到的事。如有一次周末我回家后，周一想赶去上班时，谁知晚上下了一场大雪。这天早上公共汽车受阻，出租车也难搭上。我在路边拦出租车，一直在冰天雪地里等了两个多小时才拦到一辆出租车，那次拦出租车可把我冻惨了。

图书交付印刷时，正好是合同法颁布的当天，欧阳及时向预定的客户发了货，总算抓住了商机，这次又打了一场漂亮仗。

当我要返回家时，他说："你别走了，就在我这儿帮我做图书吧。"

我说："我只答应临时帮你的忙，并不想长期在你这儿干。"

他说："颜叔，我这儿十分需要像你这样的人，打点这一摊子。你在我这儿干，我每个月给你一千多元工资。周六晚上我带你去娱乐场所玩，然后送你回家，周一再派车把你接回来，你看如何？"

我回答他说："我长期这么干，身体会受不了的。我退休其中一个很重要的原因就是身体问题，想退下来调养调养。许多单位想聘请我干八小时，我都没去，就是这个原因。不是我不想帮你，而是我身体不允许，所以请你谅解。"

他见我执意不肯留下长期干，也表示了理解，一再表示感谢后，用车子把我送回了家。

当然，我在他家帮忙审稿，尽管这本书的责任编辑不是我，而是出版社的编辑，这对我来说无所谓。因为我只是为了帮朋友才应急而来。当然，编完这本书，对我自己来说也并不是毫无所获。自从这次审稿后，我从中悟出了做这种大部头书的门道，为今后也做类似的书籍积累了经验。

» 第十二章 失衡的“公证”

一九九八年，我爱人也提前退休了，她退休后主要帮我收集资料。我这时候正在干两件事。

一是收集有关资料继续写作，想赶快把《世纪名女谍》写完。二是准备把写作的方向调整一下，把写纪实文学转到写饮食养生方面去。原因是写文学作品的出版把握性很难掌握，存在很多不确定性，这些不确定性往往又不是本人所能控制的。另一个原因是养生受到人们越来越多的关注，这个潮流已开始逐步形成。我相信随着物质的丰富，人们生活水平的普遍提高，它会受到人们更多的关注和追捧。所以，我应该抓住这个千载难逢的时机，为人们的健康长寿和生活质量的提高做一些有益的事。

在这种思想的支配下，我在写作纪实文学作品的同时，还在重点收集、积累、研究中医、中药、营养、养生药膳、厨艺等有关方面的知识，积极为今后写作饮食养生方面的书籍做充分准备。

这年秋天，一天欧阳打来电话，他在问候我之后说：“阿姨退休以后，在家干什么呀？”

我问他：“怎么啦？你是不是有什么事找她？”

“我有一个急事，想找她来帮忙。”

“什么急事呀？她能帮上你的忙吗？”

“能。就是我在金台路批发市场的门市部里缺一个销售员，想叫阿姨去那帮一下忙。因为，原来聘用的销售员家里有急事回家了，我又一时还没有找到合适的人。如果阿姨没什么事，就临时帮帮我吧。”

我回答说：“临时应急帮帮忙可以，但长期不行。因为，从南城到金台路也不近，坐公共汽车是个麻烦事，不能久干。”

“不会，不会。我找到合适的人后就不会让阿姨来了，这只是应急而已。”

“那行。她什么时候去你那门市部呀？”

“越快越好，如果明天能去更好。”

“行，那我就让她明天去吧。”

第二天，我爱人就坐公共汽车到金台路。下车后，她在图书批发市场找到了他那个门市部。说是门市部，实际上就是一个书摊位。差不多每个书商都在这个市场有这个摊位。当时接待我爱人的是一个姓刘的小伙子，他是湖南衡阳人，算是老乡。这小伙子也算得上精干，白白净净的皮肤，瘦瘦的身材，一米七左右的个子。因为是湖南老乡，没几天就混熟了。后来，我去过几次图书批发市场，也到过欧阳那个摊位，见到过那小伙子。当他知道我就是为欧阳做过图书的人时，便对我说：“如果今后我有这方面的事情，还请叔叔多帮忙。”

我回答说：“这事好办，只要我能帮得上的，我会尽量帮的。”

他高兴地说：“那我就先在这儿谢谢叔叔啦。”

“不必客气，都是老乡。”

当我爱人帮完欧阳的忙返回家前，这个小伙子又向她要了电话和我们家的住址。

真是说者无心，听者有意。到一九九九年夏季，我突然接到这个姓刘的小伙子打来的电话。他说：“叔叔，我找你有事，就是想请你帮我做一本图书。”

我问：“哪方面的书？”

他回答说：“公证方面的。”

我又问他：“你不是在欧阳那儿打工吗？怎么想起做图书买卖了。”

“我已不在他那儿打工了，几个月前就没在那儿。我想自己搞图书生意，自己创业。”

“行吧，我可以帮你。”

“谢谢叔叔。具体情况我们见面后再说。”

“好，见面谈。”

“我明天就过来和你细谈。明天你在家里等着我，千万别出去。”

“行，我在家等着。”

第二天，他带了一个姓徐的河南小伙子一起来到我家。坐下闲聊几句后，开始就谈正事。他说：“我在图书市场已干了许多年，对它的门道基本摸熟了。所以，我想自己创业搞图书。但干这事，从目前看，我还有不少困难，慢慢来吧，我想困难总会克服的。我听说欧阳的第一本书是你帮他做的。所以，我现在做第一本书，也想请叔叔帮忙。”

“这没问题。只要我能帮的，我会尽力帮你。”

“谢谢。我目前有许多题材可选，但我首先想做公证方面的图书。”

“你调查过吗？”

“调查过。其他方面的图书都有人做了，但公证这块还没有人做。所以，我第一本图书就想做这方面的。”

“你们有这方面的资料吗？”

“我们已收集了一些，但不是很多，还要收集。也希望叔叔帮我们一起收集。”

“这没什么问题，到时需要哪方面的资料，我也会帮你们有针对性地进行收集。”

“行，你收集资料的费用由我来支付，这点请你放心。另外，今后由小徐负责具体与你联系，他是我的合伙人。如果叔叔愿意的话，我们三个人可以进行合作来做图书。”

我听后便问道：“三个人合伙做？”

“目前我们两人合伙，我出资金，他负责销售。如果你也加入进来的话，你就负责编写。这样，我们就可以形成一个链条，有分工，也有侧重，各负其责。”

“这事让我考虑一下再定吧。”

“好，我们想先请叔叔写个提纲出来。把提纲给我们看后，再定夺写作的事。”

“这没问题。你们准备什么时候开始做这本书？”

“当然是越快越好。图书市场实际上也是个抢时间的市场，所以我们希望叔叔立即着手做。”

“好，我抓紧时间搞。你们把资料留在我这儿，我看后先给你们搞个写作提纲出来。你们看如何？”

“行，请叔叔务必抓紧。”

他们走后，我从他们的谈话中知道，他们是有备而来的，还想拉我入伙。我考虑了一会儿，觉得也行。正好在家里搞搞编书的事，也比较自由，做书的时候可能紧张些，不做时就宽松一点儿。这样有紧有松，有张有弛，生活会过得更充实些。另外，通过和他们共同搞图书生意，也可进一步了解这个市场，如何进入这个市场，摸索出做图书生意的门道来。如果把这条路子摸熟了，对我来讲也是一件好事。因为我自己可以编写。如果还把下线以及整个这条产业链摸熟了，今后即便他们不愿意与我合作，说不定我一个人单独干也能干起来。到那时，我写出的东西，就再也不用为出版而担心了，自己就会完全掌握写书的主动权。于是，我决定与他们合伙一起搞图书。当时，我对其中的风险几乎没什么考虑。认为他们年轻，和他们一起共同创业也不错，对他们过于轻信。但事后看，这只不过是他们事先设下的一个陷阱。

我对他们留下的资料翻了翻，又用两天时间粗粗地看了一遍。感到现有的资料，要写出一个比较完整的图书提纲来，还相去甚远。于是，我便自己跑到西单、王府井、学院路、金台路等多个新华书店和图书市场收集有关图书和资料。回来后，又将所有收集到的图书和资料系统地翻阅了一遍。这次觉得比前一次好些，但是还不够。于是，我把还没收集到的有关资料，写了一个大概范围的提纲。然后，再跑到北京市图书馆和首都图书馆，有针对性地收集相关资料和图书。有的图书能借的，我尽量借回来看。如果不能借的，或所需要的资料不多时，我就在图书馆让他们复印后带回来。经过短时间紧张的收集资料后，我又把所收集的资料系统地看了一遍。之后，便着手写提纲。两天紧张工作后，便把写作提纲搞出来了。这个提纲实际上就是后来的目录，在写作时改动得很少。从后来的效果看还不错。

写好提纲后，我便打电话给他们，让他们到我家里来商量商量。想叫他们看看，提提意见，再进行修改。定下来后，我就可以动笔写作了。他们接到我的电话后，当天下午就赶过来了。在他们坐定后，我便把写好的提纲交给了他们，让他们仔细看看，并提出看法和意见。他们轮流看完后，便说："很好，提纲很详细，也很全面，比我们原来想象的要好多了，提不出什么意见来。希望尽快按提纲抓紧时间写，越快越好，相信一定能写出比较理想的图书来。"

"那我就按要求抓紧时间写。你们也要找些文字输入人员，待我写好后，就赶快输入到计算机里去。这样，进行流水作业，每个环节都抓紧点，图书会做得快些。"

"这个我们知道，现在已经找了一些人。你写出来后，我们就叫人输入进去，以便下一步排版印刷。另外，上次与你谈到和我们一起做图书的事，你考虑的咋样？"

"行，我们三个人合伙搞吧。"

"那我们就放心了。一起好好干，将来一定能搞出些名堂来。"

他们走后，我想要尽快把书编出来，应该再找一些人手。这时，我想到我的一个江西同事，原来他和我讲过想写书的事。于是，我便给他打了一个电话。在电话里，我告诉了他这件事。他答应了，并告诉我，让他的徒弟也参加进来。我答应了，并与他商量好第二天三个人碰个头，研究一下如何写。

第二天，我们三个人聚集在一起，研究写书的事。他们俩从来没写过书，不知如何搞。我先向他们介绍了这次写书的大致情况，并告诉他们，我已写好了提纲，只要按提纲写就行。到时，我把每个人要写的那部分提纲和资料分发给个人。然后，分头去写，写完后再由我来统筹审查一下，看写得符不符合要求。但他们俩不同意这样搞，认为我应该把要编写的大纲拿出来让他们看看。我告诉他们，像这类编写用不着看整个提纲，只要把自己要编写的部分拿来，按要求写好就行。但他们俩坚持己见，而且两人口气一致，态度坚决，这使我多了一个心眼。于是，我便说让我再考虑一下，和其他两人商量一下再说。

回到家后，我给姓刘的湖南老乡打电话，把大致情况向他说了说。他告诉我，千万不要把整个提纲给人家看。尤其是在刚起步阶段更应保密，否则就有被人抢先一步的可能，到时可就瞎忙活了。他还给我举了一些例子，其中也包括欧阳那本损失二十多万元的中医选题的那本书，就是因为过早地泄露出去，被同行抢先一步所造成的。他在电话中甚至有点怪我不应该向我的同事谈起这事的意思。我明白了他的用意后，不仅没有把提纲给我那位同事看，后来也没要求他们写。事后证明，那个小老乡讲的完全正确。因为，一个多月之后，当我把这本书编完去找封面设计公司时，那个老板告诉我们，有人到他那儿打过招呼，要做公证图书封面的事。我们问他做了没有，他说还没有。所以，刚被提起来的心，才稍稍放下了些。

这样一来，编写这本书的任务就只能由我一个人承担，好在当时我爱人也退休在家。于是，我把她也拉进来，两人一起干，夫唱妇随。我把要的资料不是画出来，就是从复印件上剪下来，并按章节与顺序编好号，把资料之间要串联起的词、句子和段落也编写好，让她分页、分章节收拾在一块，需要粘贴的就粘贴好。弄好一篇或几章，就打电话给河南的那个姓徐的小伙子，让他到我家拿去打印。有时也叫他过来，拿着所需要的资料去复印。

过了一段时间，他们俩一起来到我家。看见我们俩大汗淋漓，忙得不亦乐乎。于是，那个小老乡便对姓徐的说："这样吧，为了减轻他们俩的劳动负担，你去买一个复印机，一个打印机，一个扫描仪，再买一个空调，一起送到叔叔家里来。这样，他们可能方便些，同时进度也会加快。"

我一听他说要买空调，赶快对小徐说："空调就别买了。阿姨有风湿性关节炎，吹不了空调。其他的设备买回来会提高编写速度。请你尽快去买。"

他答应后，第二天就把所需要的设备买回来了。安装好后，我试了试还不错。这样一来，编写的速度提高了不少。原来少量需要复印的，我们要跑到外面去复印。现在不用再跑，在家就可以完成，省了许多事。我们俩经过一个多月加班加点的奋战，这本二百九十多万字的大部头书总算编完了。我们俩如释重负般松了一口气，把全部书稿都给他们去打印。

在全部书稿还没打印完之前，他们又和我商量着两件事：

第一是封面设计的事。

我说："既然是公证，讲究的就是一个'公'字，公平合理，不偏不倚，千万不要失衡。所以，从这点出发，我认为封面上用一座天秤表示比较好一些。"

他们俩也同意这种看法。在意见一致后，我们便一起找了一个做图书封面设计的公司。公司找来设计人员后问："你要设计什么图书？"

我们告诉他："一本公证方面的书。"

"噢，早一段时间有人来找过我们，也是讲要设计这方面的图书封面。”

我焦急地问：“他们做了吗？”

“没有。他们打了一个招呼后，就一直没来过，也不知是什么原因。”

“你知道他们是什么人吗？”

“听他们说，好像是江西的书商要做，具体情况我们也不知道。”

我听他们这么说，心里已经明白了几分。所以也就没多说，在心里暗暗庆幸。还好当时没有把写作提纲交给其他人，否则就会前功尽弃，说不定就白费工夫。于是，我便对这位设计人员说：“既然他还没来做封面设计，咱们就不用管他。我们一起来做好这本书的封面设计吧。”

于是，我们在一起商量起来。我又把前面三个人商量时讲过的话对设计人员也讲了一遍，并告诉他，我们三个人都同意封面设计上应该有一座天秤，以示“公允”之意。他也同意如此，最后他说：“行，封面图案有一座天秤。但天秤的位置如何与标题、封面颜色协调，以及其他需要在封面上表示出来的东西等，我做一个通盘考虑，拿出一个方案。你们看后满意了咱们再定下来。”

我们同意他的说法后，便离开了。过了两三天，他打电话约我们去看封面设计的图样。我们到公司后，他便把设计好的样式拿给我们看。我们几个看后，觉得总体还不错，但也挑了一些小毛病，让他修改一下。因为没有更大的改动，实际上是定下来了，成了书的最后封面。

第二是主编的署名问题。

他们对我说："这本书从头到尾是你带着阿姨两个人干的，主编自然是你，这点没问题。但我们从销售的角度考虑，为了使书销售得快些，我们想找一个在这方面有点名气的人也署上名，你看如何？"

我一听，心里就有些不高兴，说："这本书是我搞的，现在你们还要署上别人的名字，这样做合适吗？说不定你们要找署名的人也不一定愿意。"

他们一看我有些不高兴，除了忙着作解释外，同时还说：

"主要是为了发行销售方便些，你写出来的书，发行销售快，你也会高兴的。再说，我们做的图书销路好，对我们来说是一件大好事。所以，你就让一让，这主编第一个肯定是署你的名字，第二个署上一个在这方面有点名气的人。只署你们两个人的名字，再不署第三个人的名。"

我问他们："从哪儿去找这么个人？找到后，那人会白白地把名字署上来吗？"

他们一听我有些松口，赶忙说："这事你就不用担心，由我们来操作。"

三个人合作，他们俩坚持要这样搞，我也不便过于坚持己见，心想，随他们吧。听他们的口气，好像此事他们已胸有成竹，所以我就更不好讲什么。

过了几天，他们便对我说："署名的人已经敲定了。"

我问："是什么人？"

"司法部公证司一个处长。他过去也写过这方面的书籍。"

我又问："他同意吗？"

"同意呀。我们又不让他白署名，给了他一千元钱，名利双收，他能不同意吗。”

我心想，不动一笔一墨，名利就双收，那人又不是傻子，能不干吗？可是，事已至此，也只能这样。

这一切搞定后，他们又到某出版社买了书号。一切准备工作就绪，于是就等着印刷了。

在封面设计的同时，全部打印完毕的书稿，也就如期交付印刷厂印刷。我们首次印刷准备印三千册，每册分上下两本，定价二百四十九元。如果销售情况好的话，再增印。这次印刷共花费十几万元的前期投资。

当样书印刷出来后，原来管推销的小徐在网上找出了各地法院的电话和通信地址，接着与他们进行了电话沟通，推销图书。但大部分单位认为买不买这本书，要看到图书的样本后再说。另外，他们还询问了书的单价等问题。为此，小徐又一通忙碌，为各地法院寄去了样书，并告诉他们按批发价或更低价向他们发书。

各地收到样书后，很快有了回音，要求订书的还真不少。我记得光山东省就一次定了三百本，作为办班时的参考书籍。其他各省要求订购的书多少不一，多则一二百本，少则也有几十本。就这样，印刷的三千册图书很快就销售一空。他们又加印了一两千册。具体多少我不知道。因为，这时我已在为下一本图书忙碌。销售图书与收款的事都由他们俩负责。

我和爱人休息一个星期左右，又为下一本书的编写工作忙碌起来。我们俩只想到为三人合作做图书创造好的条件，多出些社会所需要的图书，对其他的事就很少考虑。

这次要做的图书是我已收集资料与研究了一年多的饮食养生

方面的专题。书名当时暂定为《饮食养生大全》，其内容分：食养、食补、食疗三大部分。因为前期我们有准备，所以编写起来也十分顺利。我们将编好的书稿送给他们去打印，我们接着干我们的事。

一天，他们俩来到我家，并将已打印好的第二本图书的一大堆书稿交给我，让我审稿与校对。与此同时，小刘掏出一万元钱交给我后说："现在图书销售已进入尾声，先付给你一万元稿费，你看怎么样？"

我问道："不是原先讲好是三个人合作做图书吗？怎么你们现在又改变主意了？"

他们回答说："合作的事就算了。经费是我们出的，推销也是我们干的。你编写，我们准备给你三万元稿费，合作的事以后就别提了。"

"你们也不能过河拆桥吧！再说，就是你们给我稿费，也应该提前和我商量一下，多少钱每千字。按国家规定的稿酬，应是每千字三十到一百元。就是按最低稿酬算，这本书二百多万字，你们也应该给我七万到八万元稿酬。现在，你们说只给我三万元稿酬，这两者也相差太远了吧。"

"颜叔叔，这事我们也考虑过。我们基于下面几点原因才决定给你三万元稿酬的：一是在我们书商里，有人在大学里做图书，做好一本书有拿三万元稿费的先例，并非我们俩想出来的。二是你们俩编写这本书才花了一个多月的时间，三万元的费用从现有的工资角度看也不低。三是你们的条件比我们要好很多，我们现在处在创业初期，钱对我们来讲是很重要的，我们需要经费。所以只好委屈你们，就算帮帮我们。"

“你们这么讲就不全面了。你到大学里找做图书的，那都是在读学生才如此，如果是老师接手绝不会是这样。这点我在欧阳那儿做图书时很了解，所以欧阳在做了一本图书后，再也不找他们了。原因是他们做出的图书太粗糙，错别字特别多，语句也有时不通，给后期的销售带来许多困难。他们的经验、写作水平、认真程度怎么能和我相比？这些你又不是不清楚。我们俩在做这本书之所以一个多月能完成，一是为了赢得时间，这点你在做书前就谈到了。二是我们加班加点地赶，在大学生里他们能如此玩命给你做图书吗？这点你也亲眼看到了，并说要给我们买空调，怎么现在就忘了？你说你们在创业初期经费困难，这点我理解。但你也应该好好与我商量，我能帮忙的会尽量帮。但你们现在这样处理问题，搞一言堂，突然袭击，不觉得十分欠妥吗？”

“对你来说是有些突然。但这事我们俩早已经商量过了，看法一致。所以，只能这样了。”

“既然你们认为这样可以，那好，我和你们合作也就到此为止。你们再想做图书就另请高明吧。”我有些生气地对他们说。

他们一听我要终止同他们的合作，立即说：“颜叔，咱们的合作还要进行下去，好歹也得把现在这本打印的书搞完呀。”

“你们这么不尊重我的劳动成果，我怎么和你们继续合作下去。再说，这个选题也不是你们选的，对你们来说也无所谓，你们没花费一分钱。像你们现在这个样子，说什么我都不会再和你们合作下去。你们走吧，另请高明去吧。”

他们一听我这么说，知道事已至此，再说也没用。他们又不想改变原来的想法，只好离开我家。

后来，他们又打来电话，好几次谈过和要过我编写的稿子。我没答应他们，都拒绝了。最后，当他们感到实在无法时，竟让一个打字员来说情。因为，这个打字员原来在欧阳家打字，我帮欧阳搞那套合同书时与她认识。她来时带了一些礼品。当闲聊后，她说："颜叔，这书已输入计算机里近一百万字了。如果你接着把后面编写好的给我们，输入计算机里去，估计很快就能搞完，把图书做出来。如果你现在停了，不觉得可惜吗？"

"没什么可惜的。"我回答说，"无非是浪费我一点精力。而且，我现在早停了，经济上也没什么损失。如果我再搞下去，像这次一样，得不偿失，何苦呢。"

"那我们已把近百万字的书稿输入计算机里，这打字费用你给我们吧。"

"打字费用你找他们去要。做公证那本书，不也是他们付给你们费用的吗？找他们要。"

"上一本是印出来销售了，所以他们给我们钱。这次还没搞完就终止了，而打印的稿件又都在你这儿，我看还是你给我们打印费吧。"

"这是不可能的。再说，是他们找你打印的，又不是我让你打印，自然这费用归他们付了。"

她听我口气讲得坚决，也就没有再讲什么。后来，我们又把话题聊到前面做的那套公证图书。她告诉我说："那套书听说销售不错。后来，他们又加印了一两千套，现在销售已接近尾声。听他们讲，大概赚了二三十万元吧。"

"你还和他们干吗？"

"他们让我们干，我们就干吧，反正我们在哪儿都是打字。"

"你为什么离开欧阳那儿呀？"

"他那儿太远，又比较偏僻，生活不方便。所以，小刘找我们合作，我们就来了。”

“他倒行呀，到处挖人。他们对你们今后怎么安排？”

“他们当然很想让你同他合作，把第二套图书做完。做完后，如果你不和他们做了，他们再想办法做。原来，他们认为你会和他们一起搞完第二套书。因为已经快搞二分之一了，估计你不会停的。”

“这种不尊重他人劳动成果又不守信用的人，怎么和他们接着做下去？这都是他们自找的。”

“如果你这套书不做了，他们可能要做一套有关档案方面的图书。”

“那我就不管他们了，随他们做什么图书去。”

后来，我们又聊了一会儿，她就走了。

过了一个月左右，小徐又跑到我家里来。这次来他倒不是要我原来没编写完的《饮食养生大全》的书稿，而是带来一个有关档案方面的写作提纲，让我帮他看看。我告诉他，现在忙，没有时间。但他仍然把写作提纲放在我那儿，并一再求我帮忙。

过几天，他又打电话问我看没看。我告诉他：一是没时间看，现在太忙。二是我在什么都不知道的情况下，又没看有关档案方面的资料，就是看也没用，也帮不上什么忙。

又过了近两个月的时间，小徐急忙跑到我家。我一看他那焦急的样子，忙问：“又怎么啦？”

“颜叔，这次你无论如何要帮帮我们，否则我们就要吃大亏了。”

“要我帮什么呀？”

“出版社的总编辑要在图书上署名，但要我们找一个高级职称证件，他们看后才能卖给我们书号，给我们出书，否则就什么也干不了。我们在北京又不认识什么人，更谈不上认识有高级职称的人了。我们知道你有高级职称的证件，所以，请你千万帮帮我们。”

“买书号出书要什么高级职称证件，你是不是又在骗我呀？”

“绝不敢骗你，这次是千真万确的。”

“如果这样，我还得好好考虑一下。”

“颜叔，你不要再拖了。他们在那儿等着我们，要不然，我也不会这么急急忙忙来找你。你帮帮我们吧。我们商量了一下，只要你肯帮我们，我们给你上次做的公证图书付五万元稿酬。”

“你们讲的话很难让我相信，五万元也与我应该得的稿酬相去甚远。”

“我知道。我们想创业，经费也相当紧张。如果你这次不帮我们，我们就要亏大本。请颜叔这次千万帮我们一把，渡过难关。”

“看在你们年轻又有创业的理想，我就不计前嫌，再帮你们一次。”

“太谢谢了。”

我和他从家里出来，到街道边招手上了出租车，直奔出版社。到出版社后，他带我到出版社责任编辑处，向他说了几句话。于是，这个编辑带我们来到复印机前，我把证件给他复印。复印完后，我对编辑讲：“这只能为他们出书用，你们绝不能拿着去干其他的事，更不能干违法的事。”

编辑一听我这么说，便忙说：“这点请你放心。我们只不过需要一个高级职称的证件作证明而已，绝无其他意思，更不会拿着证件去干违法的事。这事你就放一万个心好啦。”

我们离开出版社后，他带我去了他们的公司办公室。这个办公室是他们租的。说是公司办公室，实际上就是他们俩，只有两张办公桌、一部电话，房子也不大，室内十分简陋。

小刘见我来到办公室，马上迎了上来，忙说：“谢谢颜叔帮了我们一个大忙，要不然我们就没办法再进行下去了。”

“你们虽然做了一些对不起我的事，但你们有理想，想创业，我作为过来人能帮你们一把的话，我也会帮的。只希望你们以后能老老实实做人，踏踏实实干事就行，一步一个脚印去实现自己的梦想。”

也不知他们理解了我的意思没有。只听他们说：“我们一定记住你的教导，做好图书创业工作。”

后来，他们请我吃了一顿饭。

回到家后，我开始也感到十分窝囊。心想主编了一套公证的书，却得到了不“公证”的对待，使这种公证真正地失衡了，也是实实在在地对我主编这套书的一个有趣的讽刺。待冷静下来后，我就再也不去想那些烦心的事。一心埋头去写《世纪名女谍》，想尽快把它写完，找出版社出版。

事后，他们再也没提五万元稿酬的事，更不用说给钱。我心里也明白，他们为了出书，只不过是说说而已，我也用不着为此事太认真。

半年后，我听欧阳说：小刘做的第二本有关档案的图书，大概销售不十分理想。原因是他找大学生做的图书质量不高，所以给后期销售带来了很大的困难。后来，他们就退出了图书市场。我听后深深感到做什么事，都要踏踏实实，都要讲究诚信，任何偷奸耍滑，只顾自己，不管别人的人与事，到头来都没有什么好结果。

第十三章　难舍的作家梦

从什么时候开始，我做起了想当作家的梦，说实在话，直到现在我自己也很难说清楚准确时间。我想大概是一个慢慢渐进的过程吧。就像一个人在入睡做梦一样，由困乏到昏昏入睡，由昏昏入睡到进入甜蜜的梦乡，是一个逐步缓慢的过程，谈不上准确的做梦时间。无论是前期的困乏，昏昏入睡，还是甜蜜的梦乡，都是梦境的组成部分，只不过前期是准备而已。我想自己的作家梦也就是这么个过程。从前期的阅读到写作，从写作到出书，逐渐成为一个追梦人。这也完全符合事物的发展过程。

记得在上中学时，我如痴如醉地阅读文学书籍，常常被书中的故事情节所感染，被人物的命运所打动。同时，也对作家对情景的精细翔实再现，对人物的深刻准确刻画，对时空的精确把握和自由驰骋，对人物心灵活动的深刻细腻描写等，也是十分敬佩的。这种从少年就开始的长期潜移默化的作用，自然成了我早期就对作家向往的催化剂，使我在昏昏欲睡的情况下，向作家梦一步一步推进。

我清楚地记得在二十世纪六十年代初，有一件事使我对作家梦产生了巨大的冲动。一次，我在一本文学杂志上看到了冯德英老师的生平介绍，里面讲到他原来是一个空军战士，一位汽车驾驶员。他在创作《苦菜花》时，利用业余时间抓紧每分每秒钟，甚至是开车行进中的空隙时间，一点一滴地把自己的写作灵感、心血、情感全部投入其中，因而写出了《苦菜花》。再现了山东人民在中国共产党领导下，在反抗日本侵略者，保家卫国斗争中的不屈不挠、无所畏惧的革命精神。不仅如此，更加可贵的是他把辛辛苦苦得到的四万元稿酬，全部捐献给了家乡人民的水利事业。这一切都感染着我，一个正处在做梦黄金时期的年轻人。我十分敬佩和向往像冯德英老师那样的人，用自己的聪明才智为社会创造出巨大的精神财富，并以自己的劳动所得为家乡人民在发展生产、兴修水利上作出无私的贡献。

说实在话，我在刚满二十岁时产生文学冲动，克服重重困难，不顾战备值班的疲劳，抓紧每分每秒，利用一切空隙时间进行文学写作，就是在这种榜样的鼓舞下所产生的巨大作用。虽然我在第一次文学写作中受到了惨重的打击，但这只是暂时的，而追梦是长期的，也是人的精神寄托和生命活力不灭的所在。

二十世纪八十年代，当全国人民在党的十一届三中全会精神指引下，意气风发、斗志昂扬地进行社会主义改革之时，这种汹涌澎湃的时代变革潮流，也强烈地激励着、鼓舞着我。很自然地也想投入到这一时代潮流中去，成为时代的弄潮儿，用自己的聪明才智为社会，为时代增砖添瓦。正是在这种思想支配之下，我又做起了二十年前的作家梦。在总结以前经验教训的前提下，确定了写作纪实文学的路子。因而，为此奋斗着、拼搏着，终于写出了第一本《中国少数民族的婚俗》的小册子，对我国的几十个少数民族的婚俗进行了详细而系统的描写。虽然这部作品最终并没有正式出版，但它使我看到了在写作道路上的曙光，看到了光辉灿烂的前程。这无疑对鼓舞我的斗志，坚定地沿着这条路子走下去，产生了巨大的作用。

二十世纪九十年代，在时代潮流的推动下，在众多朋友、同事、好友的帮助和鼓励下，我经过自己艰苦的奋斗，终于写出了《无线谍报》《冷战时期的著名女谍》和《东西方情谍战》三部纪实文学作品。把我从六十年代初，二十岁就开始写书的梦想，经过三十余年的不懈努力，到快退休时，终于变成了现实。虽然时间长了些，付出的艰辛和心血很多，走过的路子很坎坷，但这一切还是值得的。付出了终于有所回报，这自然也是一件值得欣慰的事。

由于这三本纪实文学作品的出版，极大地鼓舞和激励着我想成为作家的梦想。二十世纪九十年代末，我在编写《公证》一书时，与合伙人小刘谈起此事时，他也想为我圆梦助一把力。原来，北京市当时的作家协会主席赵大年，就是他父亲的老熟人、老战友。当时，他很乐意把我介绍给这位北京作协主席的叔叔。经他介绍，我认识了这位前辈。正是从他那儿我知道要成为一个作家所必须走的程序和过程。

按照中国作家协会的章程，因为我原来在总参工作，退休后又在J出版社干过编辑。因而，如果我要申请成为作家协会的成员，只能向中国作协申请，即不能向北京市作协申请。

这位北京作协的主席在看了我写的三本作品后，对我说：“你若是能申请加入北京市作家协会，这些作品就能保证你顺利过关。”

我知道，他的讲话既有肯定的成分，又有鼓励的意思，并不能完全说明我的写作水平就达到了作为一个作家的高度与深度。退一步来讲，就是能达到，也只是符合地方作协的标准，并不等于完全符合中国作协的标准。

同时，我从他那儿还知道，如果要申请加入中国作协，还要有两个中国作协的成员做介绍人。于是，我便对他说：“要中国作协两个成员做介绍人，到目前为止，我除了认识您以外，再没第二个人了。”

他回答说：“这个好办，到时我再给你找一个做介绍人就行。”

“谢谢，真是麻烦您了。”

“另外，还要到单位开证明信。”

“行，我回去就开。同时，我想问一下，中国作协在哪儿呀？”

“在和平里。”他回答说。

我自己问完以后也感到好笑，连中国作协在哪儿都不知道，门都不知道朝什么方向开，就想加入作家协会，说起来不是好笑吗？

我已经退休多年，而最后工作的地方是J出版社。所以，我经过考虑后，决定到J出版社跑一趟，开个证明。

我抽时间去了J出版社，找到王社长。向他说明来意后，他就问我：“你不是总参的吗？怎么不到原单位去开证明呀？”

我回答说：“最后我不是在你们出版社干过一段编辑工作吗？无论是我原单位，还是你们出版社，都是国家直属单位。所以，谁开证明都一样。你们出版社是文化单位，比我原军队单位开出的证明也许更好些。”

“好吧，你想在我们出版社开证明，那我给你开。”

他说完后，给我开了证明。我接了证明收好，并说：“谢谢王社长！”

“不用客气，祝你心想事成。”

我拿着证明走出出版社，向中国作协走去。中国作协所在地也在和平里，离J出版社不远，我坐公共汽车很快就到了。当我走进办公室时，里面坐着几个工作人员。我向他们说明来意后，有人便指着一个三十来岁的女同志对我说：“具体情况你问她吧。”

我走到她跟前说：“我是来申请加入作家协会的。”

她问道：“你原来在什么单位工作？”

“我退休前在部队工作，属于总参谋部的。退休后在J出版社干过编辑工作。”

她接过证明，看了看说：“J出版社，我怎么不知道，没什么名气。”

“他们这个出版社出版保密杂志，又出版图书。而且，出版的图书也是专业对口，与保密方面有关。与其他专门的文学艺术出版单位有些不大一样，所以没有什么名气。另外，国家新闻出版署给他们的图书号也不多。”

“你为什么不到原单位开证明呀？”

“我退休后在他们那干过编辑，两个单位都是国家直属单位。比较起来，J出版社更靠谱些，所以就在他们那儿开了证明。”

她听我说后，也就没再问什么，便拿出一张申请表格对我说：“你拿回去，按照表格填写好后送过来。”

我接过表格问道：“下次来时，我除带表格外，还要带什么东西吗？”

“除填好的表格外，还要带着你所有出版的作品和申请费。”

“要多少元申请费？”

“不多，十元钱就够了。”

我拿着申请表格出来后，坐着公共汽车就回家了。

当我把表格填写好后，过了些日子，我又准备跑一趟。在出发前，我先打电话与赵大年老前辈联系，看他在不在家。当得知他在家后，我便带上出版的三本文学作品，坐公共汽车直奔他的住处。到他家，向他说明来意后便把表格递给了他。他拿着表格看了一会儿之后，便在介绍人一栏中签上了自己的姓名。之后，他对我说：“你在这儿稍等一下，我还要拿着你的表格找我的同事签名。”

我答应后，他便拿着表格出了门。因为，他们都是专职作家，所以大家都住在一起。不一会儿，他就拿着另一介绍人签好名的表格进来，把它递给了我，并对我说：“我们俩就是你的介绍人，你现在可以拿着它去作家协会了。”

介绍人除他外，他还找了一个姓赵的作家。我对他的大力支持再次表示感谢之后，便起身与他告辞，坐上公共汽车直奔和平里作家协会所在地。到达那儿后，我走进办公室，找到上次接待我的那个女同志。我向她说明来意后，便把填好的表格给了她。她看后说：“你申请纪实文学作家名额，竞争是很激烈的。现在已申请的人就不少，但所给名额又有限，你要有思想准备哟。”

我一听她的讲话，知道是在给我打预防针，让我不要抱太大希望。我回答说：“咱们国家有能耐的人多，这点我也知道。这次申请能评上自然很好，如果没评上，也没什么关系，以后再努力吧。”

“有这种思想准备就好。另外，你把已经出版的作品放在桌上。我再问一个问题，就是你的这些作品过去还在什么报纸杂志上发表过吗？”

“有少部分作品，曾在《北京晚报》《北京青年》《保密杂志》及其增刊等发表过。”

“行，到讨论时，这也可以作为评定读者范围，作品影响力的参考。”

她说完后，递给我一张申请费的收据。我给她十元钱后，便把收据收下了。之后，她对我说：“你的申请表我们收下了。但要等作家协会开会讨论后，才能作出定论，看你够不够条件成为中国作家协会会员。作协是一年开一次讨论会，名额不多，但申请的人不少，而真正能讨论通过的是极少数。尤其是你申请的纪实文学类作家，人数特别多。这点我要再次向你说明，你要做好两手准备。今年作协已经开完会了，你现在申请要等到明年才能讨论。你回家等着吧，到时我们会通知你讨论结果的。如果你评上了，明年还要来缴会费，每年十元。”

“好的，我在家等着你们的通知。我会做好思想准备的。”

“还有一个事我要问一下，你在计划要准备出的书目一栏中，写的《世纪名女谍》。这本书现在写的怎么样了？”

“已经完成了大部分，估计到明年上半年能全部写完。”

“如果这本作品出版了，无论你能评上作协成员还是评不上，都要把新作品送到我们这儿存档，也可以作为下一次重新评定的依据。”

“好的，我知道了。”

当我走出作协办公室坐车回家后，我的思想中多了些遇到困难的准备。是呀，在全国有多少人做着同一个甜蜜的梦想，而真正能圆梦的毕竟是少数。大多数人只能在梦中，有的可能被惊醒，有的可能一直沉浸在甜蜜的梦中。那么，我会属于哪一种呢？到目前还没有答案，只好耐心等待吧，等到明年有定论了再说。我想最好的心理准备和心态就是顺其自然。能评上是万幸，自然是好事。但如果评不上，也不见得是坏事。它也能激励我继续努力，更好地找出差距与不足之处，更进一步奋进。

我在家一边继续写着《世纪名女谍》，一边等着作协开会讨论的结果。当我把《世纪名女谍》全部写完后，作协仍然还没开会。于是，我又一边找出版社，一边等待。我再次找到J出版社，把书的主要内容、目录和有关章节送给他们审查。不久，他们就审查完毕，在把全部材料归还我时说："你所写的图书现在送来，已经过了我们作年度出版图书的计划时间。如果你在去年十一月以前送来，我们还可以考虑。现在要临时加书号很困难，机动书号不多，所以也不能给你申请临时书号。因此，我们今年不能给你出版。"

我听后心里也明白，是他们不想出版这本图书，我只好另想办法。有关这本图书最后的结果如何，我在本书的第十八章会专门详谈，此处就不再赘述。

年初就出师不利，按传统习俗自然认为不是好兆头。其实，对文学作品的出版，实际上很多情况下，不是作者所能控制的，除非你是有些名气的作家。像我这样还在做梦的作者，就不能有每写一本书必出版的奢望了。我好歹在出版社待过，这其中要出版或不出版，出版社是有很多理由的。有能说出来的理由，也有不便说明的理由。但无论何种理由，其最后结果只有一个，不出版。

正当我在为出版忙碌，替自己所写的图书找婆家时，作家协会寄来了通知书。我打开看后，又是一个坏消息，我没评上作家协会成员。我第一次申请作家协会成员，到此为止就告一段落，以失败而告终。这次没成功，对我这个梦中人是有一定的惊醒。但总感到那时我还没有彻底惊醒，似乎仍在半睡半醒的梦境中，做着没完没了的作家梦。

过了一段时间，我冷静地分析了一下自己当时的情况，做出两个决定。

一是继续找出版社，力争能尽快把我写完的《世纪名女谍》早日出版，并拿它去作协，为圆我的作家梦增砖添瓦，把梦想变为现实。

二是我要另辟蹊径，多出书。多出书才是我真正要追求的目的，而圆作家梦只是这一过程中的衍生品。只有多出书，才能为社会、为时代和广大读者提供更多更好的精神食粮。个人的作家梦与这个比较起来，应该是第二位的。要多出书，那么就不能只在写文学作品这一条路上走到黑。应该根据自己的特点，发挥好特长，多出广大群众所喜欢的书籍。

在当时哪些图书是广大群众所喜闻乐见的书呢？早在一九九八年我通过对图书市场的调查发现，有关养生，尤其是饮食养生方面的书籍，随着人们生活水平的提高，越来越受到人们的追捧。而且从那时开始，我就已经开始做准备，逐步在调整自己的写书方向。同时，写这种书更容易发挥我自己的特点和特长。若不是与写《公证》合作人的破裂，也许我写的第一本《饮食养生大全》早已问世了。因此，只要我沿着这条写作之路继续走下去，前途同样是光明的。

» 第十四章　补益阴阳气血

从一九九八年年初，我把写书的方向从写纪实文学作品逐渐调整到写饮食养生方面去。当时做这种调整主要基于下列原因。

第一，基于出版纪实性文学作品有难度，把握性小。我在出版三本纪实性文学作品的过程中，感到这类书的出版越来越难。我这次写出的《世纪名女谍》，迟迟找不到出版社出版，就是对我当初想法的一个佐证。我们干什么事，都要讲究效果、效率，尤其是在当今社会。那种不讲效果，不计成本的事是绝不能干下去的。

第二，基于对图书市场调查，我才找到新的写作方向。当我有调整写作方向的想法后，曾经到图书市场做过调查。调查的结果，使我发现养生越来越多地受到人们的关注，并已开始形成潮流。产生这一情况，主要有两方面的原因。

一是物质生活水平的提高。自改革开放以来，人们的物质生活水平不断提高，幸福感越来越强，已不再停留在解决温饱的层面、停留在胡吃海喝上面，而是向更高层次迈进。不仅要活得好，而且要活得有品位、有科学性，活得有质量、活得健康、活得出彩。而要解决这一根本问题的唯一出路，就是要讲究养生。养生在时下已逐步形成了风气。我深信无疑地认为，随着我国改革开放的深入发展，国家越来越兴盛与富强，人们的物质生活越来越丰富，人们生活水平的普遍提高，养生这一千古不变的有关健康长寿的理念，会受到当今社会更多普通老百姓的关注和追捧。所以，我应该抓住这个千载难逢的时机和大好机会，为人们的健康长寿，以及生活质量的提高，做些有益的事情。在事物刚刚兴起时，能适时地去做一些追逐潮流的事，顺应时势，自然成功的机会就会大一些，付出与成效才会成正比。人应该实际一些，应该更多地讲究现实，绝不能被那些暂时得不到而又有些虚无缥缈的东西所迷惑。

二是一个养生的群体正在逐步形成，并在不断地扩大。由于社会物质生活与医疗水平的提高，人们的寿命也随之延长。我国人口的平均寿命，由解放初期不到四十岁，至今已快要翻一番，平均寿命达到七十多岁。这样一来，退休人员聚集得越来越多，越来越庞大。而这部分人是养生的狂热追捧者，也是养生书籍热销的主要群体。他们有时间、有精力、有热情去追捧健康而又高质量的生活，去追求健康长寿，延长自己宝贵的生命。当然，他们健康、延寿也不全是为了自己。如果他们学会养生，使自己就能延年益寿，能活出高质量、高水平的晚年，活得出彩，幸福感就会越来越强，这是其一。其二，他们健康长寿也可以减轻儿女的心理负担与操劳，才能使他们更好地安家立命，安心工作，为国家、为社会、为时代作出更多更大的贡献。其三，他们健康长寿了，也可以减轻社会负担，少花医药费，为国家节省大量人力和社会资源，可使更多的资源和人力及经费，用于其他应该用的事业和人身上，更好地为社会服务。这对资源的科学分配，建立和谐社会也是大有益处的。为此，有人将养生的好处总结为：

“自己不受罪，儿女不受累，国家少花费。”像这种于国于家于自己有利的一举三得的好事，也广泛被社会所接受和大力提倡。既然有一大群接受科学养生的主体，那么精神财富的创造者们，为他们提供更多更好的科学书籍，也是其不可推卸的责任。自然，我自己能作为消费群体中的一员，同时还能作为提供科学养生制作者中的一员，也是十分值得庆幸的一件大好事。对这种好事，自然要尽心、尽职、尽责去做好。

另外，从本人的实际和爱好特长考虑。在物质生活条件还比较缺乏的改革开放前，我作为一个美食爱好者和追捧者，没有更多的钱去品尝各式各样的美食。但我有文化、有知识、有两只手。既然如此，为什么不能学厨艺，用自己的双手去烹调出自己所喜爱的美食呢？而我们一日三餐，大多数情况下又是在家中用餐。纵然是有钱人，也不可能天天下饭馆去品尝各式各样美食。如果能通过自己的双手和努力，每天都能端上一两道美食与家人慢慢品尝，这不比去餐馆品尝更有情趣、更有情调、更加其乐融融吗？尤其是家人、亲戚、朋友在把你亲手做出的美食一扫而光并赞扬时，你会感到在品尝美食的同时，更多地会收获到劳动成果给你带来的喜悦与欢乐。

基于上述的想法，在我爱人跟我随军有了幸福的小家庭以后，我在业余生活中的一项十分重要的爱好就是厨艺与美食。开始时，我买了不少有关厨艺的书籍，包括厨师教材，一遍一遍地看，一点一滴地学，反复试做，直到自己感到满意为止。如我在学做油炸凤爪中，就反复做了好几次，才做出了自己感到满意的滋味。其实学习厨艺，当然也不限于书本。因为，有许多美食在刚兴起时，在书上是找不到的。这时，就要随时随地留心，注意在发现和品尝美食时，还要有追根求源的精神去学习。如我在学习做炸羊肉串与羊肉片中，当时开始兴起这种美食，我与爱人发现后，便一起专门去尝试。在尝试过程中细心观察与了解它的制作技巧。我们知道了制作的基本技术后，于是回家备好材料进行反复试验。经过亲手操作后，便也做出了这种美食。并在以后的制作中举一反三，运用到制作其他肉类中去，同样也制作出类似的美味来，扩大了美食的范围。经过对厨艺的持续钻研，我的厨艺日益见长，自然我们在家也能经常品尝到美食。另外，我的亲戚与朋友到我家时，也能品尝到我制作的丰盛美味，并不断受到他们的赞扬。因此，我的厨艺在单位也小有名气，每当单位会餐时，自然也往往让我施展一下厨艺。

但是，当我要把写书的方向逐渐调整到饮食养生上时，我知道光有厨艺是不够的。另外，还要懂得中医中药方面的有关知识，并能将厨艺与中医中药的有关知识融会贯通起来。使人们在享受美食的同时，达到养生的目的。

为此，我又买了不少中医中药方面的书籍，在家空闲时反复阅读。经过一段比较长时间的钻研后，对有关中医中药饮食养生的基本原则、原理、方法，以及注意事项有一个比较好的了解与掌握。之后，便开始着手收集有关资料，准备写作饮食养生方面的书籍。

我主编出版完成了《公证实用大全》后，打算接着主编《饮食养生大全》。我和爱人做短暂休息调整后，便着手编写。我们俩一旦开始工作，就会全身心地投入进去，也像主编《公证实用大全》一样，加班加点地干，想尽快把这套书编写出来。只想为合作方做图书创造好的条件，多出些对社会有利的图书。因为前期准备工作做得充分和到位，因此，编写起来十分顺利，进度也很快。每当我们编好一些章节，便让小徐拿去打印。当编写快近一半，输入计算机里也近三分之一时，由于合伙人搞突然袭击，擅自终止合作做图书，又不尊重我们的劳动成果，所以后来这套书就再也没有继续进行下去，半途而废了。

在终止与小徐他们合作做图书后，我对所编写好的或将要编写的书稿进行了系统的研究，感到我本人继续编写这个大部头的《饮食养生大全》是没戏。主要有以下几个方面的原因：

一是资金问题。如果我自己要做这套书，前期投入资金要近二十万元。除稿费外，其他都得投入大量资金，如买书号、搞封面设计、装潢、出版印刷、寄样书等。这种投入，到最终能否收回，因我没实际操作过，心里没底，所以，不可能贸然投入如此大量的资金，去做一件没有把握的事。

二是对销售大部头书的路子不熟悉。当时这种二百多万字的大部头书，主要是由各书商来做，正规出版社出得并不多。推动书商做这种大部头书的主要原因：其一是他们靠自己的路子推销。推销的对象往往是各企事业机关、单位、团体，去迎合一部分人的“高雅”，为书柜中添加各类有气派的大部头图书。而这些企事业机关、单位、团体，往往是拿公款购买的。其二是书商出售的图书价格虽然定得很高，但真正出售时折扣打得很低。如我主编的《公证实用大全》，当时定价是495元一套。他们在向机关、单位、团体推销时，实际价格是2.5～3折，一套书只需125～150元钱，而一套书所有的成本不到50元。他们以这种价格卖出去，中间利润也很大。然而，从中获得更大利润的，还是那些购书的经手人。因为，他们与书商一起想出各种办法，通过各种途径，按原价到单位进行报销。因而，一大笔购书公款就落入他们的口袋。所以，书商们做出的高价图书，推销起来十分顺利。其三最主要的原因是我是一个共产党员，不能去干那种损公肥私的事。这种事落到我头上，要我亲手像那些不怀好意的书商那样，为了个人利益去啃公家的钱，而让那些中饱私囊的人从中得利，我从心底还是不想干的。因此，我考虑再三，最后放弃了做大部头《饮食养生大全》的打算，准备还是回到通过正规出版社出版、销售的路子上来。我只管编著，拿点稿费，其他由出版社去办。

这样一来，我就要重新改变写作路子，写出适合出版社出版的图书来。这种重新改变写作路子，自然要把写普及本放在唯一出路上。在改变写作路子中，我要考虑到写普及本时，能更好地利用我已经写出或将写出的成果，收集到的丰富资源和材料，把两者有机而协调地结合起来，写出更多更好的图书，为社会大众服务。于是，我便冒出写一套有关养生中有利于平衡阴阳的系列书籍的想法。

人们日常讲身体的好坏是以体质的好坏为依据的，体质对人来讲是十分重要的。那么什么叫体质呢？概括地讲，就是指人体禀赋于先天，受到后天多种因素影响，在其生长发育和衰老过程中，形成的形态上和心理功能上相对稳定的特征。这种特征往往决定着机体对某些致病因素的易感性和病史过程的倾向性。

人们在实践中还认识到，体质并非是固定不变的。外界环境和发育条件、生活条件的影响，都有可能使体质发生改变。因此，对于不良体质，可以通过有计划地改变周围环境、改善劳动、生活条件和饮食营养，以及加强锻炼等积极的养生措施，提高其对疾病的抵抗力，纠正其体质上的偏颇，从而达到防病延年益寿之目的。

通常人们的体质，大致分为阴、阳、气、血四大类型。在这四大类中，不良体质又可分为阴虚、阳虚、阳盛、气虚、气郁、血虚、血淤等类型。对于这些不良体质，人们必须予以纠正，才能使自己健康地过好每一天。

纠正不良体质的方法很多，但最大量、最经常、最有效和最重要的方法就是饮食调养，尤其是有针对性地辨症食补。

经过这番分析后，我知道要把前期写作《饮食养生大全》已取得的成果，很好地转化为现在要写的阴阳气血（精）上去。使人们通过补益调整阴阳气血（精），达到养生的目的，延年益寿，健康而开心地过好每一天。为此，我便决定写一套有关补益阴阳气血（精）的书。

这事决定后，我便对《饮食养生大全》的有关资料进行了重新梳理、分类和编写。我爱人在这段时间里通过自学也完全掌握了五笔字型输入的方法。这时，我设法通过关系从部队装备处搞到一台台式计算机。当计算机在家里安装调试完毕后，我们俩便又投入到编著系列养生书籍中。我们现在既有分工又有合作，各自在自己的岗位上奋斗着。我把编好的书稿交给她，她便抓紧时间把这些书稿输入到计算机中。经过四个多月的奋斗，终于完成了这套书籍的全部工作。它共分为四册，即《补精血类食谱》《补气类食谱》《补阴类食谱》和《补阳类食谱》，以供不同体质的人在强身健体中选用。

“补益食谱”系列丛书

这套丛书不仅是集我国传统强身健体食补之大成，充分体现中华传统饮食食补保健医学的科学性、系统性、针对性、实用性等诸多特征，而且将古今有关这方面的医学经典名著，进行了全面的收集和整理，并注入了现代营养学的临床医学和最新科研成果，使其内容丰富、通俗易懂、实用性强、易学易做。凡丛书中收藏的食谱、食方，均以容易置备、功效确实为标准。而对那些效果不确、或味道苦、或含有有害成分、或不易置备者，均未列入其中。

于是，我们便开始找出版社，准备出版这套系列养生书籍。正在这时，和我一起参军的一个姓单的同班同学从广州打来电话，约我到广西桂林去游玩。这之前，我爱人的姐姐也打电话让我们到佛山去过春节。我想，这次正好借机去游玩一圈，让自己和爱人也调剂一下写书时的紧张生活。这事还真不错，桂林山水甲天下。尽管我原来工作时曾经去那儿游玩过，但我爱人没去过，这次正好让她也去那儿游玩一下“甲天下”的美景。同时，我还带上了这套丛书的样稿和内容介绍，当然也带上了《世纪名女谍》的样稿与内容介绍。广州是十分讲究美食与养生的地方，在那儿出版养生的书籍，凭我在广州工作过十几年的经验，可能性是很大的。于是，我们俩如约来到桂林，同单同学的一家以及他的许多同事，在桂林、阳朔看了十分美丽的山水，游玩了漓江，还到了荔浦看了亚洲第一溶洞，品尝了荔浦的各种香芋做的美食。之后，他们一行便离开我们返回了广州，同时两家约好在广州再见。我和爱人乘着游兴，便去了北海游玩。

我们在北海尽兴地游玩了一圈后，又乘海轮到海口，沿东线一直游玩到三亚。在海南岛玩一圈后，又乘海轮到湛江尽兴游玩。之后，我们乘火车从湛江来到佛山她姐姐家里。

当我们安顿下来，在佛山休整了一两天后，便去广州。到广州一是游玩。二是拜访我原来在广州的老战友，自然也包括我的同班单同学。三是为我写好的图书找出版社，尽快让它们出版，发挥作用。我们在游玩了广州的名胜古迹和珠江夜景，拜访了老同事、老战友后，便准备去找出版社。

当单同学知道我要找出版社出版图书的事后，便对我说：“这事好办，我们有个老乡就在出版社，找他说说看行不行？”

我忙说：“这自然很好，还有什么行不行的问题。”

“那样的话，我和他约个时间，大家见个面如何？”

“行。”

“快临近过年了，我看要抓紧把这事定下来。我今天就给他打个电话，看明天有没有时间。如果有时间的话，咱们就在明天见个面，谈谈这事。”

“一切就由你安排。”

“好，你到晚上再听我的消息。”

这天晚上，单同学来到我的住处，一进门他就说：

“明天他有时间。根据你所写出的二类图书的需要，他还准备带两个编辑一起来谈这个事。”

“那实在太好了。你看这样行不行，我们找一个比较好的地方，边吃边谈怎么样？”

“那不用找，他们出版集团就有一个好地方。我们就到那儿去，你做东就行了。”

“那没问题。理应如此。”

“好，就这么说定了，我再和他敲定一下。”

“有劳你了。”

“咱们是老同学，用不着如此客气。不过，明天你可要为我买瓶好酒哟，我就这么点嗜好。”

“这你就放心好了。”

第二天，我们都如约来到广东出版集团的宾馆。我们的那个老乡姓谭，经济出版社的党委书记。他原来也是一个军人，从部队转业到地方后，在经济出版社工作。这次他带来一男一女两个编辑。他和我握手时介绍说：“这可是我们出版社两个专家，最好的编辑。等一会儿你们就具体事宜再进行详谈。”

“谢谢！”

当大家坐定后，我让客人们点菜，同时为单同学买来一瓶他指名要的酒，大家一边吃一边交谈。我先和那个男编辑介绍了一些有关《世纪名女谍》的情况。他听后说："我光听你介绍也很难做出准确判断。你看这样好不好，你先把内容介绍和样稿留在这儿。我尽快抽时间看，之后会给你一个准确答复。"

"行，我等候你的确切答复。"

我把样稿、内容介绍、目录，以及作者简介交给他之后，接着又向那个女编辑介绍补益系列这套书的情况。后来，她也收了我的样稿、内容介绍、目录，以及作者简介，让我等着她的答复。

这顿饭吃完后，虽然他们把我的书稿样品及有关材料收下了，但能否最终出版仍是一个未知数。在返回的路上，单同学问我情况如何时，我告诉他："现在还说不清能否出版，他们只是把有关材料收下了。最后能否出版，让我等着他们审查后的答复。"

于是，他提议说："如果这样，你看要不要打点一下？"

我问他："如何打点？"

"你将来把稿费的15%让给他们如何？"

"如果他们能把《世纪名女谍》出版了，这也无妨。但他们如果只想出版补益食谱系列书籍，那就没有这个必要了。因为我这套书在目前养生正风起云涌的情况下，找出版社出版不是大问题。"

"那我把你的意思给他们说说，看他们还有没有什么意见。"

我答应他后，不久便分手了。第二天，我打电话告诉单同学，当天回佛山，并和他告别。因为年关将近，他说事情较多，就不来送我了，并相约春节时再见。

我们返回佛山，在那儿和爱人的姐姐一家过了一个愉快的春节。这期间，我又和爱人去了趟广州，向我的老乡、老同学、老战友拜年。之后，我们又回到佛山。春节过后不久，我与爱人便乘飞机返回了北京。

这一大圈旅游，尽管这些地方我早已去过，但我爱人还没到这些地方游玩过，陪同她玩这一圈，她还算满意。游玩的收获不小，同时还把写好的书稿送到了出版社。尽管最后能否出版，目前还是未知数，但它好歹也算迈进了出版社的门槛。

不久，出版社打来电话，说补益食谱系列那套书，他们出版社可以出版，让我和他们签订合同，并速把全部书稿发给他们。但《世纪名女课》因为有保密的顾虑，怕掌握不好触犯保密条例，惹出麻烦，所以不准备出版。这《世纪名女课》在J出版社遇到书号问题，现在又遇到保密问题，将来要出版的话还会遇到什么问题？出版时间拖得越来越长，也许它会变成“剩女”也未可知。

当我和出版社签完合同后，便把这套补益食谱系列的书稿全部发给了他们。他们在收到书稿后，没有多久便出版了。但稿费他们要等出版图书销售一半后才能给。幸好这套书销售得还算较快，没多久，他们便把稿费寄给了我。我收到稿费后，便又筹划下一套书。我决定要抓住这一大好时机，把有关养生的书籍坚持做下去。

» 第十五章 养生菜汤粥

在补益食谱系列的出版合同签订后，我又筹划着如何把饮食养生的有关书籍继续写下去。接着写什么，是我急需要考虑的问题。鉴于我自己在广州生活十余年的情况，了解到广东人历来是最讲究养生的，尤其是饮食养生。在民间广泛流传着“吃在广州”的说法。广东人比起其他地方的人来，更加讲究吃，讲究养生。他们会不惜花几个小时甚至十几个小时煲出一锅好粥、好汤来。这种精益求精的饮食习惯，根植于广大群众的饮食养生之中。

由此，我想到写一本补益粥谱和补益汤谱，去推介粥与汤在养生中的作用。在进一步研究中我发现，粥与汤的养生作用确确实实值得一写。

“益五脏调养汤”丛书

就以粥为例，在我国，一提到已有三千多年历史的粥，几乎无人不知，无人不晓。因为，它是我国饮食文化中的一绝，并被古人称为“第一补人之物”。食粥既是我国人民传统而独特的饮食方法之一，也是日常生活中最普通的饮食之一。粥与人们的饮食息息相关，与人们的健康息息相关。

粥的主要原料和基本原料是富含淀粉的五谷杂粮，再加水，经慢火熬制而成。不仅营养丰富，而且香糯滑软、清淡可口，很容易被人体消化吸收，是一种价廉物美、十分理想而又方便的营养食品，深受我国人民的欢迎，并被广泛应用到日常的饮食养生中。

如果在粥中再添加一些具有补益作用的食物和药物，制成具有补养作用的粥——补粥，其营养和滋补的作用就更强了。用补粥进行治病或补身的方法叫粥补。粥补是药补和食补的结合，它能充分体现五谷杂粮和药物的协同作用，具有其他进补方法所无法比拟的优越性。

在我国几千年的饮食文化发展中，不仅有不少名流和名医喜欢使用滋补药粥来进行养生益寿，并收到了十分明显的效果，而且在我国民间，人们也有食药粥以补养身体的习惯，并为此而开设了专门的粥店。这种现象在我国南方诸省，尤其是广东更为突出。在那儿滋补药粥不仅风味独特，而且名目繁多。人们把它作为生活的必需品，每天早晨起床后的第一件事就是与一家老小或亲朋好友去吃早茶。早茶的主要食品之一，就是根据个人具体情况、爱好和季节的变化，选择补粥作为日常膳食。人们常说的“吃在广州”，其中在广州食各种药粥就是其重要和突出的方面之一。

在我国人们使用滋补药粥进行疗疾进补是有其理论依据的，

它是我国传统中医学的组成部分。中医经典著作《黄帝内经》中的“药以祛之，食以随之”“谷肉果菜，食养尽之”的精辟论述，就是其理论基础。

滋补药粥之所以受到人们的青睐，究其原因，大致是由其独具的特点和作用所决定的。

其一是滋补药粥从本质上讲，它是食补和药补的结合，能收到谷物和药物的双重效应，其补养之力更大、更明显。

其二是滋补药粥制作简易，便于服用，价廉物美，易消化，吸收快，宜久服而又没有不良反应。并可根据个人体质、病情、季节和区域环境有选择性、有针对性地灵活加减药物以进补。这样不但能达到保健强身的目的，还可以收到防病治病的效果。

其三是滋补药粥的养生益寿作用十分明显。如中老年人在日常的一日三餐之中，能合理地选吃一些滋补药粥，这对增强中老年人的体质，提高抗病能力是有很大帮助的。人们常说的“老人吃粥，多寿多福”就是对其最好的总结。

补益汤在养生中的重要性，也是由其独具的特点和作用所决定的。

为了使我国这种古老而独特的养生方法发扬光大，从而更好地为人们服务，我们在后来的资料收集和研究中，进行了大量的工作，共收集补益粥方749个，补益汤方730个。如将其编辑成书，这是迄今为止内容最全面、实用的补益粥谱和补益汤谱的书籍。

之后，我和我爱人将所有的资料按照一定的思路进行分类，并按统一格式进行编著。当完稿后，全部输入计算机内。后又反复作了修改，直到满意为止。

我们不仅将收集到的749个补益粥方和730个补益汤方一并收入书中，同时还介绍了滋补药粥和汤补的相关知识。如粥、补粥及粥补的含义，历代名医名人推崇粥补，补粥的特点与作用，补粥的制作方法等。又如：汤、补汤及汤补的含义，饮汤简史与文化内涵，汤的基本特点，补汤制作要求，汤料分类，汤菜的制作方法及要领等相关知识。同时，以五脏为中心，重点介绍了不同滋补药粥和补汤，对人们脏腑器官的补养性质和作用。所列补粥方和补汤方以滋补健身、防病疗疾、口感较佳、制作方便、功效突出为原则。对具体补粥方和补汤方的原料、制作、食法、功用、注意事项等一一作了详细介绍。这样，读者可根据自己的体质和需要，有效地指导强身健体，寓养生、疗疾于粥补和汤补之中，达到亦食亦养、亦养亦治的目的，从而使自己得以实实在在地感受到生活的乐趣。

最后我们还提醒读者阅读时注意，所列粥方、汤方如对多种脏腑器官有作用，凡书前面篇章已作介绍者，后面不再重复。另，粥方、汤方中凡涉及保护动、植物，均为人工饲养者代之，如无人工饲养者，本书概不收入。

书稿编著完成后，我们立即打出内容介绍、目录与样稿，准备去找出版社出版。

当时离我们住地比较近的地方，有个人民卫生出版社。而我们编著的《补益粥谱》与《补益汤谱》正好与他们的出版专业对口。于是，我拿着内容介绍、目录与样稿前往人民卫生出版社。在向人民卫生出版社的门卫说明来意，并问清总编室的楼层与房间号后，我进门就直奔总编室。到达总编室时，总编正在看文件。他见我进来点头打了个招呼，并叫我在他对面坐下。我坐定后，简单扼要地作了自我介绍，并向他说明来意，他仔细地听着。随后，我将准备好的内容介绍、目录和样稿递交给了他。他仔细地看了看内容介绍和目录，并翻了一下样稿。之后，他拿起内部电话拨通后，对对方说：

“我这儿有个作者写了《补益粥谱》与《补益汤谱》，我大致看了一下内容介绍和目录，感觉还行。你再仔细看看，看符不符合出版要求。”

当对方答应后，他告诉我：“你去三楼306室，找匡编辑，让他看后给你一个明确意见。”

于是，我告别总编辑，拿着内容介绍、目录和样稿，来到306室找到匡编辑。进门后，匡编辑让我坐下，并递过一杯开水。我又把向总编说的话，再向他重复一遍，并将材料递给了他。他听说我是离他们不远的一号院的，就和我随便聊了一会儿后说：“他先喝茶，稍等一下，我看看你的材料。”

他把所有的材料仔细地看了一遍，又坐在那稍微思考了片刻之后，对我说：“你这个选题还不错，既符合当前大众养生的社会潮流，又与我们出版社出版专业对口。但为了使它成为一本优秀出版物，我向你提点建议，一是你最好搞个系列，目前两本就不好称系列了，起码得三本以上。二是你现在只有文字书稿，像这类作品，如果再加一些图片就会更好些。所以，我建议你适当地拍一些实物照片，作为扉页和插图，点缀一下，好将图书做成图文并茂的精品。”

我回答说：“搞系列倒是可以。与粥、汤搞系列靠谱的就是菜，其他的好像远点，有些搭不上界。”

“那你看能不能搞个补益菜谱之类的。”

“这个问题不大。原来我只写粥与汤，主要是对今后销售上考虑多些，所以就没有写菜谱。”

“销售当然要考虑，那是我们出版社首先要考虑的事。但配套搞好了，同样对销售也是十分有利的。”

“行，那我就再写一本《补益菜谱》吧。另外，关于图片问题，少量的我可以搞。但多了，量大的话，我可能有困难。”

“用不着太多，搞些扉页，搞点插图，点缀一下，图文并茂。”

“好吧，到时我拍些。”

“这事不急，印刷前你能送来就行。但《补益菜谱》你得抓紧些。”

“这事我知道。为了不耽误时间，你看这样行不行。我把写好的《补益粥谱》与《补益汤谱》交给你们审查。我自己抓紧时间写《补益菜谱》，两边同时进行。等你们审查差不多了，估计我那儿也能写完。”

“如果那样自然更好，两不误。”

“明天我把所有的书稿，通过电子邮件发过来，让你们审查。”

“行，就这样定下来吧。”

当双方谈好后，我便同他握手告别，他送我到电梯口。我回家第二天，便让儿子通过电子邮件将《补益粥谱》和《补益汤谱》发到了出版社匡编辑的电子邮箱。接着，我与爱人筹划着写《补益菜谱》。我们详细地翻阅了所有收集到的资料。不翻不知道，一翻吓一跳。补益菜谱资料极其丰富，确实值得一写。

所谓滋补菜肴就是运用具有滋补作用的食物，配合相应的药物制成的各种美味菜肴，用来保健强身、防治疾病。它既是适口爽心的美食，又是延年益寿的良药。它在防病治病，滋补强身，抗老延年等方面具有独到之处，是我国传统医药知识与烹调经验相结合的产物，“寓医于食”，使“药借食味，食助药性”。因此，滋补菜肴既不同于一般的中药方剂，又有别于普通的菜肴，而是将丰富的烹饪技术、营养卫生、食疗保健等融为一体的特殊菜肴。使食用者既可以感受到“饮食文化”的博大精深，又可以在轻松愉快的享用中达到治疗与保健的效果。

在很长的历史时期，我国中医学认为“药食同源”，对“药”和“食”并没有严格的区别。随着社会的发展，人们认识的提高，我们的先祖才把性味平和而无毒，能够适口充饥的作为食物。而性味有偏或有毒，能够治疗疾病的作为药物。滋补菜肴也就因此应运而生。记载滋补菜肴类方剂最早是在《黄帝内经》中，其13首方剂，其中乌贼骨丸，用乌贼、茜草、鲍鱼、麻雀蛋制成，实为滋补菜肴。医圣孙思邈在所著《千金要方》中提出先食治、后药治的治疗原则，把滋补菜肴推到一个新的历史阶段。因为滋补菜肴中的食物大多性味平和，与人之脏腑相宜，不良反应小，能悦神志，滋气血，却老养生，也能疗疾。宋代大型方书《圣济总录》，在食治门中记载药膳方剂285个，其中不少属于滋补菜肴类方剂。元代御医忽思慧所著《饮膳正要》，保存了大量的滋补菜肴。随后的李时珍在《本草纲目》中总结了明代以前本草学的成就，记录的滋补菜肴方剂更为丰富。在我国历史发展长河中，类似这类情况的，不胜枚举。

我国滋补菜肴在漫长的历史发展过程中逐渐形成了不同的流派，主要有：皇帝与宫廷滋补菜肴、官府与贵族滋补菜肴、平民百姓滋补菜肴、各民族滋补菜肴、各地区滋补菜肴、风味特色滋补菜肴和宗教滋补菜肴等。各流派的形成和发展，与我国的地域、气候、民族习惯、宗教信仰、经济基础、物产条件、历史文化和政治等有着密切的关系，这些因素是形成滋补菜肴各种流派的直接原因。

滋补菜肴是中国菜的重要组成部分，因此，中国菜的所有特征也体现在滋补菜肴中。中国菜的特征是色、香、味、形、器具佳和品种繁多，风味独特，有着鲜明的民族特点。我国的菜肴丰富多彩，驰名世界。烹饪技术变化多端，运用灵活，它集中表现在选料讲究、刀工精细、配料巧妙、方法多样、滋味丰富、品种繁多、精于火候、讲究器皿等几个方面。这些特征也都一一体现在滋补菜肴中。

滋补菜肴的烹调、制作是以通常的烹饪技术为基础，融中医理论、营养知识、中药炮制技术于一体的烹饪方法。其中，滋补凉菜的制作计有炝、拌、腌、卤、冻、酥、酱、卷、腊、挂霜、灌等。滋补热菜的制作计有炒、爆、炸、烹、溜、煎、贴、扒、焖、烧、炖、蒸、酿等几十种。滋补药物的炮制和提取方法，其中炮制计有烤制、水制、火制、水火共制；药物的提取计有煎煮法、蒸馏法等。

选食滋补菜肴应注意协调人体内部、人体与自然环境间的相互关系，保持、稳定人体内外环境的统一性。这是选食滋补菜肴的最基本、最重要、最关键的原则。为此，在选食滋补菜肴时，应努力做到：调理阴阳、协调脏腑、适应气候、照顾地域、因人制宜、讲究药性、掌握宜忌。根据不同需要、不同药性合理食用，这样才能收到理想的效果。

于是，我和我爱人俩按照写作《补益粥谱》和《补益汤谱》的思路进行分类，统一格式，抓紧时间写作。我们在写作中，不仅将收集到的569个补益菜方收入其中，而且对补益菜谱的相关内容也一一作了介绍，如滋补菜肴的形成，滋补菜肴的特征，烹调与合理营养，调味，滋补菜肴的制作等。

当全书编著完毕后，我们按习惯又对其进行了进一步的加工，直到自己再找不出问题为止。

一切工作结束后，我们便将书稿发往人民卫生出版社匡编辑的电子邮箱。之后，我又打电话告诉匡编辑《补益菜谱》的书稿已发到他的电子邮箱。他回答后并告诉我，等他看完就会打电话给我。

过了几天，匡编辑打来电话约我去他的办公室。于是，我专门去了一趟，在他的办公室他告诉我："书稿我全部看完了，觉得不错，所以准备出版一个系列书籍。这个系列的名称就叫《现代饮食养生系列》，你看还有什么意见？"

我回答说："没什么意见，这样定的系列名称挺好的。"

"如果没意见，我们就这么定了。以后的事，我要交给下面的责任编辑，我的工作到此就算结束了。不过，希望尽快把这几本书的照片拍出来，以便出版时使用。"

"我回去后会根据三本书的内容尽快抓紧时间拍出有关照片，绝不会因为这事而影响出书进度。"

接着我问他："社里确定责任编辑了吗？"

他回答说："我还没将材料移交出版社，所以要等几天，到时会通知你的。"

当一切谈完后，我便与他告别，返回家里，等着出版社的通知。

过了一两天，匡编辑打电话叫我去出版社。我到出版社后，他对我说：“责任编辑已确定了，一个女编辑，姓樊。我带你去见她。”于是，我跟着他走进了编辑部。他带我走到一个中年妇女的身边停下来说：“樊编辑，我把作者给你带来了，具体问题你们俩当面谈。”樊编辑站起来同我握了握手，并对匡编辑说：“行，我和作者就有关问题谈谈。”匡编辑走后，樊编辑便对我说：“你跟我来，我们找个地方详细谈谈出书的问题。”

于是，我跟着她走出编辑部。她领我在会议室坐下后说：“你的书稿匡编辑已经转交给我了，由我来担任这套书的责任编辑。因为他是最近一两天才交给我，我还没来得及看。我要忙完手头的工作后才能审查你的稿件。所以，今天我们还不能签出书合同，等我看完之后才能签合同。”

我回答说：“你先忙，忙完告一段落后，咱们再谈。反正我离你们这里不远，很方便。”

“那好。不过匡编辑给你讲的拍照片一事，请你抓紧落实，千万别耽误了出书的进度。”

“这点你放心，我回去后就会抓紧时间去拍，绝不会因为这事而拖出书的后腿。”

后来，我们又谈了一些与写书有关的事后，我便告辞离开出版社，回家了。

回到家里我对爱人说了要拍照片的事。干这事首先要找出书中补益方，再按补益方的要求选准买好材料，并按制作方法进行制作。制作好后要找一个精致的器皿装好，放在光线好的地方进行拍照。过去我们没做过为出书插图而要拍照的事。因而，拍照后对所拍的照片是否合适心中没数。儿子听说后，他说这事好办。我们问他如何解决，他告诉我们说："一是买一个像素较高的数码相机。这种照相机拍出来的照片一般清晰度高，容易达到出版要求。二是我让我的朋友王江给你们指导一下，他虽然不是专业摄影人员，但他是摄影爱好者，拍过不少图片。你们跟他学，然后让他给你们做个示范。这样你们学会后，如果今后遇到类似的事，也好提前做好准备，配合出书要求，拍好插图。"

我们一听，自然很高兴。没过几天，儿子真的从朋友那儿买了一个两万多元的索尼牌数码相机，并让他的朋友对我们进行辅导。之后，他又拍了几张照片作为样板，让我们看。我们在他的辅导下，通过反复摸索与实践，终于能拍出符合图书插图要求的照片来了。

在以后的日子里，我们从三本书的补益方中，挑选出20个补益方，分别做成粥、汤、菜，然后拍成照片。当一切拍完后，加上王江前面示范拍的四张照片，一共24张，让儿子通过电子邮箱一起发往樊编辑的电子邮箱。樊编辑收到后，对所拍摄的照片表示满意。

由于我们行动迅速，时间抓得紧，因此在签合同前就把我们要做的工作做完了。过了一段时间，樊编辑将所有的书稿看完后，她打电话让我去出版社签合同。合同有效期为十年，十年内出版社对作品有专属权，而我不能向第三方转让，稿费是每千字40元，给我样书15套。我看了合同后在上面签了字，她签字后我就拿着合同回家了。

我感到人民卫生出版社在我出书过程中的效率还是较高的。二〇〇四年四月中旬，我和他们签订合同，一个半月后，他们在五月下旬把书印刷出版了，并投入市场。这是我过去出书中从没遇到过的高效率。而且图书的印刷、装帧也是上乘，这让我十分佩服。为了图书的出版和对他们高效率的感谢，我在图书出版后，在住地旁边的宾馆里专门请匡编辑、樊编辑和编辑部的主任吃了一顿便饭，以表示谢意。

第一次印刷出版大概是各一万册。图书销售很快，尤其是《补益粥谱》和《补益汤谱》。为此，他们又分别加印了《补益粥谱》两千册和《补益汤谱》三千册。加印的稿费很低，共计五百元左右。当时我有些搞不清，去问他们。他们向我解释后，我也没说什么，但他们有些不高兴，这是我原来没想到的。

» 第十六章　调养五脏汤

从现代饮食养生系列的出版和加印中，使我坚信汤和粥在养生中的作用，也明白了中老年人在养生中喜欢什么，追捧什么。这就为我继续下面的写作指明了方向。我知道沿着这条路继续写下去是不会错的。如当我们谈到汤在养生中的作用时，我们都知道，汤在我们的日常生活中是太熟悉不过的了，它是我们一日三餐中常见而又必不可缺的食品。汤在饮食中的重要性，从许多吃遍了山珍海味的美食家和老厨师，坚持“宁可食无菜，不可食无汤”的信条中，就得到最好的证明。

确实如此，在我们的现实生活中，无论是一桌丰盛的宴席，还是一餐最普通、最平常的家庭便饭中，如果没有汤，即使美酒佳肴十分丰富，也会感到黯然失色。同时，我们环顾国内外餐饮习俗，小到个人，大到一个地区，一个国家，都有自己喜爱喝的汤。如我们敬爱的周总理就十分喜欢喝家乡的干菜汤，每当南行时，只要有机会，都要喝上一碗干菜汤。又如东北的酸菜白肉粉汤、山东的醋椒汤、广东的蛇羹、安徽的罐汤、四川的麻辣汤等，又无不具有浓厚的地方特色。还如日本的米索汤、法国的洋葱汤、意大利的鸡丝汁菜汤、德国的酒糟鱼汤、英国的咖喱肉汤等，都反映出各国喝汤的习俗和爱好。

那么，全世界不同国家，不同地区，不同的人们为什么对汤如此地厚爱呢？究其原因，是由于汤具有以下特点和作用。

一、汤是鲜之源，鲜是它的主要特点。据考察，“鲜”字的产生是与汤有关。至今，我们从“鲜”字上，仍可看到汤在古文化里所留下的痕迹。根据我国象形文字的发展和演变，我们不难发现，“鲜”是“鱼”和“羊”之合。同时，我们还可以从漫长的烹调发展中得知，在过去很长的时期内，尤其在味精产生之前，我国的烹调十分讲究制汤调味。而烹饪中的主要鲜味是来源于汤。由此可知，汤是鲜之源，鲜是汤的主要特点是千真万确的。

二、汤能引起食欲，刺激胃液的分泌，促进消化和吸收。汤的鲜味，对于人口中千百万味蕾有着极强的诱惑性。它不仅能润滑口腔和肠胃，还能刺激胃液的分泌，从而引起较强烈的食欲，有助于肠胃的消化，并可使汤中的营养成分为人体所吸收。近年来的科学证明，最好是饭前、饭后都喝些汤。但十分遗憾的是，在我国由于受到传统饮食习惯的影响，大部分地区只有在饭后喝汤的习俗。目前，在南方少数地区，尤其是广东省才有饭前饭后喝汤的好习惯。

三、汤是人类“廉价的健康保险”。汤更主要的是具有食养、食补、食疗的作用。实践和科学证明，经常合理地喝汤，有益于身心健康和延年益寿。我国有句俗话：“饭后喝碗汤，老了不受伤。”说的就是这个道理。用汤进行食养、食补、食疗不仅在我国被长期广泛应用，就是在全世界也广为流传。如朝鲜人爱喝蛇羹汤，他们认为经常喝这种汤能起到延年益寿的作用。近年的科学研究也证明了汤的这一作用，如美国宾夕法尼亚大学的研究人员经研究证明：人们每天喝一点汤，所摄取的热量能比其他更有营养的食物多50卡，且能减肥益寿。

既然汤有如此诸多好处，在我国当前生活水平日益提高的情况下，人们特别关注和重视汤对强身健体、延年益寿的作用也是顺理成章的事。

由上可知，汤是饮食的重要组成部分，对保持生命，维护健康，增强体质，延缓衰老具有十分重要的作用。因此，我在写作养生书籍中，应继续沿着这条路走下去。但继续写下去的前提是：再也不能像写现代饮食养生系列那样，去写《补益粥谱》和《补益汤谱》了。应该把汤和粥在养生中的作用与重要性写得更深更细，找准切合点。那么，在养生中什么与汤和粥结合得很好，使其能发挥事半功倍的作用呢？我在进一步研究中发现，要做到这点那就要把汤和粥与五脏很好地结合起来。

健康长寿、永葆青春是人们梦寐以求的美好愿望。要实现这一愿望，就应善待人体中最重要的器官心、肝、肺、脾、肾五脏，以及六腑。因为人体是以五脏六腑为核心的统一整体。人体结构的构成和更新，以及人体的各种功能活动，都是以脏腑的功能活动为基础的，尤其是心、肝、脾、肺、肾五脏起着关键的作用。胃、小肠、大肠、胆、膀胱、三焦六腑则起着转化水谷和代谢废物的作用。它们分别与五脏相结合，共同完成人体的新陈代谢和其他基本生命活动。在五脏六腑的共同作用下，人才能完成从自然界摄取营养，构成自身，以及完成各种功能活动，成为一个富有生机和充满智慧的人。由此可见脏腑的重要性。所以，对人来说，脏腑的保养是人体养生的基础和核心，各方面的保养都要以保养脏腑为根本。只有这样，人的养生才能发挥最佳效果和达到预期目的。

中国传统医学认为，引起疾病和衰老的原因既有先天的，又有后天的，尤以后天因素的影响为大。而养生的目的就是通过后天的调理和保养来保持健康，防治疾病，以尽天年。养生的首要任务就是要从生活的各个方面，避免对五脏功能的损害，保持五脏功能的正常与协调。因而在人的一生中，保持生命的核心是五脏。五脏坚固，功能强健，生命才能得以保持健康，也才能接近天年。《灵枢·天年》指出“五脏坚固……故能长久”。意即如果五脏坚强，人就能长寿。《灵枢·本藏》又曰：“五脏皆坚者，无病。”意即如果五脏都坚强，抵抗力就强，使人不发生疾病。《灵枢·平人绝谷》又曰：“五脏安定，血气和利，精神乃居。”意即如果五脏正常，就能使人的血气和精神活动都保持正常。也就是说，五脏的坚固，是人体维持健康的决定因素。

中医学又认为，人体各器官组织是以五脏为中心，联系成一个整体，相互作用，相互影响的。例如，心与小肠相表里，主血脉，其华在面，开窍于舌；肺与大肠相表里，外合皮毛，开窍于鼻；脾与胃相表里，主肌肉、四肢，其华在唇，开窍于口；肝与胆相表里，主筋，其华在爪，开窍于目；肾与膀胱相表里，主骨生髓，充脑，其华在发，开窍于耳及前后二阴。因此，如果五脏坚强，则人体的脏腑、组织、器官均能正常地进行生理活动，人就能保持健康，延长寿命。

同时，中医学还认为，五脏又是人体适应环境，从自然界获得营养，长养自身，吐故纳新，抵御侵袭与伤害的主使。在五脏功能的主导下，眼、耳、鼻、舌、身才能感受到环境的变化，躲避伤害，获取食物；胃、肠、膀胱、三焦才能发挥消化吸收、转化水谷和排泄废物的功能；气、血、津液才能布达周身，营养组织器官；筋、脉、肉、皮、骨才能得到滋养而强健有力；皮、面、唇、爪、发才能得到润泽而呈现五华；神、魂、魄、意、志才能得以舍藏而五神俱备；喜、怒、忧、思、恐才能有所应而表现为五志。

在五脏之中关乎寿命者尤其是肾。肾是禀受先天，连接后天的枢纽。人赖以产生而从天地父母所禀受的先天之精储存于肾，后天从自然界吸收并加以萃取的精华，又称后天之精也归于肾。肾精不断得到后天的滋养和充实，而使生命得以生长、强壮和延续。肾精富含着旺盛的生命力，既推动着自身的各种功能活动，又是产生新的生命的物质基础。所以称肾脏是元阴、元阳之府。

对生命活动具有重要影响，居于其次的是脾胃。脾胃主收纳、消化、运化水谷。人从自然界获得各种食物，经胃的消化和吸收，脾的运化，化生气血津液，为五脏六腑、筋骨皮肉等提供营养源泉。所以，如果脾胃功能衰弱，就不能从自然界摄取充足的营养，气血化生无源，人体脏腑筋脉都会缺乏营养，各种功能活动必将受到影响，肾精也得不到充养必然影响人的寿命。《黄帝内经》说："谷不入半日则气衰，一日则气少矣"，"人以水谷为本，故人绝水谷则死"。所以说，肾为先天之本，脾为后天之本，后天养先天。

再次为心、肝、肺三脏。中国传统医学认为，在人的一切生命活动中，心为君主之官。因为心为精神活动的中心，而神是生命活动的主宰，神可调动全身脏腑气血和一切气官共同完成各种生命活动；同时，心又主血脉，气血的循环不已是心脏鼓动的结果，只有心脏功能强壮、正常，气血才能得以不断循环全身，五脏六腑才能获得营养，才能完成各自的功能。

肝主疏泄，调畅气机，是保持气血运行有序、脏腑功能协调一致的器官，它使机体的各种活动保持平衡和富有生机。肝脏疏泄失职则气机不畅、气血逆乱瘀滞、水道不通、脏腑不和，机体的功能活动难以协调一致，必然发生疾病；另一方面，肝主藏血，对妇女的生殖功能有重要影响。脾胃化生之血，在心脏的主导下运行全身，以适应机体功能活动的需要。而所余的部分就要储存于肝，以备机体所需。正如《黄帝内经》所说“肝藏血，心行之，人动则血运行于诸经，人静则血归于肝脏，肝主血海故也”。正是由于肝的藏血和疏泄功能，对妇女生殖系统周期性的活动有着重要意义，是经、带、胎、产的基础。所以，又有“肝为女子之先天”的说法。

肺主气，司呼吸。人体之气靠肺的呼吸运动而宣发、肃降，并促进五脏六腑气机升降，敷布津液于周身。肺具有吸入自然界的清气，呼出人体产生的浊气的功能。由于气可导引和鼓动血的运行，调气可以促进气血运行。所以，通过有意识地导引气血，可以达到自我保养的目的。

由上可知，在人的一生中，保持生命的核心是五脏，五脏的坚固是人体维持健康的决定因素。同时，五脏也是人体适应环境，从自然界获得营养，长养自身，吐故纳新，抵御侵袭与伤害的主使。而饮食养生的首要任务，就是要从饮食的各个方面避免对五脏的损害，保持五脏功能的正常与协调，使饮食科学化，以增强现代人的体质，延缓衰老。而汤又是饮食的重要组成部分，对五脏功能的保养，维护健康，增强体质，延缓衰老具有十分重要的作用。

除传统所说的心、肝、肺、肾、脾胃称为五脏外，我在研究中还进一步知道，脑也属于脏器范围之内。脑为神明之心，元神之脏。

中医学认为，在人的一切生命活动中，心为“君主之官”，主神志，又主血脉，是机体功能活动的主宰，为五脏之主，是精神活动的中心。心主神志，即具有主管人的精神、意志、思维和情志活动，以及由这些活动所反映的聪明、智慧、语言等作用。它是精神、意识、思维、情志活动的中心，在人体内处于最高的主导地位，调节着一切生理活动。可见，祖国医学所指的这种心——神明之心，实指人体内大脑的主要功能。

现代中医理论研究结果确认：脑为元神之脏。由此可知，脑也是属于脏器范畴。

现代医学认为，大脑是人体的最高司令部，它统率和控制着身体各系统和各器官的一切活动，使其密切合作，协调一致。大脑功能健壮，人体就可健康。

根据上述原因，我在计划写作益五脏调养汤时，还应写一本《益脑调养汤》。这样要写的益五脏调养汤系列总共应该是六本相关汤谱。为此，围绕这六个主题进行了大量的资料收集、整理和编辑工作。在写作过程中，进行科学分类，统一格式编排。经过一段较长时间努力后，终于写出了《益五脏调养汤系列》作品，计有：《益心调养汤》《益脑调养汤》《益肝调养汤》《益肺调养汤》《益肾调养汤》《益脾胃调养汤》六本。

这部书是以汤在保养五脏中的作用为中心，将各种滋补强身，防病健体作用的食物和药物，依据中医理论，进行合理调配，集色、香、味、形、创意、功能于一身，融中医学、中药学、营养学、烹饪技术、饮食文化于一体的高品位、高营养价值的膳食。同时，也充分体现了中国传统饮食保健医学的科学性、系统性、针对性、实用性的诸多特征。“寓医于食”，使“药借食味，食助药性”，并把两者巧妙地结合在一起。使食用者既可以感受到饮食文化的博大精深，又可以在轻松愉快的享用中，达到治疗及保健效果；既是一种饮食文化的精神享受，又能达到强身健体、延年益寿的目的。

同时，这部书还重点介绍了五脏的虚症和病症的概要情况、类型、饮食原则、饮食宜忌，以及不同汤方对五脏的调养情况和作用。所列汤方以滋补健身、防病疗疾、口感较佳、制作方便、功效突出为原则。对具体调养汤方的原料、制作、食法、功用、注意事项等一一作了详细介绍。这样读者可根据自己的体质和需要，有效地指导强身健体，寓养生、疗疾于汤补之中，达到亦食亦养、亦养亦治的目的，从而使自己得以实实在在地感受到生活的乐趣。它完全适合现代人养生的需求，是每一个追求自然、关爱健康的现代人食补食养、防病治病、强身健体的必备参考书籍。所列汤方如对防治多种病症有调养作用，凡本书前面篇章已作介绍者，后面不再重复。

益五脏调养汤编著好后，我在找出版社时，首先想到应该去广东找更加适宜些。而出版这种饮食养生的对口专业出版社只有两个：一是卫生出版社，二是科技出版社。我在寻找广东的专业出版社中，没有发现有卫生出版社，而只有广东科技出版社。于是，我通过计算机查到了广东科技出版社的有关情况。之后，我便将这套益五脏调养汤系列的内容介绍、目录、样稿和作者介绍等一并发往广东科技出版社。

过了十几天，广东科技出版社的古玉编辑，根据作者介绍中所告诉的电话号码给我打来电话。她在电话中说：

“你所编著的《益五脏调养汤系列》有关情况和发过来的相关资料，我们都看过了。觉得这一系列作品还是符合当前养生的大潮流的，对中老年人的日常养生是有推进作用的，估计销售市场也不会错。因此，出版社准备出版这个系列。但为了慎重起见，我们希望你发一本书的全稿过来，让我们看看你一本书的全貌。如果没问题，符合出版要求，我们就出版。你看怎么样？”

我回答说：“这没问题。你看什么时候发给你？”

她说：“当然越快越好，如果你现在就发给我那更好。”

“现在我还发不了，因为我家的计算机还没联网。等到明天给你发过去怎么样？”

“没问题。你抓紧时间，尽快发过来就行。”

“好，这点你放心，我会抓紧的。”

我放下电话，感到为这套系列书籍很顺利地找到出版社出版而高兴。于是，我抓紧时间，在计算机上进行操作，想尽快做好发送前的准备。

晚上，儿子下班后，吃完晚饭，我把情况向他做了说明，希望他把计算机里的整本书稿拷贝下来。明天上班时，让他发给广东科技出版社。儿子答应后，很快将该系列中的《益心调养汤》拷贝好了。第二天，他上网后就发了过去。下午，古编辑看到信箱中的稿件后，回复电子邮件稿已收到。

又过了半个月左右，古编辑再次打来电话，她在电话里说：“《益心调养汤》全稿我们看过了，书稿还不错，我们准备出版这套系列作品。你是否已全部完稿了？”

我回答说：“这套书我已全部完稿了。”

“那好。你通过电子邮件把所有的稿件发到我的信箱里。”

“好的，明天我就发给你。”

第二天，我让儿子将全套系列的书稿，从网上发往古编辑的电子邮箱。

古编辑收到书稿的电子邮件后，过了一段时间又给我打电话说：“你发来的整套书稿我们看了一遍，后来又做了市场调查，从目前看出版问题不大。但出版前有几个问题和你商量一下，看看你的意见。一是全套书六本，我们准备分两年出齐，明年出一部分，后年出一部分。如一次出版可能拖得时间长，另外我们出版社也抽不出人来。因此，在当前的情况下，只能分两批出比较好，这样也不影响出版社的其他业务。二是我看这套书你们写的编著人只有你和你的爱人，是不是搞个编辑委员会好一些。我们希望找一些专业医生审查一下，看看和听听他们的意见如何？”

我回答说：“第一个问题我同意，根据你们出版社的实际情况安排好了，我没什么意见。至于你讲的第二个问题，可能有点麻烦，但问题不大，也能解决。我有个外甥女就在你们广东佛山的一个医院工作，她是一个具有高级职称的脑神经科医生。我找她帮忙，估计问题不大，让她找相关科室的医生看看。”

“那好，你抓紧时间办。搞好了给我来个电话，我先做些出版前的准备工作。”

我答应她后，便挂断了电话。思索了片刻，我又拿起电话，拨通了广东佛山外甥女的电话。我在电话中对她说：“我和你姨编写了一套《益五脏调养汤系列》的书，广东科技出版社准备出版。但他们认为编著者只有我和你姨两人，为了慎重起见，建议找些专业对口的医生再看看，审查一下，有无不适当的地方。

所以，我来找你帮忙。一来你是脑神经科的高级职称医生，我这套书里正好有一本《益脑调养汤》，与你的专业对口，你帮忙看看。二来你看在你们医院，还找些相关专业的医生看看如何？”

她满口答应说：“这事很好办，你把稿件发给我，我再找中医科的相关医生看看。他们一方面可以审查，同时说不定在这个程中对他们本身的业务也会有某些方面的提高。”

我说：“那行，我把所有书稿发到你的电子邮箱里。你收到后尽快找相关人员看看，让他们抓紧点，因为出版社在等着他们审查完好出版。”

“没问题，你放心。我会让他们尽快抓紧时间看，到时我也会尽快把反馈意见告诉你。还有其他事吗？”

“没有。这事也给你添了不少麻烦了。”

“没事，没事。姨夫你别客气。”

放下电话，总算把这事落实了。第二天，我让儿子把书稿发到她表姐的电子邮箱中。

过了十几天，外甥女打来电话告诉说：“我找了中医相关方面的医生看了一下。他们说不错，没什么意见，并说收集这么多调养汤谱不容易，对他们也是一个很好的学习机会。”

我说：“不要客气。他们有什么意见告诉我，我好修改，使将来出版的书更完善。”

“真的没什么意见，我不是客气。”

“那好。你通过电子邮件把他们的姓名告诉我，我在编委署名时好把他们的名子署上。”

“不用吧，他们就看了看，还署什么名？”

“署上吧。人家也花了精力，应该尊重人家的劳动。”

“那好吧。我问问他们，同意的话，我就把有关材料发到表弟的电子信箱里。”

“好，就这样吧。”

第二天，她就把相关人员的名字发来了。我收到后，就写了一个编委会人员名单。主编是我，副主编是我爱人和外甥女。编委会的人是帮我审稿的相关人员和家里亲朋好友给我帮过忙的人，一共十三人。第二天，把相关资料一并发到古编辑的电子邮箱中。

二〇〇六年九月上旬，我接到广东科技出版社寄来的两份合同。我在两份合同上签字后，仍寄回出版社。出版社签字后又给我寄回一份，他们自留一份。这次合同与其他合同的不同点是：合同有效期为五年。按合同规定，出版社应在二〇〇七年三月一日前，出版这套系列作品。但因为有言在先，所以，第一批作品一直拖到二〇〇七年十一月才出版，而第二批作品到二〇〇八年八月才出版。全部作品出版后，古编辑打电话问：“给你的二十套样书如何发给你？”

我回答说：“十套让我在佛山的外甥女到你们出版社去取，因为她是副主编，另外还要给其他编委。另外十套你就发给我。”

她答应后，不久将十套样书发给了我。另外十套样书由我外甥女到出版社取回。

» 第十七章 防癌调养汤

当我与出版社签下《益五脏调养汤系列》作品的出版合同后，就想写一本专门防治癌症有关的汤谱。因为我在研究中发现癌症与饮食有关。导致癌症发病的原因，绝大部分是由于环境因素引起的。又因为环境可影响食物和营养素的质和量，并进而可引起或抑制癌症的发生。由此可见，饮食与癌症的发生与否，是密切相关的。

癌症实际上是肿瘤的一种。而肿瘤起源于机体原有组织细胞，是人体局部组织的一种不正常的、同周围组织不协调的新生组织异常增生，分为良性与恶性两种。良性肿瘤在发展过程中生长缓慢，有的生长至一定时期会停止生长，手术切除后一般不会复发。但有些良性肿瘤会转变为恶性肿瘤。恶性肿瘤细胞生长很快，短时间内明显增大或增多，肉眼所见为浸润性生长和外生性生长，与周围组织分界不清，常出现坏死、溃疡及出血，并难以止血和愈合。恶性肿瘤往往容易转移，手术后也易复发，对机体的影响除了阻塞、压迫，还可能有其他危害，甚至死亡。癌这个字几乎人人皆知，通常人们把所有恶性肿瘤都称为癌。但医学术语所称的癌是有具体规定的，一般是指上皮组织发生的恶性肿瘤。而来源于间叶组织的恶性肿瘤则称为肉瘤。实际上癌的发生率远比肉瘤要高得多。

癌症可发生于人体任何一个器官、组织，是严重危害人们健康的常见病之一。据资料统计，全世界每年大约有1000万人因患有癌症而陷入绝境。且目前的科学技术和医药水平，又对多数癌症尚无特别有效的治疗方法。因而，它严重危害人们的健康，以致使人们闻癌色变。据说70%的癌死亡者是由于心理作用，而被它吓死的。

饮食对癌症的发生具有重要的意义，饮食有方可抗癌，饮食无方可致癌。

近代医学上的大量免疫理论证明，科学的饮食可以使大多数人免于癌症，即使得了癌症也可以延长生存时间。调节饮食结构是抗癌的重要手段，合理安排日常的膳食，对预防、控制癌症具有重大意义。

另外，医疗实践证明，对近半数的癌症患者调理好饮食，确为行之有效的措施之一，可使其增强体质和抗癌能力。癌症患者的主要症状之一为进行性消瘦，尤其是晚期患者，经历了手术、化疗或放疗，抵抗力低下。为使患者在治疗期间始终保持良好的营养状态，以耐受大手术，经历放疗、化疗难关都是至关重要的。癌症患者尤其应做到合理饮食，平衡膳食，除掉不良习惯，注意饮食卫生，多食新鲜、容易消化且具有防癌、抗癌作用的食物，忌食辛辣等刺激性食物。同时，烹调应合理得法，使体弱的癌症患者能达到消化、吸收，以增强抗病能力，使之达到渐渐恢复健康的目的。

既然饮食与癌症有如此密切的关系，那么就应该合理选择食物与调配膳食来减少“癌从口入”的概率。要做到饮食防癌抗癌，就应该做到以下几点。

一、明确饮食防癌抗癌的原则。饮食防癌抗癌的基本原则是做到饮食多样化，各种营养成分要尽可能齐备和平衡。缺乏某种营养素，或各种营养素供给量不能满足机体需要，必然使人体抵抗力下降，这就为癌症的发生开了“绿灯”。但是营养过多，特别是糖和动物脂肪过多，不仅可促进肥胖和动脉硬化，而且也会促进结肠癌、乳腺癌的发生。因此，应合理安排日常膳食，减少“癌从口入”的概率，达到饮食防癌抗癌的目的。

二、饮食防癌抗癌的首要前提是满足机体对蛋白质的需求。饮食中要满足构成机体生命的物质基础——蛋白质的供应，这是防癌抗癌的首要前提。饮食中的蛋白质的充分和优良与否，主要看其氨基酸配比是否全面、适当。人体必需的8种氨基酸只能靠食物供给，所以饮食的多样化，膳食成分的科学性，就成为增强身体免疫力、防癌抗癌的坚强物质基础。国外医学界发现食用牛奶的人群，胃癌发病率低，研究认为与牛奶中含多种氨基酸有关。

三、饮食防癌抗癌的重要因素是满足机体对维生素的要求。饮食中维生素是构成机体组织、调节生理功能的重要成分，对防癌抗癌有着重要的作用。维生素A可抑制癌性芳香烃或其他致癌物造成的恶性肿瘤，对稳定上皮细胞和组织细胞的癌变均有一定作用。维生素C可抑制亚硝酸盐与胺类结合成亚硝胺，从而减少癌症的发生。同时，还能降低机体内亚硝胺的浓度，抑制某些病毒的致癌作用，并能使癌细胞转变为正常细胞，从而提高机体的免疫功能。B族维生素是重要生理功能元素，它参与脂肪、蛋白质、糖的生理代谢，具有促进生长和维持功能的作用，对防癌抗癌具有不可替代的作用。维生素E对致癌物有解毒功能，还能保护机体内的维生素A，使其免受氧的破坏，并可抑制游离基因的形成，保护细胞的正常分化，而其与硒联合使用能有效地防止多种癌症。

四、饮食中多吃含纤维素的食物对防癌抗癌大有益处。实践与研究均证实，食用粗纤维食品通过肠道时，可增加大便量，能稀释大便中的致癌物质，促进肠蠕动，减少致癌物质与肠黏膜接触的机会，从而减少肠癌的发生。同时，能减少食物残渣代谢产物引起的致癌源，对肠道的刺激滞留，这对减灭肠道肿瘤具有不可低估的意义。据测定，每天摄入6～10克食物纤维素对防癌大有意义。

五、饮食中的微量元素具有防癌抗癌的明显作用。硒是微量元素中抗癌之王，它能刺激机体的免疫反应，也是一种良好的抗氧化剂，有保护细胞膜和解毒的作用，能阻止癌细胞的分裂和生长，膳食中要注意补充含硒多的食物。钼是植物硝酸还原酶的组成成分，可以阻止植物中硝酸盐和亚硝酸盐的聚集，从而减少癌症的发病率。碘能防止甲状腺癌的发生。另外，也有证据表明其他微量元素，如铁、镁等在癌的预防中也起着重要作用。

六、常食防癌抗癌的食物。有许多食物均有不同的防癌抗癌效果，人们可根据自身情况选择这些食物，以达到防治癌症的目的。下列食物具有不同的防癌抗癌作用，如肝、奶、蛋类，这些食品含有较多的维生素A，具有稳定上皮细胞，阻止细胞癌变的作用。某些蔬菜和水果，含有天然的多酚类化学物，被称为“癌抑制剂”。它们具有很强的抗癌能力，如蔬菜中的大蒜、莴笋、菜花、卷心菜、白菜、萝卜等；水果中的猕猴桃、葡萄、大枣、山楂等；菌类中的香菇、银耳、猴头菇等；豆类中的大豆、绿豆、扁豆、芸豆等；海产品中的海带、海藻、紫菜、海参、淡菜等。另外，如红薯、南瓜、茶叶、芝麻等均有较好的防癌抗癌作用，应经常食用。

以上讲的是饮食得当对防癌抗癌起着重要作用。但同时存在饮食不当，也可引起癌症。因为，饮食是维持生命、保持健康的物质基础，在很大程度上对机体的功能和状态有着重要的影响。一般认为75%~90%的肿瘤是由环境因素引起的。因为，环境可影响食物和营养的质与量，并进而可引起或抑制癌症的发生。人们每天都要从膳食中获取营养，因此膳食是人们每天接触的主要外因。所以“病从口入”这句精辟的格言，也基本适用于癌。饮食不当可引起癌症的主要因素有以下几个方面。

一、饮食结构不合理可引起癌症。膳食平衡和构成的科学性，以及饮食多样化是人们身体健康，少患和不患癌症的基本保证，否则就会引起癌症。长期食用高热量的饮食，可导致体重过重或肥胖，而肥胖可引起多种癌症。动物实验证明：长期限制热量可减少多种肿瘤的发生，并使自发性肿瘤的潜伏期延长。控制热量主要是限制饮食中的糖类和脂肪。饮食中蛋白质含量过高或过低，均可诱发癌症的发生。蛋白质过高可引起淋巴癌，蛋白质过低可使肝癌、胃癌、食管癌发病率增高。饮食中脂肪过多可导致乳腺癌、肠癌、前列腺癌发病率增高；而低脂肪饮食易使子宫癌、食管癌和胃癌的发病率增高。纤维素减少使食物停留肠道的时间延长，增加厌氧菌的作用，促使致癌物或致癌前体物的产生，使大肠癌的发病率增高；但维生素过多易导致胃癌的发生；食管癌多发地区与当地居民食用粗糙的、纤维素多的食物及营养素缺乏有关。饮食中维生素A缺乏时，易使化学致癌物诱发肿瘤。缺乏维生素B_1使肿瘤的形成和生长速度明显加快。维生素B_2缺乏，使偶氧类色素致肝癌作用加强而诱发癌症。维生素B_6、叶酸和尼克酸缺乏，可促进肿瘤发生。维生素B_{12}缺乏，可增加胃癌和白血病的发病率，而大剂量可促使病情恶化。饮食中碘缺乏或过量，均可引起甲状腺癌，并容易发生乳腺癌。缺镁可诱发胸腺淋巴细胞瘤和粒细胞白血病。钼缺乏可增加食管癌的发病率。铁缺乏可增加消化道肿瘤的发病率和提高化学诱癌剂的致癌作用。滥用和过量食用精盐和糖可引发癌症。盐的消费量与癌症发生率存在一定关系，盐能促进胃癌的发生。“癌细胞与肿瘤细胞的生活能源主要依靠糖的酵解作用”，无疑糖具有致癌的催化作用。

二、过量食用食品添加剂可引起癌症。有些食品在加工、保存过程中常使用一些添加剂，如防腐剂、抗氧化剂、增稠剂、甜味剂、酸味剂、漂白剂、食用色素等。有些添加剂被证明是有致癌作用的。人工合成色素多数对人体有害，其毒害性有一定毒性、致泻性和致癌。因而应该严格管理，谨慎使用。对硝酸盐和亚硝酸盐的添加量，也应作出严格规定。

三、食用污染的食物可引起癌症。食物污染主要有生物污染、放射性污染和化学性污染。其中，任何一种污染过量，均可引起肿瘤和癌症。目前发现可使人体致癌的污染物质，有石棉纤维及多环碳氢化合物，如3，4-苯并芘、黄曲霉素等。此外，还有可以使食物中的二级胺含量增高，从而促使亚硝胺合成的10余种霉菌。许多重金属对食品原料的污染也是致癌、致畸、致突变的重要因素。少吃易含3，4-苯并芘的烟熏鱼及肉类食品，不吃易生成黄曲霉素的发霉花生、大米、玉米、大麦、黄豆，以及亚硝胺含量增高的霉变蔬菜、泡菜等。

四、过量食用辛辣、燥热和刺激性食物可引起癌症。大量饮酒增加肝脏对酒精分解的负担，肝细胞容易发生炎症、坏死，最终可导致肝硬化和诱发肝癌的可能性。相关资料分析表明，吸烟与肺癌呈高度正相关，还可使口腔癌、咽喉癌、膀胱癌、食管癌等发病率增高。每天吸烟20支以上的人，患癌症的可能性明显增加。常吃过热食物会刺激消化道黏膜，容易引起胃癌和食管癌。高温油炸、烟熏的食物，如炸油条反复用过的油，会形成少量致癌物质，常吃会诱发癌症；烟熏的鱼、肉及烧焦的米、面、大豆中都含有致癌物质。

五、不良的饮食习惯可引起癌症。据调查，不良的饮食习惯是胃癌和食管癌的诱因，如吃饭时常生气，吃过干、过硬、过烫、过咸等的食物，不定时用餐，有快食、蹲食习惯等，都会使消化道黏膜细胞生长紊乱，或者造成黏膜损伤溃疡，容易诱发癌症。

从上述的种种情况中，我们得知癌症的的确确与饮食密切相关，而人们又每天离不开饮食，离不开吃。为了吃得好、吃得科学，因此我们应该在吃中趋利避害，做到饮食有方，防止与减少癌症的发生。通过长期的医疗实践，人们总结出许多适用的防癌、治癌和使癌症康复的食疗良方，有的可减轻患者的痛苦。食疗药膳作为一种良好的辅助疗法，对于提高机体的免疫力，增强抗癌能力，有利于其他抗癌措施的实施，减轻患者的痛苦等，无疑能起到其他药物难以达到的补益作用。因此，只要根据中医理论合理选用食疗药膳，长期坚持一定能收到理想的效果。

鉴于上述原因，我们决定广泛收集有关的防癌、治癌和癌症康复的食疗方和药膳。经过我们的努力，终于收集到365款高营养价值的防癌、抗癌汤方。为此，我们又通过分门别类和统一格式，将这些良方和药膳编著成一本《防治癌症调养汤》，想为人们的防癌、抗癌、治癌和癌症患者的康复做些有益的事。

这本汤谱是以药膳中的汤补对常见癌症的作用为中心，将各种滋补强身、防癌、抗癌作用的食物和药材，依据中医理论，进行合理调配，集色、香、味、形、创意、功能于一身，融中医学、中药学、营养学、烹饪技术、饮食文化于一体的高品位、高营养价值的膳食。同时，也充分体现了中国传统饮食保健医学的科学性、系统性、针对性、实用性的诸多特征。“寓医于食”，使“药借食味，食助药性”，并把两者巧妙地结合在一起。使食用者既可以感受到饮食文化的博大精深，又可以在轻松愉快的享用中达到治疗及保健效果；既是一种饮食文化的精神享受，又能达到强身健体、延年益寿的目的。

同时，我们在这本书中，还重点介绍了常见癌症的概要情况，饮食原则、饮食宜忌，以及不同汤方对防治癌症的调养情况和作用。所列汤方以滋补健身、防病疗疾、口感较佳、制作方便、功效突出为原则。对具体调养汤方的原料、制作、食法、功用、注意事项等一一作了详细介绍。这样读者可根据自己的体质和需要，有效地指导强身健体，寓养生、疗疾于汤补之中，达到亦食亦养、亦养亦治的目的，从而使自己得以实实在在地感受到生活的乐趣。它完全适合现代人养生的需求，是每一个追求自然、关爱健康的现代人食补食养、防病治病、强身健体的必备参考书籍。

当我们把书的基本情况发往广东科技出版社后，他们很快做出了回答，同意出版这本书。但同时，他们根据出版市场的情况，向我提出了拍摄图片的要求。我同意了，按照书中药膳汤方的要求，制作出有关的调养汤，并进行了拍照，共拍了十八张图片，还拍了几十种有关食材与药材的图片，一起发往出版社。后来，他们在出版时均采用了。

在等待这本书出版之际，我们又在收集和编著《益五脏调养粥系列》的书籍。但当我们编著了该系列的一半之时，我们将写书计划告诉了出版社。出版社回答说：现在图书市场做这类书一般图片篇幅比文字篇幅还要大。他们问我能不能做到这样？我回答他们说做不到。他们说做不到就别写了，写了也出不了，就是勉强出版了，也卖不出去。为此，我就终止了继续写《益五脏调养粥系列》的书籍。

到此时，我知道光靠文字出版有关养生类的书籍现在已经没有市场了。我这个过去主要靠文字类出版养生的作者，到此也应停笔另寻其他途径了。不过，我还是庆幸自己在过去的十余年中，由于及时地抓住了市场，赶上了潮流，先后共出版了此类书籍三个系列与一个单本，共计十四册，为中老年人的饮食养生做出了自己的努力，发挥了一点微薄的余热，这也是一件值得庆幸的事。

在我编著的《防癌调养汤》即将出版之际，一天，广东科技出版社的古编辑给我打来电话说她即将退休。为此，社里领导找了一个差事，让她来北京一趟，并让她在北京游玩几天。我一听很高兴，因为，我们已经认识了好几年，过去从没见过面。对于这位为出版我的作品而辛勤劳作的编辑，我是十分感谢的。但过去竟连见面的机会都没有，“只闻其声，未见其人”。对我来讲，过去一直认为这是一件非常遗憾的事。这次她有机会来北京，我们总算可以见上一面，我要当面感谢这位甘当人梯的辛勤劳作者。于是，我赶紧说："那好，非常欢迎你来北京。请你在来之前，一定告诉我来京的日期与车次，我好到车站迎接你。"

她回答说："接送你就不必劳神了，有单位专门管这事。只是我们从没见过面，到时待我办完事后，再打电话告诉你。"

我连忙说："一定，一定，千万别忘了。"

过了半个多月的一天下午，我突然接到古编辑的电话。她在电话里说："我到北京的事已经办完了，还玩了几天，游览了不少名胜古迹和皇家园林，真气派、辉煌。明天上午我就要乘飞机返回广州了，你今晚有时间吗？我们见上一面如何？"

我说："你明天走，怎么现在才告诉我呀！你也应该给我个机会，尽尽地主之谊吧。"

"我们打了几年交道，已经是老朋友了，彼此就不用客气了，相互见上一面就很好。"

"那行，今天晚上我去找你。我们找一个氛围比较好的地方坐坐。"

后来，我们约好了时间和地方。晚上，我儿子开车把我送到地方。见面后，我一看古编辑，真是一个娇小玲珑的标准南方女性，个子不高，但相貌十分美丽，身材匀称，不瘦也不胖，外看文质彬彬，但内在气质高雅。虽已年过半百，但仍然不失风韵。我们握手后，我儿子在那儿找了一个比较安静的咖啡馆，要了三杯咖啡，坐在那儿闲聊着。自然，我首先对她的辛勤劳作表示了深深的感谢，并再次对她这次来京没有让我尽到地主之谊深表遗憾。但她对这些却毫不介意。她认为：过去长时间我们仅在电话中或电子邮件里打交道，从未见面，这次难得有机会能见上一面，彼此认识一下也是挺好的事。后来，我们除了聊有关书的事外，我还谈到刚参军时在广州十年的美好记忆。她告诉我，自改革开放后，广州变化很大，已今非昔比了。现在越来越繁华，越来越美丽，已经是一个十足的大都市了。尤其是晚上去游览珠江，美丽的夜景，定会让你流连忘返。她希望我有机会再重返故地，看看今日广州之繁华，并要我到广州后，别忘了给她打个电话。我们在闲聊中，不知不觉就过去了近两小时。为了不耽误她明天的行程，我只好和她告别。希望她下次再来北京时，给我一个机会，好好谢谢她为出版那么多书所付出的艰辛。

离开她，坐在回家的汽车上，我想：书不仅给人知识，给人力量与希望，同时也能架起人们的友谊桥梁，给人们相互间带来美好的记忆，使生活变得更加丰富多彩。

第十八章　命运多舛的《世纪名女谍》

一九九七年九月，当我写作的《冷战时期著名女间谍》出版后，使我受到极大鼓舞。因此，想继续在这种写作中做出努力，写出新书来。要接着写这方面的书，就要选好课题，找准切入点，这样才能继续出成果。当时，正值接近世纪之末，由《冷战时期著名女间谍》我想到了一个课题，即《世纪名女谍》。把原时间范围限定为冷战时期的特定范围，扩展延伸到二十世纪的一百年间。我认为这一百年里的女间谍很好写。

在这一百年中经历了两次世界大战，这是过去的历史所从来没有的。两次世界大战，为各主要参战国的间谍活动提供了国际大舞台。这期间，谍报战已经发展成为一条相当独立而隐蔽的重要战线。各主要参战国家对情报的需求大增，由此带来的情报间谍活动也大增。各主要参战国为获取敌对国家的军事、政治、外交、安全等方面的情报，无论是战略的，还是战术的都是不择手段的，派出大批间谍、特工人员，从事广泛的情报收集工作。为其制定安全国策、军事、政治、外交等战略、战术提供可靠的依据。在这些派遣活动中，自然不乏王牌女间谍。世界大战为女间谍的活动提供了空前的国际大舞台，也是人类有史以来所从没有过的。这期间，涌现一大批谍战中的巾帼英雄。她们的优秀事迹与惊人成果，大量出现在各种书籍、报刊中，被人们广泛传颂。

大战结束以后，世界又进入了冷战时期。在这一时期中，以美国为首的西方北约国家和以苏联为首的华约国家之间，又展开了你死我活的殊死斗争。因而双方对情报的需求有增无减，甚至在某种程度上还超过了两次世界大战。因此，谍战这条没有硝烟、看不见的战线，斗争更加残酷而空前激烈。这时的女特工、王牌女间谍更是层出不穷。她们在这一时期占据了重要的地位，发挥了十分独特而又不可替代的作用，是任何国家在谍报战线上都不可忽视的有生力量。

因此，要写二十世纪著名女间谍是最好写的，题材十分丰富，人物众多。对我来说，还有一个有利条件：我已出版了《冷战时期的著名女间谍》，如果我要接着写《世纪名女谍》的话，只要把两次世界大战中的著名女间谍写出来就可以。原来出版的书与后来的稿件一整合，就可以呈现出一个《世纪名女谍》的书来。

上面我讲的是当时对我写这本书的有利方面。当然也有对我不利的方面，那就是当年三月，我正式退休了。退休对我这方面的写作带来一些不利因素。因为，我在没退休前，可以接触到这方面的大量内部书籍、报刊，以及内部资料与通报。而退休后，我远离了这些材料，不能将内部资料与公开材料相结合而整合在一起。这自然会影响到我的写作进度与质量，甚至数量。因为没有内部材料作支撑，仅靠收集外部资料，不仅花费时间长，而且对其真实性也无法印证，也为材料的取舍增加了不少困难，要在研究材料的真伪上花费大量时间和精力。

当时我尽管有写作《世纪名女谍》的想法，但仅是想法而已，并没有付诸行动。为什么有课题后不采取行动呢？因为我当时手头还有一本书没出版，我还要为《谍战中的美男计》作最后冲刺。一九九九年一月，当这本书最后在湖南文艺出版社以《东西方情谍战》出版后，我才集中精力，全部投入到收集资料和写作中，争取在二零零零年前后，世纪之交把它写出来，呈现在读者面前。对这本尚未完成的书，我在出版前景上是抱着十分乐观的态度。这点从我在一九九九年申请作家协会的填表中就能十分明显地反映出来：在表格拟写作一栏中，我填写的就是《世纪名女谍》。因为，到一九九九年下半年，我已写完了近一半的书稿。

二〇〇〇年四五月间，我就全部脱稿，并由我爱人将所有稿件输入计算机内，制成电子版。

写完后，我和爱人如释重负地松了一口气，同时也为书稿的完成而高兴。经过两人的共同努力，总算在世纪之交的初期，就如期如愿地把它写完了。从时间上讲，这是极佳的。从作用上看，我们自认为经过我们的努力，对一个世纪以来的女间谍活动情况，作了一个小结，可以为有兴趣研究这方面情况的单位与个人提供一份翔实的资料。当时整个书稿分上下两卷，上卷为《世界大战中的名女谍》，下卷为《冷战时期的名女谍》全书约70万字。

对于这本书的出版前景，我一向是看好的。因而，当书稿完成后，立即打印了内容介绍、目录、样稿和作者介绍。接着，我带上这些材料兴冲冲地去找出版社。但是后来的情况与我们所抱的乐观态度大相径庭。先后五次找了四家出版社，得到的回复使我们十分沮丧。因为，出版社的答复与做法使我们感到困惑和不解。在他们的答复与做法中，尽管千奇百怪，但有一点是共同的，即不出版的原因并不是作者的写作问题，而都是由于出版社所找出的各种理由所造成的。无论是一开始不同意出版，还是开始同意出版，后来又不同意出版都是如此。现在，我就在这儿对出版社的答复和做法作个大致的回顾。

第一次我找的是J出版社。为什么找J出版社，一是这类书籍与他们出版的业务对口。J出版社是以出版保密杂志为主，其图书出版是该社业务的一部分，主要出版与保密有关的书籍，自然是防谍、防窃、防泄密等方面的书籍。二是我曾在该出版社出过书，并做过编辑，上下人员熟悉，从社长、总编到编辑部主任和下面的工作人员，大家都很熟悉。虽然我后来没有在那儿继续工作，但离开的时间也不长，所以彼此都熟悉。但是，后来的答复让我很失望，他们以不是计划内出版的书籍为借口，不予出版。有关具体情况我在第十三章中已详细谈到，这儿就不再细述了。于是，我把所有的材料拿回家后，准备继续找出版社。

第二次，我找的是广东经济出版社。为什么在北京却找到广东的出版社我已在第十四章中详细谈到，这儿也就不再重述了。在现实中两次找出版社碰壁后，这使我有些迷茫。

第三次，我找的是内蒙古人民出版社。人们可能觉得我很可笑，你在北京，守着那么多出版社不去找，却找到内蒙古去了。其实这里面事有凑巧。自从我两次找出版社碰壁，我的情绪就一落千丈，由原来的十分乐观情绪一下悲观起来。因此对出版就懒散了，认为出版不了算啦，反正我不能在一棵树上吊死。这书出不了，我另辟蹊径，从其他方面去写作，同样可以出版。尤其是在我出版了饮食养生的系列作品后，把精力投入到那方面去了。

当时关于饮食养生在全国也是一个大热门，我想与其在这儿找出版社不讨好，还不如抓住饮食养生的大好时机，多写些有关这方面的书。写书很多时间也是看形势，赶潮流。看准了赶上了，你就能取得好的成绩。所以有相当一段时间，我把精力与时间都用在饮食养生方面的写作上了。对已写好的《世纪名女谍》不怎么管，因此也就谈不上去找出版社了。

二〇〇四年秋，劳动人民文化宫搞秋季书展，我抽时间到那儿去转转。当时主要是想到书展上去了解书市行情，看看哪一方面的书籍是热门书，做些市场调查。在这当中我碰到一个熟人，中国建材工业出版社的李书田副编审。两人闲聊一会儿后，他问我："最近写什么没有？"

我告诉他："我现在写一些有关饮食养生方面的书籍。"

他说："这不错呀，这正是当前的大热门，现在是全民关心、追捧养生。"

后来他又问："你原来不是写间谍方面的书籍吗，怎么不写了？"

我说："还讲这事，一提起我就一肚子气。我二〇〇〇年世纪交替的最佳时机，写了一本《世纪名女谍》的书，找了两个出版社，结果碰了一鼻子灰。所以，就再没有写那方面的书了，而且把写好的书也扔在那儿没管它。"

他说："写好了扔在那儿挺可惜的。这样吧，我给你介绍一个人，说不定能行。"

我问："在哪儿？"

他回答说："这人在内蒙古人民出版社，你去找找他看行不行。"

我又问："内蒙古人民出版社出这方面的书吗？专业不对口呀！"

他说："内蒙古人民出版社是综合性出版社，无所谓专业对不对口。只要符合出版要求，什么书都可以出版。"

我抱着半信半疑的态度说："既然这样，咱就试试吧。"

于是，他就把内蒙古人民出版社的通信地址、邮编、传真号码和联系人姓名、电话号码、小灵通号码等一并告诉了我。朋友的一番美意，自然不能辜负。回到家里的第二天，我就给内蒙古人民出版社打了电话。电话接通后，我简明扼要地说明了一下情况。对方让我把内容介绍、目录、样稿和作者简介以及通信方式一并告诉他，通过邮寄与传真均可。我答应了他，并告诉他我准备邮寄。

通过邮局我把他所需要的资料都寄出了。过了大概一个星期后，他打来电话问我："稿子是否都写好了？"

我告诉他："早就写好了。"

于是，他告诉我：他们出版社可以出，让我把书稿寄出让他们审查。我同意后，第二天就将打印稿寄往内蒙古人民出版社。他们收到后，又给我回了电话。

大概又过了个把月的时间，编辑部打来电话。

他说："稿件已审查完毕，现在准备要出版。但在出版与签合同之前，有一件事要同你商量，如果同意的话就马上签合同出版，如果不同意就不能出版。"

我问："什么事？"

他说："你给出版社寄四千元出版费。"

我说："既然可以出版，为什么还要作者出钱？"

他说："出版社是为了防止风险。"

我回答说："我花费了辛勤的劳动和心血，写出了符合出版要求的书籍，反而要我拿钱为出版社防止风险，这有些不合情理吧？"

他说："如果你那样认为的话，事情就难办了。"

我看他这样，便对他说："你们不好办，那就算了，你们把稿子退给我，寄回来好了。"

他沉默了一会儿后，同意把书稿寄回来。

放下电话，我想：我付出了劳动，写出了符合出版要求的书，理应获得报酬。至于多少，那是出版社的事，我个人从不提任何要求。如果我付出了劳动，反而让我掏钱，那我是绝对不干的。我宁愿不出版，也不干这种傻事。这是我刚开始写作时就恪守的一条原则。因为，我写书的目的是退休后想干点事，实现年轻时的梦想，发挥一点余热，实现人生价值，并为自己找一个消磨时间、进行文化养老的出处，并非其他。出名、评职称，这些对我来讲作用不大。评职称已过时，出不出名对一个退休的人来讲也无所谓，顺其自然好了，千万不要刻意去苛求，何苦跟自己这条老命过不去呢？这次出书的希望因此就又泡汤了。

第四次，我找的是世界知识出版社。说句实在话，尽管我在出版《世纪名女谍》的作品中已三次碰壁，但内心还是有些不甘就此放弃。原因很简单，虽然几个出版社都没出版，但他们都认为写作上没什么问题，认为符合出版要求。既然他们都有这个感觉，那么作为我自己，在碰了几次壁之后就自动放弃，这不有点自暴自弃吗？如果那样，首先自己就不尊重和爱惜自己辛勤劳动的成果，那么你怎么叫人家去爱惜和尊重呢？所以，我在写作饮食养生书稿的空隙，还是想把这本暂时没出版的《世纪名女谍》找出版社出版了。在这个过程中，我让儿子在网上打印了北京各有关出版社在网上发布的相关材料，从中选出了与出版这类书籍有关的出版社。如时事出版社、知界知识出版社、群众出版社、军事译文出版社等。

根据各出版社的地址，离我所在位置最近的是世界知识出版社。所以，我便给世界知识出版社编辑部打电话。电话很快就通了，接电话的是个女同志。我在电话中向她作了一个简单的介绍后，接着就对她说，我有一本女间谍方面的作品，准备向他们出版社投稿，问她出版社出不出这方面的书籍。她很爽快地回答说："我们出版社出版这方面的书籍，十分欢迎你向我们出版社投稿。"接着我们交谈一会儿后，她便告诉我她的姓名、办公室电话号码和手机号码，并约定我带着内容介绍、样稿、目录和作者简介去他们出版社，就直接找她（王编辑）就行。过了一两天，我便带着材料乘公共汽车赶到世界知识出版社找到了王编辑。王编辑四十几岁，虽然是个女同志，但人高马大，五大三粗，身体结结实实，一副好身板。她待人很热情，性格也爽快豪气。但说起话来显出了女人本色，细声细话，也很甜美。看得出她是一个办事很干脆的人。当我们寒暄之后，我便把有关材料交给了她。她接了材料后，翻了翻便收起来了，并对我说："等着我的好消息吧。"

后来，她给了我几本他们出版社出版的杂志。一切办妥后，我便又乘公共汽车回家了。过了一段时间，她便打电话给我。我问她怎么样？她回答说："我个人认为挺好的，现在已经把材料送给领导了，领导看完后还要给销售部门，大家都同意后，便可以出版。估计问题不会太大。”从她的回答看，倒是挺乐观的。因为我有前几次的教训，尽管对她的回答讲了一些客气话，但心里在想：离出版还早着呢，还有好几关要过，到时又不知会出什么问题。

后来，在电话中她让我耐心等着听好消息。我笑着说：“谢谢啦。”放下电话后，我对她所讲的话将信将疑。因为，她只是一个编辑，真正起决定作用的是领导和销售部门。不管怎么说，这个开头还是好的，至于后面如何，只有耐心地等待下文。又过了一段时间，她再次打来电话，我接电话后问她如何？她说在电话中不好说，你来出版社，我们见面再细说。我只好答应了她。第二天我便乘公共汽车到了出版社。两人相见后，她首先谈了谈她对我的作品的一些看法，不乏赞美之词。接着话锋一转，就谈到出版界当时在改革的一些事，各出版社要自负盈亏。同时也讲到他们出版社也从外交部剥离出来了，由原来的事业单位变成了企业性质的单位，所以有许多同志改行了，或离开了原出版单位。同时，她还讲到她暂时既不想改行也不想离开单位，干着看看，谁知道以后会怎么样。她七讲八讲，一直讲到十一点多了。

我尽管不想听她所讲的事，但我这时还得耐着性子听她讲完。内心却想：她约我来，不谈出书的事，尽聊这些单位改革的事干吗？心里打一个大问号。她一看表，到吃饭时间了。于是便说：“走，到我们招待所去吃顿工作餐去。”我立刻婉言谢绝。但她却说：“到吃饭时间了，怎么能让你空着肚子回去，咱们只吃工作餐，又不是专门招待你，你就别客气了。”我当时想：过去我找人家出版社出书，一般都是我请他们吃饭，今天到好，人家竟要请我去吃工作餐，事情竟倒过来了，看来这并不是什么好事情。在她的一再盛情相邀下，我也不好再谢绝，只好跟她走向他们的招待所。

她一边走一边向我介绍他们招待所原来是妇联的办公地，邓颖超大姐曾在这儿办过公，后来妇联搬走了，就成了他们的招待所。吃饭时，她又谈这个招待所的事，就是不谈正题。到吃完饭后，我们往外走时，她才讲到出书的事。她说，这书稿无论是她，还是他们领导看后都认为不错，可以出。但到销售部门后，给他们否了。他们说这种书就是出了也只能印五千册，利润太少，所以让领导还是别出了。

我说："一般三千册能保本，五千册就赚钱了，赚钱的书也不出？"

她说："不是嫌利润少吗！"

我说："赚多少才够？"

"谁知道他们。一搞自负盈亏，就光想着赚钱。"

我听她这么一讲，苦笑了一下，摇了摇头，再没讲什么。

她后来领着我到办公室拿了给她的材料。最后一再讲："对不起。"

我说："这也没什么，因为这书能不能出版也不是你的事。"

这闹了半天又是一场空欢喜。我拿了材料便回家了。

第五次我又找到了J出版社。第一次被J出版社婉言拒绝出版后，我在十年的时间里再也没找过他们。这次找他们是我在一个商场，碰见原来在出版社当编辑的老熟人。他告诉我现在J出版社的领导已换了，原来的张主任现在是副社长兼总编辑。这人是当时出版《冷战时期著名女间谍》的责任编辑，我对他还比较熟悉。他同时告诉我：如果手头有什么书要出版，可以打电话去找他，并给我留下了他的电话号码。

回到家后，第二天我就给他打了一个电话。在电话里我首先向他祝贺，祝贺他高升了。他问我有什么事？我告诉他有一个书想出版，看行不行。他让我把有关材料给他发过去，他看后再说。我说行，明天让我儿子发给你。他告诉了我他的电子邮箱。第二天，我就让儿子把《世纪名女谍》的材料发给了他。

过了十来天，他给我回电话说可以出版，并让我把全部材料发给他。第二天，我又让儿子把电子版的稿件全部发给了他。他收到后，把稿件交给了一个姓余的女编辑。这个编辑后来给我发了一个初审表格，让我去出版社具体商谈出版事宜。

第二天，我到出版社找到了余编辑。余编辑是湖北人，个子不低，在南方女孩子中她算得上高个了。她问我是哪里人？

我告诉她："我是湖南人，与你算得上半个老乡。"

这时她向我介绍旁边的一个女编辑说："她是湖南益阳人，姓谢，你们是老乡。"

接着我们开始谈出版的正事。她告诉我："《世纪名女谍》目前共分上下两册，共计五十二个案例，约七十万字，全部一次出可能有些麻烦。能不能先出上卷，即《两次世界大战中的名女谍》。下卷《冷战时期的名女谍》已出版过，如果上卷出版后销售情况好再出版下卷。如果销售情况不好，就不出下卷了，反正也出过。"

我想了想后就同意了她的想法。同时，她还谈到她看了前面一两章，认为文字、情节都不错，就是有些缺少现代的流行语言，尤其是网络语言。

我回答说："我没上过网，自然不知道网上的流行语言，更谈不上将这些流行语言用到我的文章中去了。"

同时，我希望她在审稿时多费心，把现在流行的时髦语言能加的话尽量加进去，使它更能符合年轻读者的胃口。她也同意了。当时全部问题谈完后，我告诉她想见见他们的张社长。她说让她先去问问，看他现在忙不忙。她说完就去了社长办公室。一会儿她回来说，张社长现在很忙，改天再见吧。

我从出版社回来后，就在家等着，从三月中旬等到五月。一天，出版社一个姓孙的男编辑打来电话，说责任编辑换成他了，并告诉我余编辑因为要照顾孩子，已经辞职了，以后有事和他联系。他还告诉了我他的电子邮箱。后来，我们通过电子信件谈过几次书中的问题。天气也越来越热，六月初我就到外地乡下避暑去了。七月孙编辑打电话通知我，去出版社商谈出书的具体事宜。我告诉他我在外地，等回家后再去出版社找他。

九月，我返回北京后，立刻打电话与他联系。他回话说他在外面出差，真假无法考证。一直到十一月，他打电话告诉我，我那书又换责任编辑了。他被调到了杂志编辑部，我的书已由我的老乡谢编辑接手，有事找她联系。

当我周四和谢编辑联系上后，她说家里来了人，正带他们在颐和园玩，让我星期六去出版社谈有关出版事宜。我见她说家里来人，星期六又是休息日。另外，我也知道他们周一全体都要到出版社。于是，便对她说："周六你带家人去玩，下周一我再去找你。"

她说："没事。"

我接着说："还是周一吧。"

结果周六我没去出版社。当周一我和她联系时，她挺生气，说她没时间，让我别找她。我当时想：本来我是好心，结果反而把事情搞坏了。后来我给她打电话，她都推托不想见我。就这样拖拖延延，拖到第二年的二月了，眼看一年就到了。说给出版，一年的时间还没出成。于是，我又打电话问张社长怎么办？他回答说："现在出了一本类似的书籍，看销售好不好。如果好的话就出，销售不好就不出了，因为出版社的经费也很紧张。"

我问他："出版类似的书用了我的书稿没有？"

他回答说："用了几篇，你等着最后答复。"

我想：看来拖了一年，换了三个编辑，出书还是有可能没戏了。到三月底，张社长给我打电话说："书出不了了。"

这次折腾了一年多，出书还是没辙。而他说出了类似的书，并用了我几篇稿件，既没给我书，也没给我稿费，后来我因事外出也就再没过问这事。

上述五次情况的出现，使我感到十分忧虑与担心。这种忧虑与担心来自三个方面。

一是我有这方面的经历和经验教训。我在二十世纪八十年代初，鉴于我国当时还没有一本专门介绍少数民族婚俗的情况，写过一本《中国少数民族的婚俗》的小册子，想填补这方面的空缺。但当我写好后，也是遇到各出版社推来推去，结果丧失了出版的最好时机，而导致后来无法出版。现在这种近似情况，使我担心会造成同样不可收拾的后果。这点我已在第七章作了详细介绍。

二是因为我写好的这一作品，无论是电子稿件全文，还是打印稿件的全文，都发到有关出版社。如果他们不小心流落到社会，那么我就前功尽弃。就是退一步讲，即使不是全文流落到社会，而仅书名被人家获悉，也会造成同样的后果。因为，我国有能耐的人很多，只要他们一旦获悉了有关研究课题，同样在短时间内就能拿出成果。前面我讲到欧阳做中医药书，就是因为泄露了书名，被人家抢先一步，损失了二十多万元的投入费用。

三是如果出版社里有极个别职业道德不良分子，又了解有关情况，就会带来更大危害。这种情况，我也曾在J出版社经历过，是有深刻经验与教训的。所有这一切都让我提心吊胆。

二零一五年四月中旬，当我从海南返回北京后，正值大力宣传纪念第二次世界大战反法西斯战争和抗日战争胜利70周年纪念活动。我想抓住这个机会再努一把力，看能不能将它推出去。于是，我又想找出版社出版这本书。我知道这次再也不能找J出版社和世界知识出版社了。如果从出版的专业角度考虑的话，找群众出版社和时事出版社比较适宜。将两者比较一下路程，群众出版社近了许多。于是，在月底我便给出版社打去了电话。正好，接电话的是白社长，我向他说明了打电话的意思后，他说："行呀，我们出版社正想出版有关书籍。如果方便的话，你把样稿、目录、内容简介和作者简介发到出版社来。"

我回答说："明天我送到你们出版社吧，不知道你们出版社在芳星园的哪个方位？"

"很好，在芳星园三区15号楼。"

我又问他："乘公共汽车是在方庄桥东下还是桥西？"

他回答说："在桥东下车后，向前走50米左右就可找到我们出版社。"

第二天我便带着材料找到出版社白社长。他把材料留下后，让我等着他的电话。十天左右，他给我打来电话，让我去出版社一下。当我到出版社以后，他告诉我准备出版，并找来编辑小王，让他负责，还当面谈好第二天把电子版的稿件发给小王。

过了几天，小王打来电话，让我到出版社去。当我到达出版社后，他告诉我两件事：一是书的篇幅太大，字数太多，要删掉不少，问我同意不同意。二是标题不用《世纪名女谍》，要换一换。因为据他在网上查证：时事出版社、铁道出版社都出版了《世界著名女间谍》，有的副标题就是《二十世纪著名女间谍》。另外，世界知识出版社出版了一本《20世纪美女间谍》。如果继续使用原来的书名，有与他们书名雷同之嫌，书名还是改一下更好些。至于用什么书名，他说："我们双方都考虑一下。"

我同意了他的意见，并告诉他删除多少、删除哪些都由他决定，到时把目录告诉我，让我心中有数。至于书名，双方考虑好后再沟通。

第一次，小王把原来全书52章删成29章，快删掉一半了。他说原书当中写苏联的女间谍比较多，因此删掉了一大部分。另外，有的一个故事里写了好几个女间谍，这些间谍做的又是辅助性质的工作，名气小。还有的是群众性的，如《大使周围的风流女间谍》一章，所以删除了。几天后，他又打来电话说篇幅还是超了，建议再删除5篇。这样整个篇幅由原来的52篇变成了24篇。从篇幅上看删除一多半，但从字数上看各占一半左右。因为原来我计划分上、下两册，现在只准备出一册，所以也只好如此了。我想了一个书名叫《世纪风云中的艳谍》，与小王一沟通，他说这个书名行。

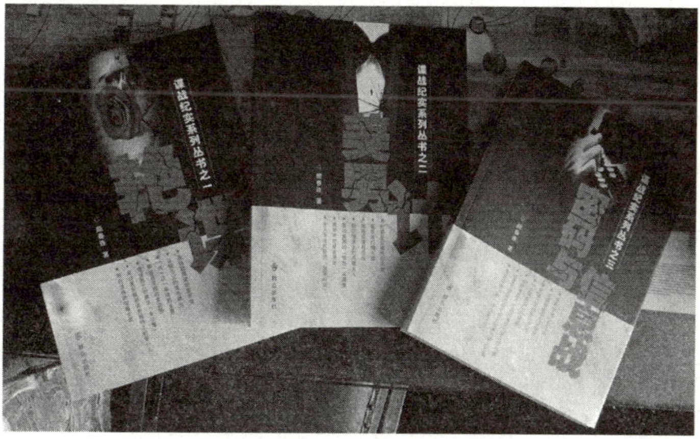

谍战纪实系列丛书

后来，我又请小王把时事出版社、铁道出版社、世界知识出版社出版的谍战类书籍，从网上各买一本。在前面我已讲了，本来我就有些担忧。所以，我想把它们买来后，一方面看它们的出版时间，因为有的出版社我已投过稿。另外，我想看看里面的内容，有没有使用我所写的内容。十五年来，我无论是打印的文字稿，还是电子稿件，都有全文向有关出版社发过。小王也同意给我在网上购买。

五月下旬，当白社长知道我原来出版过有关间谍方面的书后，他问我已出版的书过了原合同的版权期没有？我说早过了，当时有的签五年，有的签十年，现在有的书是二十年前出版的。他又问我当时出版的数量。我告诉他后，他说那好，你把那些书拿来给我们看看，如果行的话，我们就出个间谍纪实系列丛书。当我把原来出版的书拿给他看后，他同意出个系列丛书，并讲要抓住时机，力争在六月底以前，就把这个系列丛书推向市场。

这一来，除了出版社紧张外，我也紧张起来了。因为，出版社讲：为了使出版的效果好些，做到图文并茂。所以，出版社除增加了一个编辑小史外，并让我协助他们找图。这事自然挺麻烦。因为：一是量大。三本书中，只有一本原来有图，其他两本没有。两本书要找图，这插图的量就相当可观了。二是时间紧。六月底要把书推向市场，现在已到五月底，满打满算也只有一个月时间。六月底推向市场，图不能到六月底拿出来，得提前十来天、半个月吧。因此，给我们的时间只有不到二十天。在这么短的时间里，要找那么多图，困难是可想而知的。没办法，我除了让编辑参与寻找外，还动员了儿子、外甥女与我一起参与寻找插图的工作。三是我离开了工作岗位已经退休，原来在单位看的资料一方面借不来，另外也找不到。因为据他们讲，一部分老资料清理出去了，现在已荡然无存，去哪儿找呢?

现在唯一的办法是翻我自己手上的资料看有没有，再就是跑图书馆和通过网上查找。于是，我和儿子、外甥女三头并进。他们都有各自的工作，所以只有业余时间在网上查。而我则整天翻自己保存的老资料、跑图书馆和书店，找相关资料。这样忙了半个多月，谢天谢地，功夫不负有心人。这半个月忙下来，还真的把图片资料找全了。于是，我把资料汇总以后，又急急忙忙发往出版社。让这些资料在出版社发挥作用，我也算是了却了一桩心事。

这之后，我抓紧时间看小王在网上给我买的书。一看，与我原来所担心的事基本相吻合，充分证明我的忧虑与担心是有根据的。如有的出版社不愿出版我的作品，而后来他们自己出版了一个相同的作品，连标题也只加个“20”和“美”三个字。虽然没有用我的资料，但明显地使用了我的写作思路，只不过他们收集这方面的资料方便而已。其出版的书，也是我到这个出版社投稿之后才出版的，我想两者不是偶然的吧。

另外，更可恶的是，我曾工作过的J出版社在两次拒绝出版我写的作品后，这个出版社一个姓戴的编辑就出版了一本与我写的相类似的作品。其中，原文抄袭我出版的《冷战时期著名的女间谍》达六篇之多。另外，还有五篇或是略微把顺序改动一下，或是基本按我原来的思路写，包括多数词句，而对少数词语做些改动。如我写“西德”，他改成“联邦德国”之类等。该书共计32篇文章，竟有11篇不是原文抄袭，就是略微做改动，占全书三分之一还多。我看后自然很生气。于是，在六月下旬，拿着那本书和我的作品，找到那家出版社。出版社的王社长接待了我。我向他说明来意后，将两本书交给他。他把原文一对照，就明白无误地认可这是抄袭。

他告诉我：作者是J出版社的原工作人员。这个作品在二零零一年（也有可能是二零零二年，因我当时听得不是很清楚）就出版了，我拿的是二零一二年的再版。同时，他还告诉我：“第一版印了5000册。作者几年前就得肝癌去世了。”他又说：“作者去世了理应出版社负责。”他问我有什么要求？我一听，既然作者死了，我还能说什么呀。我只有把我原来的想法表述了一番。他听后说：“作者去世了，我们出版社代他向你诚恳地赔礼道歉，并赔偿你的损失。”接着他说道：“抄袭你的6篇文章，我们每篇赔你1000元。另外5篇你就吃点亏，宽宏大量点算了。如果作者在，肯定会赔偿多些。我们出版社赔6000元，他本人肯定要赔的只会比这多，绝不会少。”我想人都死了，谈这些有什么用，只好同意他们的处理方法。

接着他们打印了一个十分简单的版权谅解协议书，上面写《世界著名女间谍》一书抄袭了我6篇文章，赔付我6000元钱，最后落实到我不追究出版社的法律责任。出版社的王社长和我都在协议上签了字。

回家后，我爱人问我怎么处理的？我简单地把处理经过向她说了说。最后我说："人都死了，还能说什么呀。我们也不是那种得理不饶人的人，事情就这样算了吧。"我爱人也同意我的观点和处理方法。

在我的作品快要印刷前的一天，群众出版社的白社长与责任编辑小王都给我打电话，说书名能否再改改，改得简单明了，又能给人留下较深的印象。我回答说，如果能做到那样更好。后来他们说，这事在今天下班前就得定下来，并讲双方都好好想想书名，在他下班前沟通一下，定下来。我估计他们可能已想好了书名。果然，在下班前白社长问我想得怎么样？我说，不怎么样，没想出什么名堂来。他用商量的口气说："《世纪风云中的艳谍》，干脆改成《艳谍》如何？"

我说："行。"

原来写"世纪风云"，就是用特定时间范围，来限定这些艳谍是发生在二十世纪的，但是没有这个限定时间范围也未偿不可。就这样，这一部作品从最初的"世纪名女谍"几经修改，最后正式出版定名为《艳谍》。谢天谢地，这本命运多舛的作品在十五年后，几经周折总算出版了。

» 第十九章 我的藏书

我在二十岁以前没买过书。除了学校的课本外，其他什么书都没有买过。上中学后，要想看课外书籍，只有一个办法，就是借。一个是到学校图书馆去借。因为，我喜欢看书，所以是学校图书馆的常客。另一个是向同学借。那时多数同学都不怎么富裕，真正自己买课外书看的人也不多。但像我从不买书的也很少。人家就是不买书，几年读下来，多多少少也要买几本。但我是一本也没买过。不是不想买，而是买不起。每年交学费那几元钱，都把一家人愁死了。能按时交上就阿弥陀佛了，哪还有钱去买其他书籍。钱对于我家来讲，紧得不能再紧，少得不能再少。我讲一个真实的故事，大家听后，就能明白我妈是多么看重那一分一厘的钱。有一次，我妈因不小心掏兜时，掏掉了两分钱在草里。她硬是花了两个小时，把那两分钱找了回来。由此，你可以想象得出，钱对于我们家是多么金贵。

在我的记忆中，我第一次自己拿钱去买书，大概是在一九六二年，我参军快近三年的时候。一九六三年年底，家里才把父亲因盖房子欠下的债还清。无债一身轻，我也算从债务中解放出来了。当时，我在读毛主席的《矛盾论》《实践论》后，对哲学很感兴趣，所以狠了狠心，拿钱买了艾思奇老师写的辩证唯物主义和历史唯物主义的简易读本，大概不到一元钱。后来，接着又买了苏联出版的辩证唯物主义和历史唯物主义的大学教材，分上下两册，比较厚，花了几元钱。买回来后，喜欢得不行，找来牛皮纸，小心翼翼地包上书皮。看书的时候也特别小心爱护。自那以后，大概每年我要买几本自己喜欢的书。虽然买的不多，但是已经开始自己买书看了。买下的书，看后自然把它小心收藏起来。再加上当时发的各类政治书籍，我都把它收藏起来。到“文化大革命”前，除政治书籍外，大概也有几十本了。但“文化大革命”一开始，一个通知下来，让我们把所有被称为封、资、修的书籍，以及带有小资产阶级情调的书都上交或烧掉。我斗争了好几天，最后还是心痛地把那刚刚花钱买的书交上去了，连发的刘少奇主席写的《论共产党员的修养》也交了。那时，我唯一没交的是《中国哲学史资料选辑》，它是由北大任继俞老师主持选编的先秦部分与近代部分的五本资料，偷偷留下了。因为，别人也不知道我买了这类书，而这些资料又太宝贵了。“文化大革命”后，我想买齐，但再也买不到那种版本了。最后，剩下的只有毛主席著作和政治书籍。各种学习文件、资料、汇编不少，所有发给我的书，我都包上封面，学习完后，保存得好好的。本来我可以有两套好书：一套是《史记》，这套书一九七三年我在哈尔滨出差时买的。另一套是一九七五年单位组织订购《鲁迅全集》。那时没人订购，只我一人订了一套。但后来不知是哪个领导想起来，觉得单位资料室应该有一套。所以在图书到达后，硬是给我做工作要先公后私，把我订购的这套书让给了资料室。眼看到手的书，就这样让给公家了。

我真正大量买书和收藏书还是在打倒“四人帮”后，

一九七六年冬重新回到北京的事。返回北京时，我除了有一套《史记》和五本《中国哲学史资料选辑》外，全部是马、恩、列、斯的著作和毛主席的著作，以及各种政治文件、资料、汇编等。多多少少也保存了一箱子，大概有上百本，但都是发的。本来这些书我保存得好好的，放在一个单间里。但二十世纪八十年代中期，我姐姐退休后住在我那间房子里，她在我出差在外时，打扫卫生，把那些书全部当废品卖了。很可惜，因为它也是研究“文化大革命”难得的资料，从头到尾，各种文件、社论，各类大事都有。现在你若要找，很难找到那么完整的资料。

在北京安家后，我看书、买书的劲头又上来了。节假日我时常到书店去转转。因为，那时住在南池子，离王府井、前门、西单等地都不远，书店又多，所以买书方便多了。但我去的书店最多的地方，还是琉璃厂的旧书店。那儿的书既多又便宜，而且各个时期、各类书都有。只要花时间与精力，慢慢地看、细细地找，就能从那儿淘到所要的书。实际上，淘书也是一种乐趣。在找某本书，找了许久没找到时，某天突然发现了它，那种喜悦心情，那种高兴劲，是别有一番滋味的，真是如获至宝，有时几天还沉浸在喜悦与兴奋之中。这种感觉是那些不常买书和看书的人所体会不到的。

当时，我买的书很杂。因为“文化大革命”期间，除了政治书籍以外，其他书籍很少接触，基本看不到其他书，尤其是文艺作品。打倒四人帮，大家思想解放了，尤其是十一届三中全会以后，整个社会大环境变了。因而，尊重知识、尊重文化的潮流，又渐渐兴起，人们的求知欲望也越来越高。我自然也在这种大潮的推动下，想方设法增加自己的文化知识。因此，在看书、买书上，首先要满足“文化大革命”所造成的文化知识饥饿感。广播广收，如饥似渴。看书、买书的积极性、自觉性很高，但看书和买书的针对性、目的性稍差一些。尽管是初级阶段，但也是打基础的阶段，是由不成熟走向成熟的必经阶段。到二十世纪七十年代末，当我开始想重新写小说时，便买了大量的小说作品，长篇的、中篇的，各种文艺作品。尤其是反特作品，买得最多。因为，当时我想把在二十世纪六十年代初期写的处女作《椰林深处》改为长篇小说。围绕这事，确确实实买了不少书，大概有几百本吧。这一段算是买小说最多，最集中的时期。

后来，我爱人随军了，又有了家务事，工作上也忙。所以，我在重新改写了两章小说后，感到这样花费精力太大，如果长期这样，担心身体吃不消。于是，我对自己作了一个全面分析，想找出一条适合自己的写作之路。根据我所从事的工作，我的特长等，我感到自己要为社会多作贡献，要想在业余写作上做出成绩来，应该在写作纪实文学上下功夫。因为，我是搞研究的，研究是我的强项。如果我能把在工作中的研究能力应用到写作纪实文学上去就很好，关键是找准课题。从那时起，当我确定了写纪实文学后，我便开始寻找适合的研究课题。

二十世纪八十年代初，当我选准了《我国少数民族婚俗》这个课题后，我除了跑图书馆查阅有关资料外，自己也花钱，有针对性地买了不少有关书籍，还订了《民间文学》等杂志。从借阅和购买的图书、报刊中，广泛收集资料，准备创作，前前后后，这类书增加了上百本。

二十世纪九十年代初，当我要写《无线谍报》时，我又买了不少间谍方面的书。当然，这些间谍方面的书不是小说，是回忆录、纪实文学作品。各国间谍组织机构、人事、活动、训练、工作开展、人物介绍等方面的书籍。而重点是买了一些类似《破译者》《密码》《超级机密》《秘密战争——密码战》《密码与战争——无线电侦察及其在第二次世界大战中的作用》《美国黑屋》《无声的战争》《美国魔术》等，有关密码与无线电侦察与反侦察之类的书籍。这类书籍外面不好买，大多是内部发行。我在这期间，大概通过各种途径，搜罗购买了有关密码、无线电侦察与反侦察的书籍几十本类似书籍，供研究、写作用。加上有关间谍的回忆录、纪实文学、各国间谍组织与情报机构方面的书籍，共有一二百本。

到二十世纪九十年代末，因要给书商编写和审稿《公证操作实务全书》之需，我又购买了不少有关法律、法规、公证、合同以及有关教材等方面的书籍，有好几十本。

当我要写作养生方面的书籍后，我又购买了大量中医、中药、养生健体、食养、食补、食疗、营养、药膳、烹饪等方面的书籍和材料，大概有好几百本。

上面讲的是我为了写作而有计划、有针对性、有目的性的几次买书过程。其实有很多书，并不完全是为了写书而买，而是根据个人兴趣爱好，为拓展知识、汲取营养，在经济能力所能支付的情况下而买的。到目前为止，我收藏的图书大概已有近一千册（具体是多少没有准确统计）。可以放满五个三开门的书柜，每个书柜都超过两米高。这些图书粗略地分一下，除上面说到的外，大致还有以下几类：

一是政治类。

（一）伟人著作。马克思、恩格斯、列宁的著作，毛泽东的著作，刘少奇、周恩来、朱德等人的著作，以及后来的邓小平、陈云、江泽民等人的文选。这些著作选集，也有单行本。

（二）政治学习文件。如各时期政治学习文件汇编、资料汇编，党的历次代表大会文件汇编，以及单行本。

（三）党章、党史及其说明，中国革命史等。

政治类书籍大概有几十本。基本都是发的，没花钱。

二是教材类。教材主要是从高中到大学的教材。高中部分是我爱人补习时的课本。大学类是我在参加电视广播自学考试时所用教材，还有一部分大学教材是我儿子上大学时所学教材，其中以通信、信息、计算机软件类教材居多。此类书籍大概有一百五十本。

三是工具书类。包括中外工具书，主要是字典、词典、辞典、军语、缩略语、两用、三用、多用等各类工具书，也有几十本之多。

四是史料类。史记、资治通鉴、中国通史、世界通史、中国哲学史及其有关资料选辑，欧洲哲学史、世界近代史、中国近代史、党史、革命史、军史和军队政治工作史、自然科学发展史等几十本史料类书籍。

五是中外人物传记类。以伟人、名人的传记为多。但这些名人传记中，从没收藏过有名艺人的传记。所收藏的伟人、名人中，尤其以中国近代伟人、名人居多。特别是有关毛主席的各类书籍收藏最多，仅他一人的，可能也有几十本。

六是旅游类。中外各种名胜古迹专著、介绍，世界文化遗产，自驾、自助与徒步穿越，以及考古新发现等书籍，也是我喜欢阅读和购买收藏的对象。这类书籍也有几十本。

七是知识类。有关各种知识竞赛书籍、脑筋急转弯、世界之最、中国之最、军队之最等杂书，也有十几种。我自己还收集军队之最好几百条，原本想编一个军队之最用的，后来这事没做，现在仍然存放在那儿。

总之，我在收藏书籍中林林总总的情况，不难看出我的收藏是以所用为主，以兴趣、爱心、扩展知识为辅，广泛购买和阅读，才在藏书上达到目前这种规模。说穿了，我并没有在专门收藏图书上下功夫，所收藏的书也只是写书、读书的副产品，与那些收藏家是无法比的，最多也只能算是一个不愿把看过、用过的书当废品处理掉的吝惜藏书者，仅此而已。这对我来说已经足够了。

» 后 记

母亲虽然已仙逝十多年，但她的形象始终在我的脑海中挥之不去。随着自己年龄的增长，尤其是我也到古稀之年之后，这种怀念之情越来越深、越来越浓，这种深厚浓烈的母子情，自然来源于她的养育之恩，她不仅给予了我生命，而更重要的是在我父亲英年早逝之后，能顶着各种各样的压力，撑起一个六口之家，并教导我们做一个自强、自信、自立、自尊的人，做一个善良的人，做一个好人，做一个对国家有用的人。为此她一如既往地让我上学念书，后来也让妹妹们上学念书，使我们能在知识的海洋中畅游，去更好地学会做一个优秀的人，去拼搏、去攀登。这对于一个大字不识的平凡女人来说是多么的艰难，多么的不俗，又多么具有远见卓识，就连周围的许多男人也自叹不如。人们经常用伟大来形容母亲，是的，我的母亲就是千千万万个母亲中的一员，她的的确确是个平凡而又伟大的母亲。

母亲生于一九一五年农历八月十五日，在她诞辰一百周年之际，我总想用一种什么形式来表达对她的思念和感恩之情。当我在翻阅二零一五年农历八月十五的具体日期时，惊喜地发现：母亲一百周岁生日竟然与伟大祖国六十六周年的国庆是同一天，真是天然巧合。人们也时常称祖国为母亲，是的，她养育了我们中华大地上五十六个民族，亿万炎黄子孙，龙的传人。她们在这块土地上辛勤劳作，创造出了几千年灿烂辉煌的中华文明。尤其是新中国诞生后，我们伟大祖国不仅获得解放，扬眉吐气，焕发出青春活力，而且日新月异地发展着、变化着，创造出人类发展史上一个又一个奇迹。

母亲诞生一百周年纪念日与国庆同一天，真是无巧不成书。既然有这种天然巧合，那么我以书为名来纪念母亲、感恩母亲、感恩伟大的祖国，也就是自然而然的事情了。因为，在我读书、看书、写书、藏书的人生中，不仅渗透着母亲的心血与艰辛，也充分体现着祖国的精心培养与教育。如果没有生活在这么好的时代，就算母亲再有本事，我也跳不出“农门”。

我想把我读书、看书、写书、藏书的经历如实地写出来，人们一定会看到、了解到我每前进一步，与母亲、与祖国是多么的紧紧相连，没有母亲、没有祖国，就没有我的一切。

感恩母亲，愿母亲在天之灵得到安慰，永远快乐。

感恩祖国，愿祖国日益昌盛富强，人民幸福安康。

作 者

二〇一五年十月一日